STS
山田社

STS

山田社

STS

山田社

STS

山田社

考試分數大躍進
累積實力
百萬考生見證
應考秘訣

根據日本國際交流基金考試相關概要

精修版

絕對合格 日檢必背單字

N3

新制對應！

山田社日檢題庫小組
吉松由美・田中陽子
西村惠子　　◎合著

山田社

前言
preface

交叉學習！

N3 所有 1579 單字 × N3 所有 150 文法 × 實戰光碟

全新三合一學習法，霸氣登場！

單字背起來就是鑽石，與文法珍珠相串成鍊，再用聽力鑲金加倍，
史上最貪婪的學習法！讓你快速取證、搶百萬年薪！

《增訂版 新制對應 絕對合格！日檢單字 N3》再進化出精修版了，精修內容有：

1. 短句加長，例句更豐富，句子內容包括時事、職場、生活等貼近 N3 所需程度。
2. 例句加入 N3 所有文法 150 項，單字 ・ 文法交叉訓練，得到黃金的相乘學習效果。
3. 單字豆知識，補充説明等，讓單字學習更多元，加強記憶力道。

史上最強的新日檢 N3 單字集《精修版 新制對應 絕對合格！日檢必背單字 N3》，是根據日本國際交流基金（JAPAN FOUNDATION）舊制考試基準及新發表的「新日本語能力試驗相關概要」，加以編寫彙整而成的。除此之外，精心分析從 2010 年開始的最新日檢考試內容，增加了過去未收錄的 N3 程度常用單字，接近 400 字，也據此調整了單字的程度，可説是內容最紮實 N3 單字書。無論是累積應考實力，或是考前迅速總複習，都是您高分合格最佳利器。

內容包括：

1. **單字王**—高出題率單字全面強化記憶：根據新制規格，由日籍金牌教師群所精選高出題率單字。每個單字所包含的詞性、意義、解釋、類・對義詞、中譯、用法、語源、補充資料等等，讓您精確瞭解單字各層面的字義，活用的領域更加廣泛，也能全面強化記憶，幫助學習。

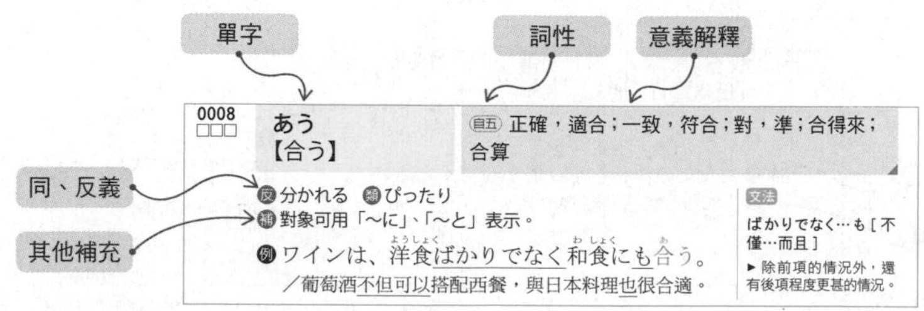

2. **文法王**—單字・文法交叉相乘黃金雙效學習：書中單字所帶出的例句，還搭配日籍金牌教師群精選 N3 所有文法，並補充近似文法，幫助您單字・文法交叉訓練，得到黃金的相乘學習效果！建議搭配《增訂版 新制對應 絕對合格！日檢文法 N3》，以達到最完整的學習！

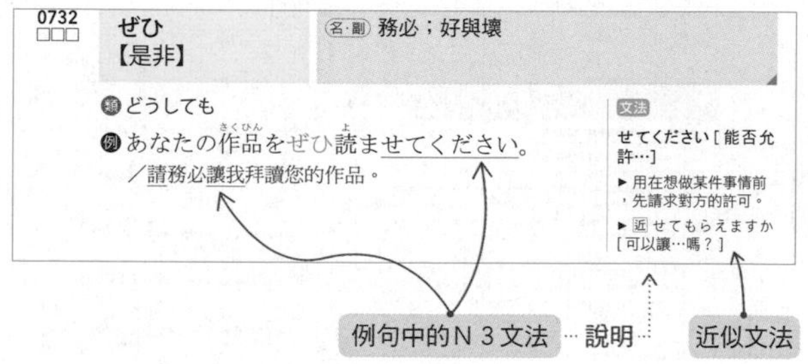

3. **得分王**—貼近新制考試題型學習最完整：新制單字考題中的「替換類義詞」題型，是測驗考生在發現自己「詞不達意」時，是否具備「換句話說」的能力，以及對字義的瞭解度。此題型除了須明白考題的字義外，更需要知道其他替換的語彙及說法。為此，書中精闢點出該單字的類義詞，對應新制內容最紮實。

4. **例句王**—活用單字的勝者學習法：活用單字才是勝者的學習法，怎麼活用呢？書中每個單字下面帶出一個例句，例句精選該單字常接續的詞彙、常使用的場合、常見的表現、配合 N3 所有文法，還有時事、職場、生活等內容貼近 N3 所需程度等等。**從例句來記單字，加深了對單字的理解，對根據上下文選擇適切語彙的題型，更是大有幫助，同時也紮實了文法及聽說讀寫的超強實力。**

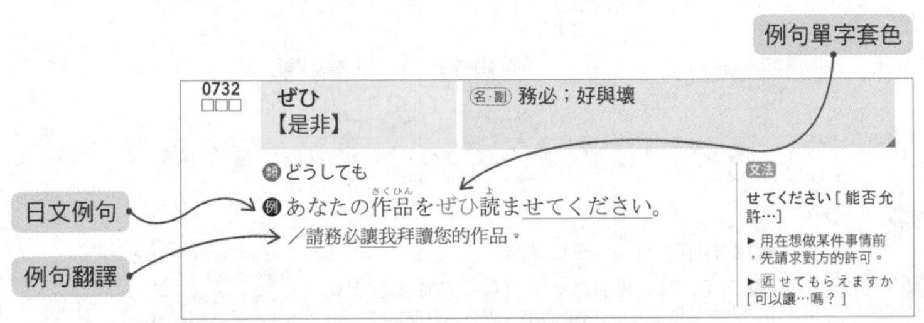

5. **測驗王**—全真新制模試密集訓練：本書最後附三回模擬考題（文字、語彙部份），將按照不同的題型，告訴您不同的解題訣竅，讓您在演練之後，不僅能立即得知學習效果，並充份掌握考試方向，以提升考試臨場反應。就像上過合格保證班一樣，成為新制日檢測驗王！如果您想挑戰綜合模擬試題，推薦完全遵照日檢規格的《合格全攻略！新日檢 6 回全真模擬試題 N3》進行練習喔！

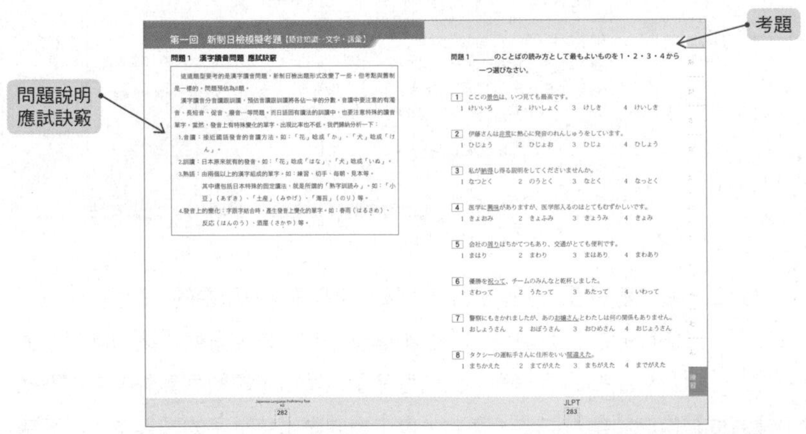

6. **聽力王**—合格最短距離：新制日檢考試，把聽力的分數提高了，合格最短距離就是加強聽力學習。為此，書中還附贈光碟，幫助您熟悉日籍教師的標準發音及語調，**內容並分「前半慢速，後半正常速度」，讓您循序漸進累積聽力實力**。為打下堅實的基礎，建議您搭配《增訂版 新制對應 絕對合格！日檢聽力 N3》來進一步加強練習。

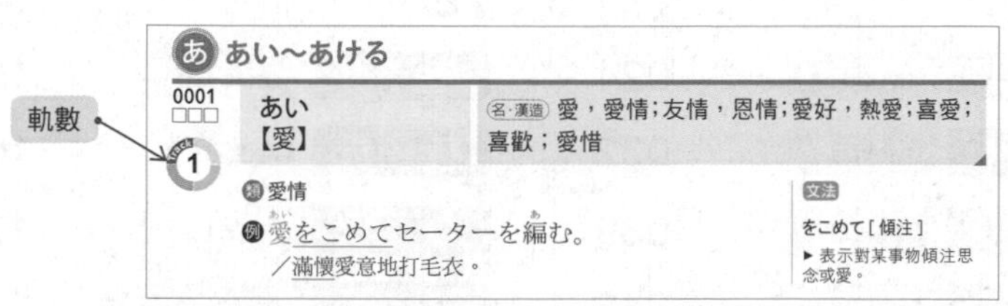

7. **計畫王**—讓進度、進步完全看得到：每個單字旁都標示有編號及小方格，可以讓您立即了解自己的學習量。每個對頁並精心設計讀書計畫小方格，您可以配合自己的學習進度填上日期，建立自己專屬讀書計畫表！

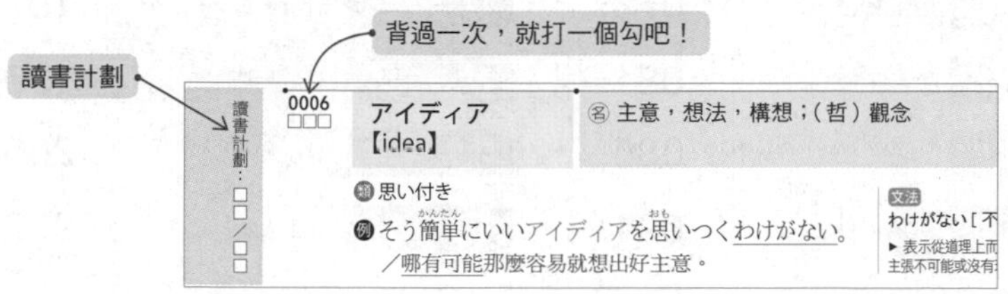

《精修版 新制對應 絕對合格！日檢必背單字 N3》本著利用「喝咖啡時間」，也能「倍增單字量」「通過新日檢」的意旨，搭配文法與例句快速理解、學習，附贈日語朗讀光碟，還能讓您隨時隨地聽 MP3，無時無刻增進日語單字能力，走到哪，學到哪！怎麼考，怎麼過！

目錄
contents

符號說明

1 品詞略語

呈現	詞性	呈現	詞性
名	名詞	副	副詞
形	形容詞	副助	副助詞
形動	形容動詞	終助	終助詞
連體	連體詞	接助	接續助詞
自	自動詞	接續	接續詞
他	他動詞	接頭	接頭詞
四	四段活用	接尾	接尾語
五	五段活用	造語	造語成分（新創詞語）
上一	上一段活用	漢造	漢語造語成分（和製漢語）
上二	上二段活用	連語	連語
下一	下一段活用	感	感動詞
下二	下二段活用	慣	慣用語
サ・サ變	サ行變格活用	寒暄	寒暄用語
變	變格活用		

2 其他略語

呈現	詞性	呈現	詞性
反	反義詞	比	比較
類	類義詞	補	補充說明
近	文法部分的相近文法補充	敬	敬語

一、什麼是新日本語能力試驗呢

1. 新制「日語能力測驗」
2. 認證基準
3. 測驗科目
4. 測驗成績

二、新日本語能力試驗的考試內容

N3 題型分析

＊以上內容摘譯自「國際交流基金日本國際教育支援協會」的「新しい『日本語能力試験』ガイドブック」。

一、什麼是新日本語能力試驗呢

1. 新制「日語能力測驗」

從2010年起實施的新制「日語能力測驗」（以下簡稱爲新制測驗）。

1－1 實施對象與目的

新制測驗與舊制測驗相同，原則上，實施對象爲非以日語作爲母語者。其目的在於，爲廣泛階層的學習與使用日語者舉行測驗，以及認證其日語能力。

1－2 改制的重點

改制的重點有以下四項：

1 測驗解決各種問題所需的語言溝通能力

新制測驗重視的是結合日語的相關知識，以及實際活用的日語能力。因此，擬針對以下兩項舉行測驗：一是文字、語彙、文法這三項語言知識；二是活用這些語言知識解決各種溝通問題的能力。

2 由四個級數增爲五個級數

新制測驗由舊制測驗的四個級數（1級、2級、3級、4級），增加爲五個級數（N1、N2、N3、N4、N5）。新制測驗與舊制測驗的級數對照，如下所示。最大的不同是在舊制測驗的2級與3級之間，新增了N3級數。

N1	難易度比舊制測驗的1級稍難。合格基準與舊制測驗幾乎相同。
N2	難易度與舊制測驗的2級幾乎相同。
N3	難易度介於舊制測驗的2級與3級之間。（新增）
N4	難易度與舊制測驗的3級幾乎相同。
N5	難易度與舊制測驗的4級幾乎相同。

＊「N」代表「Nihongo（日語）」以及「New（新的）」。

3　施行「得分等化」

由於在不同時期實施的測驗，其試題均不相同，無論如何慎重出題，每次測驗的難易度總會有或多或少的差異。因此在新制測驗中，導入「等化」的計分方式後，便能將不同時期的測驗分數，於共同量尺上相互比較。因此，無論是在什麼時候接受測驗，只要是相同級數的測驗，其得分均可予以比較。目前全球幾種主要的語言測驗，均廣泛採用這種「得分等化」的計分方式。

4　提供「日本語能力試驗Can-do 自我評量表」（簡稱JPT Can-do）

為了瞭解通過各級數測驗者的實際日語能力，新制測驗經過調查後，提供「日本語能力試驗Can-do 自我評量表」。該表列載通過測驗認證者的實際日語能力範例。希望通過測驗認證者本人以及其他人，皆可藉由該表格，更加具體明瞭測驗成績代表的意義。

1－3　所謂「解決各種問題所需的語言溝通能力」

我們在生活中會面對各式各樣的「問題」。例如，「看著地圖前往目的地」或是「讀著說明書使用電器用品」等等。種種問題有時需要語言的協助，有時候不需要。

為了順利完成需要語言協助的問題，我們必須具備「語言知識」，例如文字、發音、語彙的相關知識、組合語詞成為文章段落的文法知識、判斷串連文句的順序以便清楚說明的知識等等。此外，亦必須能配合當前的問題，擁有實際運用自己所具備的語言知識的能力。

舉個例子，我們來想一想關於「聽了氣象預報以後，得知東京明天的天氣」這個課題。想要「知道東京明天的天氣」，必須具備以下的知識：「晴れ（晴天）、くもり（陰天）、雨（雨天）」等代表天氣的語彙；「東京は明日は晴れでしょう（東京明日應是晴天）」的文句結構；還有，也要知道氣象預報的播報順序等。除此以外，尚須能從播報的各地氣象中，分辨出哪一則是東京的天氣。

如上所述的「運用包含文字、語彙、文法的語言知識做語言溝通，進而具備解決各種問題所需的語言溝通能力」，在新制測驗中稱爲「解決各種問題所需的語言溝通能力」。

新制測驗將「解決各種問題所需的語言溝通能力」分成以下「語言知識」、「讀解」、「聽解」等三個項目做測驗。

語言知識	各種問題所需之日語的文字、語彙、文法的相關知識。
讀　解	運用語言知識以理解文字內容，具備解決各種問題所需的能力。
聽　解	運用語言知識以理解口語內容，具備解決各種問題所需的能力。

作答方式與舊制測驗相同，將多重選項的答案劃記於答案卡上。此外，並沒有直接測驗口語或書寫能力的科目。

2. 認證基準

新制測驗共分爲N1、N2、N3、N4、N5五個級數。最容易的級數爲N5，最困難的級數爲N1。

與舊制測驗最大的不同，在於由四個級數增加爲五個級數。以往有許多通過3級認證者常抱怨「遲遲無法取得2級認證」。爲因應這種情況，於舊制測驗的2級與3級之間，新增了N3級數。

新制測驗級數的認證基準，如表1的「讀」與「聽」的語言動作所示。該表雖未明載，但應試者也必須具備爲表現各語言動作所需的語言知識。

N4與N5主要是測驗應試者在教室習得的基礎日語的理解程度；N1與N2是測驗應試者於現實生活的廣泛情境下，對日語理解程度；至於新增的N3，則是介於N1與N2，以及N4與N5之間的「過渡」級數。關於各級數的「讀」與「聽」的具體題材（內容），請參照表1。

■ 表1 新「日語能力測驗」認證基準

	級數	認證基準 各級數的認證基準，如以下【讀】與【聽】的語言動作所示。各級數亦必須具備為表現各語言動作所需的語言知識。
↑ 困 難 *	N1	能理解在廣泛情境下所使用的日語 【讀】・可閱讀話題廣泛的報紙社論與評論等論述性較複雜及較抽象的文章，且能理解其文章結構與內容。 ・可閱讀各種話題內容較具深度的讀物，且能理解其脈絡及詳細的表達意涵。 【聽】・在廣泛情境下，可聽懂常速且連貫的對話、新聞報導及講課，且能充分理解話題走向、內容、人物關係、以及說話內容的論述結構等，並確實掌握其大意。
	N2	除日常生活所使用的日語之外，也能大致理解較廣泛情境下的日語 【讀】・可看懂報紙與雜誌所刊載的各類報導、解說、簡易評論等主旨明確的文章。 ・可閱讀一般話題的讀物，並能理解其脈絡及表達意涵。 【聽】・除日常生活情境外，在大部分的情境下，可聽懂接近常速且連貫的對話與新聞報導，亦能理解其話題走向、內容、以及人物關係，並可掌握其大意。
	N3	能大致理解日常生活所使用的日語 【讀】・可看懂與日常生活相關的具體內容的文章。 ・可由報紙標題等，掌握概要的資訊。 ・於日常生活情境下接觸難度稍高的文章，經換個方式敘述，即可理解其大意。 【聽】・在日常生活情境下，面對稍微接近常速且連貫的對話，經彙整談話的具體內容與人物關係等資訊後，即可大致理解。

＊容易 ↓	N4	能理解基礎日語 【讀】・可看懂以基本語彙及漢字描述的貼近日常生活相關話題的文章。 【聽】・可大致聽懂速度較慢的日常會話。
	N5	能大致理解基礎日語 【讀】・可看懂以平假名、片假名或一般日常生活使用的基本漢字所書寫的固定詞句、短文、以及文章。 【聽】・在課堂上或周遭等日常生活中常接觸的情境下，如爲速度較慢的簡短對話，可從中聽取必要資訊。

＊N1最難，N5最簡單。

3. 測驗科目

新制測驗的測驗科目與測驗時間如表2所示。

■ 表2　測驗科目與測驗時間＊①

<table>
<tr><th>級數</th><th colspan="3">測驗科目
（測驗時間）</th><th></th></tr>
<tr><td>N1</td><td colspan="2">語言知識（文字、語彙、文法）、讀解
（110分）</td><td>聽解
（60分）</td><td rowspan="2">→ 測驗科目爲「語言知識（文字、語彙、文法）、讀解」；以及「聽解」共2科目。</td></tr>
<tr><td>N2</td><td colspan="2">語言知識（文字、語彙、文法）、讀解
（105分）</td><td>聽解
（50分）</td></tr>
<tr><td>N3</td><td>語言知識（文字、語彙）
（30分）</td><td>語言知識（文法）、讀解
（70分）</td><td>聽解
（40分）</td><td rowspan="3">→ 測驗科目爲「語言知識（文字、語彙）」；「語言知識（文法）、讀解」；以及「聽解」共3科目。</td></tr>
<tr><td>N4</td><td>語言知識（文字、語彙）
（30分）</td><td>語言知識（文法）、讀解
（60分）</td><td>聽解
（35分）</td></tr>
<tr><td>N5</td><td>語言知識（文字、語彙）
（25分）</td><td>語言知識（文法）、讀解
（50分）</td><td>聽解
（30分）</td></tr>
</table>

N1與N2的測驗科目爲「語言知識（文字、語彙、文法）、讀解」以及「聽解」共2科目；N3、N4、N5的測驗科目爲「語言知識（文字、語彙）」、「語言知識（文法）、讀解」、「聽解」共3科目。

由於N3、N4、N5的試題中，包含較少的漢字、語彙、以及文法項目，因此當與N1、N2測驗相同的「語言知識（文字、語彙、文法）、讀解」科目時，有時會使某幾道試題成爲其他題目的提示。爲避免這個情況，因此將「語言知識（文字、語彙、文法）、讀解」，分成「語言知識（文字、語彙）」和「語言知識（文法）、讀解」施測。

＊①：聽解因測驗試題的錄音長度不同，致使測驗時間會有些許差異。

4. 測驗成績

4－1　量尺得分

舊制測驗的得分，答對的題數以「原始得分」呈現；相對的，新制測驗的得分以「量尺得分」呈現。

「量尺得分」是經過「等化」轉換後所得的分數。以下，本手冊將新制測驗的「量尺得分」，簡稱爲「得分」。

4－2　測驗成績的呈現

新制測驗的測驗成績，如表3的計分科目所示。N1、N2、N3的計分科目分爲「語言知識（文字、語彙、文法）」、「讀解」、以及「聽解」3項；N4、N5的計分科目分爲「語言知識（文字、語彙、文法）、讀解」以及「聽解」2項。

會將N4、N5的「語言知識（文字、語彙、文法）」和「讀解」合併成一項，是因爲在學習日語的基礎階段，「語言知識」與「讀解」方面的重疊性高，所以將「語言知識」與「讀解」合併計分，比較符合學習者於該階段的日語能力特徵。

■ 表3　各級數的計分科目及得分範圍

級數	計分科目	得分範圍
N1	語言知識（文字、語彙、文法）	0～60
	讀解	0～60
	聽解	0～60
	總分	0～180
N2	語言知識（文字、語彙、文法）	0～60
	讀解	0～60
	聽解	0～60
	總分	0～180
N3	語言知識（文字、語彙、文法）	0～60
	讀解	0～60
	聽解	0～60
	總分	0～180

N4	語言知識（文字、語彙、文法）、讀解 聽解	0～120 0～60
	總分	0～180
N5	語言知識（文字、語彙、文法）、讀解 聽解	0～120 0～60
	總分	0～180

各級數的得分範圍，如表3所示。N1、N2、N3的「語言知識（文字、語彙、文法）」、「讀解」、「聽解」的得分範圍各爲0～60分，三項合計的總分範圍是0～180分。「語言知識（文字、語彙、文法）」、「讀解」、「聽解」各占總分的比例是1：1：1。

N4、N5的「語言知識（文字、語彙、文法）、讀解」的得分範圍爲0～120分，「聽解」的得分範圍爲0～60分，二項合計的總分範圍是0～180分。「語言知識（文字、語彙、文法）、讀解」與「聽解」各占總分的比例是2：1。還有，「語言知識（文字、語彙、文法）、讀解」的得分，不能拆解成「語言知識（文字、語彙、文法）」與「讀解」二項。

除此之外，在所有的級數中，「聽解」均占總分的三分之一，較舊制測驗的四分之一爲高。

4－3　合格基準

舊制測驗是以總分作爲合格基準；相對的，新制測驗是以總分與分項成績的門檻二者作爲合格基準。所謂的門檻，是指各分項成績至少必須高於該分數。假如有一科分項成績未達門檻，無論總分有多高，都不合格。

新制測驗設定各分項成績門檻的目的，在於綜合評定學習者的日語能力，須符合以下二項條件才能判定爲合格：①總分達合格分數（=通過標準）以上；②各分項成績達各分項合格分數（＝通過門檻）以上。如有一科分項成績未達門檻，無論總分多高，也會判定爲不合格。

N1~N3及N4、N5之分項成績有所不同，各級總分通過標準及各分項成績通過門檻如下所示：

級數	總分		分項成績					
			言語知識（文字・語彙・文法）		讀解		聽解	
	得分範圍	通過標準	得分範圍	通過門檻	得分範圍	通過門檻	得分範圍	通過門檻
N1	0～180分	100分	0～60分	19分	0～60分	19分	0～60分	19分
N2	0～180分	90分	0～60分	19分	0～60分	19分	0～60分	19分
N3	0～180分	95分	0～60分	19分	0～60分	19分	0～60分	19分

級數	總分		分項成績					
			言語知識（文字・語彙・文法）		讀解		聽解	
	得分範圍	通過標準	得分範圍	通過門檻	得分範圍	通過門檻	得分範圍	通過門檻
N4	0～180分	90分	0～120分	38分	0～60分	19分	0～60分	19分
N5	0～180分	80分	0～120分	38分	0～60分	19分	0～60分	19分

※上列通過標準自2010年第1回(7月)【N4、N5為2010年第2回(12月)】起適用。

缺考其中任一測驗科目者，即判定爲不合格。寄發「合否結果通知書」時，含已應考之測驗科目在內，成績均不計分亦不告知。

4－4　測驗結果通知

依級數判定是否合格後，寄發「合否結果通知書」予應試者；合格者同時寄發「日本語能力認定書」。

■ N1, N2, N3

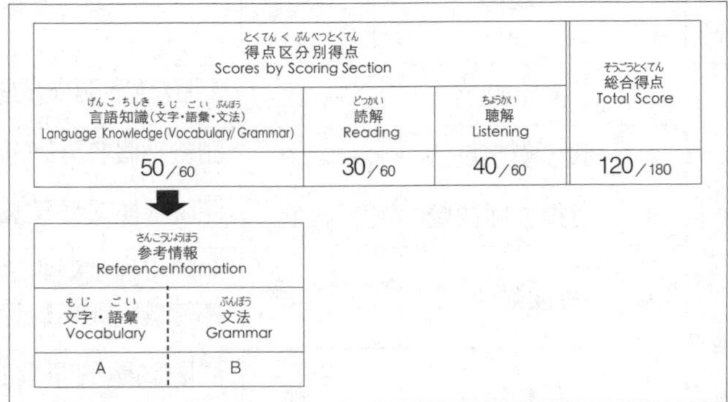

得点区分別得点 Scores by Scoring Section			総合得点 Total Score
言語知識(文字・語彙・文法) Language Knowledge(Vocabulary/ Grammar)	読解 Reading	聴解 Listening	
50／60	30／60	40／60	120／180

参考情報 ReferenceInformation	
文字・語彙 Vocabulary	文法 Grammar
A	B

■ N4, N5

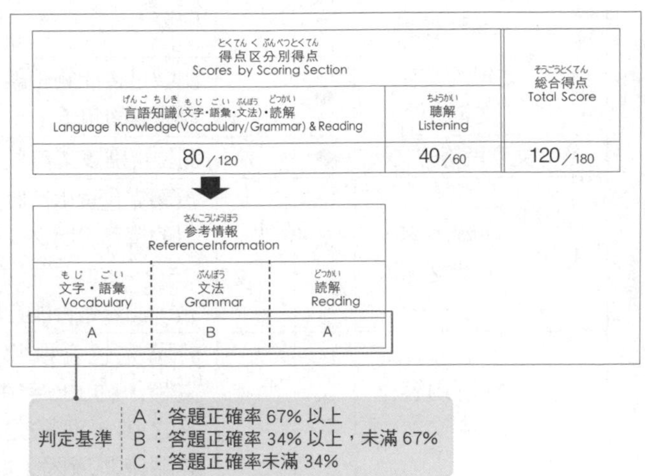

得点区分別得点 Scores by Scoring Section		総合得点 Total Score
言語知識(文字・語彙・文法)・読解 Language Knowledge(Vocabulary/Grammar) & Reading	聴解 Listening	
80／120	40／60	120／180

参考情報 ReferenceInformation		
文字・語彙 Vocabulary	文法 Grammar	読解 Reading
A	B	A

判定基準
A：答題正確率 67% 以上
B：答題正確率 34% 以上，未滿 67%
C：答題正確率未滿 34%

※各節測驗如有一節缺考就不予計分，即判定為不合格。雖會寄發「合否結果通知書」但所有分項成績，含已出席科目在內，均不予計分。各欄成績以「*」表示，如「**／60」。

※所有科目皆缺席者，不寄發「合否結果通知書」。

二、新日本語能力試驗的考試內容

N3　題型分析

<table>
<tr><th rowspan="2" colspan="2">測驗科目
（測驗時間）</th><th colspan="5">試題內容</th></tr>
<tr><th colspan="3">題型</th><th>小題
題數
＊</th><th>分析</th></tr>
<tr><td rowspan="5">語言知識
（30分）</td><td rowspan="5">文字、語彙</td><td>1</td><td>漢字讀音</td><td>◇</td><td>8</td><td>測驗漢字語彙的讀音。</td></tr>
<tr><td>2</td><td>假名漢字寫法</td><td>◇</td><td>6</td><td>測驗平假名語彙的漢字寫法。</td></tr>
<tr><td>3</td><td>選擇文脈語彙</td><td>○</td><td>11</td><td>測驗根據文脈選擇適切語彙。</td></tr>
<tr><td>4</td><td>替換類義詞</td><td>○</td><td>5</td><td>測驗根據試題的語彙或說法，選擇類義詞或類義說法。</td></tr>
<tr><td>5</td><td>語彙用法</td><td>○</td><td>5</td><td>測驗試題的語彙在文句裡的用法。</td></tr>
<tr><td rowspan="6">語言知識、讀解
（70分）</td><td rowspan="3">文法</td><td>1</td><td>文句的文法1
（文法形式判斷）</td><td>○</td><td>13</td><td>測驗辨別哪種文法形式符合文句內容。</td></tr>
<tr><td>2</td><td>文句的文法2
（文句組構）</td><td>◆</td><td>5</td><td>測驗是否能夠組織文法正確且文義通順的句子。</td></tr>
<tr><td>3</td><td>文章段落的文法</td><td>◆</td><td>5</td><td>測驗辨別該文句有無符合文脈。</td></tr>
<tr><td rowspan="3">讀解
＊</td><td>4</td><td>理解內容
（短文）</td><td>○</td><td>4</td><td>於讀完包含生活與工作等各種題材的撰寫說明文或指示文等，約150～200字左右的文章段落之後，測驗是否能夠理解其內容。</td></tr>
<tr><td>5</td><td>理解內容
（中文）</td><td>○</td><td>6</td><td>於讀完包含撰寫的解說與散文等，約350字左右的文章段落之後，測驗是否能夠理解其關鍵詞或因果關係等等。</td></tr>
<tr><td>6</td><td>理解內容
（長文）</td><td>○</td><td>4</td><td>於讀完解說、散文、信函等，約550字左右的文章段落之後，測驗是否能夠理解其概要或論述等等。</td></tr>
</table>

	讀解＊	7	釐整資訊	◆	2	測驗是否能夠從廣告、傳單、提供各類訊息的雜誌、商業文書等資訊題材（600字左右）中，找出所需的訊息。
聽解（40分）		1	理解問題	◇	6	於聽取完整的會話段落之後，測驗是否能夠理解其內容（於聽完解決問題所需的具體訊息之後，測驗是否能夠理解應當採取的下一個適切步驟）。
		2	理解重點	◇	6	於聽取完整的會話段落之後，測驗是否能夠理解其內容（依據剛才已聽過的提示，測驗是否能夠抓住應當聽取的重點）。
		3	理解概要	◇	3	於聽取完整的會話段落之後，測驗是否能夠理解其內容（測驗是否能夠從整段會話中理解說話者的用意與想法）。
		4	適切話語	◆	4	於一面看圖示，一面聽取情境說明時，測驗是否能夠選擇適切的話語。
		5	即時應答	◆	9	於聽完簡短的詢問之後，測驗是否能夠選擇適切的應答。

＊「小題題數」為每次測驗的約略題數，與實際測驗時的題數可能未盡相同。此外，亦有可能會變更小題題數。

＊有時在「讀解」科目中，同一段文章可能會有數道小題。

資料來源：《日本語能力試驗JLPT官方網站：分項成績．合格判定．合否結果通知》。2016年1月11日，取自：http://www.jlpt.jp/tw/guideline/results.html

MEMO

N3
vocabulary

JLPT

あ あい～あける

0001 □□□

あい【愛】

(名·漢造) 愛，愛情；友情，恩情；愛好，熱愛；喜愛；喜歡；愛惜

Track 1

類 愛情

例 愛(あい)をこめてセーターを編(あ)む。

／滿懷愛意地打毛衣。

文法
をこめて［傾注］
▶ 表示對某事物傾注思念或愛。

0002 □□□

あいかわらず【相変わらず】

(副) 照舊，仍舊，和往常一樣

類 変わりもなく

例 相変(あいか)わらず、ゴルフばかりしているね。

／你還是老樣子，常打高爾夫球！

0003 □□□

あいず【合図】

(名·自サ) 信號，暗號

類 知らせ

例 あの煙(けむり)は、仲間(なかま)からの合図(あいず)に違(ちが)いない。

／那道煙霧，一定是同伴給我們的暗號。

文法
に違(ちが)いない［一定是］
▶ 說話者根據經驗或直覺，做出非常肯定的判斷。

0004 □□□

アイスクリーム【ice cream】

(名) 冰淇淋

例 アイスクリームを食(た)べ過(す)ぎたせいで、おなかを壊(こわ)した。

／由於吃了太多冰淇淋，鬧肚子了。

文法
せいで［由於］
▶ 發生壞事或會導致某種不利情況或責任的原因。

0005 □□□

あいて【相手】

(名) 夥伴，共事者；對方，敵手；對象

反 自分
類 相棒（あいぼう）

例 結婚(けっこん)したいが、相手(あいて)がいない。

／雖然想結婚，可是找不到對象。

文法
たい［想］
▶ 說話者的內心願望，想要的事物用「が」表示。

0006 □□□

アイディア【idea】

(名) 主意，想法，構想；（哲）觀念

類 思い付き

例 そう簡単(かんたん)にいいアイディアを思(おも)いつくわけがない。

／哪有可能那麼容易就想出好主意。

文法
わけがない［不可能…］
▶ 表示從道理上而言，強烈地主張不可能或沒有理由成立。

0007 □□□

アイロン【iron】

㊔ 熨斗、烙鐵

例 妻(つま)がズボンにアイロンをかけてくれます。

／妻子為我熨燙長褲。

0008 □□□

あう【合う】

自五 正確，適合；一致，符合；對，準；合得來；合算

反 分かれる 類 ぴったり

補 對象可用「～に」、「～と」表示。

例 ワインは、洋食(ようしょく)ばかりでなく和食(わしょく)にも合(あ)う。

／葡萄酒不但可以搭配西餐，與日本料理也很合適。

文法

ばかりでなく…も［不僅…而且］

▶ 除前項的情況外，還有後項程度更甚的情況。

0009 □□□

あきる【飽きる】

自上一 夠，滿足；厭煩，煩膩

類 満足；いやになる

補 に飽きる

例 ごちそうを飽(あ)きるほど食(た)べた。

／已經吃過太多美食，都吃膩了。

例 付(つ)き合(あ)ってまだ3か月(げつ)だけど、もう彼氏(かれし)に飽(あ)きちゃった。

／雖然和男朋友才交往三個月而已，但是已經膩了。

文法

ほど［得］

▶ 比喻或舉出具體的例子，來表示動作或狀態處於某種程度。

だけ［只；僅僅］

▶ 表示只限於某範圍。

0010 □□□

あくしゅ【握手】

名·自サ 握手；和解，言和；合作，妥協；會師，會合

例 CD を買(か)うと、握手会(あくしゅかい)に参加(さんか)できる。

／只要買 CD 就能參加握手會。

0011 □□□

アクション【action】

㊔ 行動，動作；(劇) 格鬥等演技

類 身振り

例 いまアクションドラマが人気(にんき)を集(あつ)めている。／現在動作連續劇人氣很高。

0012 □□□

あける【空ける】

他下一 倒出，空出；騰出（時間）

類 空かす（すかす）

例 10時(じ)までに会議室(かいぎしつ)を空(あ)けてください。／請十點以後把會議室空出來。

あける～あたためる

0013 □□□ あける【明ける】 自下一（天）明，亮；過年；（期間）結束，期滿

例 あけましておめでとうございます。
／元旦開春，恭賀新禧。

0014 □□□ あげる【揚げる】 他下一 炸，油炸；舉，抬；提高；進步

反 降ろす 類 引き揚げる

例 これが天（てん）ぷらを上手（じょうず）に揚（あ）げるコツです。
／這是炸天婦羅的技巧。

0015 □□□ あご【顎】 名（上、下）顎；下巴

例 太（ふと）りすぎて、二重（にじゅう）あごになってしまった。
／太胖了，結果長出雙下巴。

0016 □□□ あさ【麻】 名（植物）麻，大麻；麻紗，麻布，麻纖維

例 このワンピースは麻（あさ）でできている。
／這件洋裝是麻紗材質。

0017 □□□ あさい【浅い】 形（水等）淺的；（顏色）淡的；（程度）膚淺的，少的，輕的；（時間）短的

反 深い

例 子（こ）ども用（よう）のプールは浅（あさ）いです。／孩童用的游泳池很淺。

0018 □□□ あしくび【足首】 名 腳踝

例 不注意（ふちゅうい）で足首（あしくび）をひねった。
／因為不小心而扭傷了腳踝。

0019 □□□ あずかる【預かる】 他五 收存，（代人）保管；擔任，管理，負責處理；保留，暫不公開

類 引き受ける

例 人（ひと）から預（あず）かった金（かね）を、使（つか）ってしまった。
／把別人託我保管的錢用掉了。

0020 □□□

あずける【預ける】

他下一 寄放，存放；委託，託付

類 託する

例 あんな銀行に、お金を預けるものか。

／我絕不把錢存到那種銀行！

文法

ものか［絕不…］

▶ 說話者絕不做某事的決心。

0021 □□□

あたえる【与える】

他下一 給與，供給；授與；使蒙受；分配

反 奪う（うばう）

類 授ける（さずける）

例 手塚治虫は、後の漫画家に大きな影響を与えた。

／手塚治虫帶給了漫畫家後進極大的影響。

0022 □□□

あたたまる【暖まる】

自五 暖，暖和；感到溫暖；手頭寬裕

類 暖かくなる

例 これだけ寒いと、部屋が暖まるのにも時間がかかる。

／像現在這麼冷，必須等上一段時間才能讓房間變暖和。

0023 □□□

あたたまる【温まる】

自五 暖，暖和；感到心情溫暖

類 温かくなる

例 外は寒かったでしょう。早くお風呂に入って温まりなさい。

／想必外頭很冷吧。請快點洗個熱水澡暖暖身子。

0024 □□□

あたためる【暖める】

他下一 使溫暖；重溫，恢復

類 暖かくする

例 ストーブと扇風機を一緒に使うと、部屋が早く暖められる。

／只要同時開啟暖爐和電風扇，房間就會比較快變暖和。

文法

られる［能；會］

▶ 表示根據某狀況，是有某種可能性的。

0025 □□□

Track 2

あたためる【温める】

他下一 溫，熱；擱置不發表

類 熱する

例 冷めた料理を温めて食べました。／我把已經變涼了的菜餚加熱後吃了。

あたり～アナウンス

0026 □□□

あたり【辺り】

(名・造語) 附近，一帶；之類，左右

類 近く；辺（へん）

例 この辺（あた）りからあの辺（へん）にかけて、畑（はたけ）が多（おお）いです。

／從這邊到那邊，有許多田地。

文法

から…にかけて［從…到…］

▶ 表示兩地點、時間之間一直連續發生某事或某狀態。

0027 □□□

あたりまえ【当たり前】

(名) 當然，應然；平常，普通

類 もっとも

例 学生（がくせい）なら、勉強（べんきょう）するのは当（あ）たり前（まえ）です。

／既然身為學生，讀書就是應盡的本分。

0028 □□□

あたる【当たる】

(自五・他五) 碰撞；擊中；合適；太陽照射；取暖，吹（風）；接觸；（大致）位於；當…時候；（粗暴）對待

類 ぶつかる

例 この花（はな）は、よく日（ひ）の当（あ）たるところに置（お）いてください。

／請把這盆花放在容易曬到太陽的地方。

0029 □□□

あっというま（に）【あっという間（に）】

(感) 一眨眼的功夫

例 あっという間（ま）の７週間（しゅうかん）、本当（ほんとう）にありがとうございました。

／七個星期一眨眼就結束了，真的萬分感激。

0030 □□□

アップ【up】

(名・他サ) 增高，提高；上傳（檔案至網路）

例 姉（あね）はいつも収入（しゅうにゅう）アップのことを考（かんが）えていた。

／姊姊老想著提高年收。

0031 □□□

あつまり【集まり】

(名) 集會，會合；收集（的情況）

類 集い（つどい）

例 親戚（しんせき）の集（あつ）まりは、美人（びじん）の妹（いもうと）と比（くら）べられるから嫌（いや）だ。

／我討厭在親戚聚會時被拿來和漂亮的妹妹做比較。

文法

られる［被…］

▶ 表示某事物或人承受到別人的動作。

0032 □□□ **あてな【宛名】** ㊔ 收信（件）人的姓名住址

㊫ 宛所

㊣ 宛名を書きかけて、間違いに気がついた。
／正在寫收件人姓名的時候，發現自己寫錯了。

0033 □□□ **あてる【当てる】** (他下一) 碰撞，接觸；命中；猜，預測；貼上，放上；測量；對著，朝向

㊣ 布団を日に当てると、ふかふかになる。
／把棉被拿去曬太陽，就會變得很膨鬆。

0034 □□□ **アドバイス【advice】** (名·他サ) 勸告，提意見；建議

㊫ 諫める（いさめる）；注意

㊣ 彼はいつも的確なアドバイスをくれます。
／他總是給予切實的建議。

0035 □□□ **あな【穴】** ㊔ 孔，洞，窟窿；坑；穴，窩；礦井；藏匿處；缺點；虧空

㊫ 洞窟（どうくつ）

㊣ うちの犬は、地面に穴を掘るのが好きだ。
／我家的狗喜歡在地上挖洞。

0036 □□□ **アナウンサー【announcer】** ㊔ 廣播員，播報員

㊫ アナ

㊣ 彼は、アナウンサーにしては声が悪い。
／就一個播音員來說，他的聲音並不好。

文法
にしては［作為…，相對來說］
▶ 表示現實情況跟前項提的標準相差大。

0037 □□□ **アナウンス【announce】** (名·他サ) 廣播；報告；通知

㊣ 機長が、到着予定時刻をアナウンスした。
／機長廣播了預定抵達時刻。

アニメ～あれっ・あれ

0038 □□□
アニメ【animation】 ㊔ 卡通，動畫片

類 動画；アニメーション

例 私の国でも日本のアニメがよく放送されています。
／在我的國家也經常播映日本的卡通。

0039 □□□
あぶら【油】 ㊔ 脂肪，油脂

比 常溫液體的可燃性物質，由植物製成。

例 えびを油でからりと揚げる。
／用油把蝦子炸得酥脆。

0040 □□□
あぶら【脂】 ㊔ 脂肪，油脂；（喻）活動力，幹勁

類 脂肪（しぼう）
比 常溫固體的可燃性物質，肉類所分泌油脂。

例 肉は脂があるからおいしいんだ。／肉就是富含油脂所以才好吃呀。

0041 □□□
アマチュア【amateur】 ㊔ 業餘愛好者；外行

反 プロフェッショナル 類 素人（しろうと）

例 最近は、アマチュア選手もレベルが高い。
／最近非職業選手的水準也很高。

0042 □□□
あら【粗】 ㊔ 缺點，毛病

例 人の粗を探すより、よいところを見るようにしよう。
／與其挑別人的毛病，不如請多看對方的優點吧。

文法
ように［請…］
▶ 表示希望、勸告或輕微的命令。

0043 □□□
あらそう【争う】 ㊀㊄ 爭奪；爭辯；奮鬥，對抗，競爭

類 競う（きそう）

例 各地区の代表、計６チームが優勝を争う。
／將由各地區代表總共六隊來爭奪冠軍。

0044 □□□

あらわす【表す】

他五 表現出，表達；象徵，代表

類 示す

比 將思想、情感等抽象的事物表現出來。

例 計画を図で表して説明した。

／透過圖表說明了計畫。

0045 □□□

あらわす【現す】

他五 現，顯現，顯露

類 示す　比 將情況、狀態、真相或事件等具體呈現。

例 彼は、8時ぎりぎりに、ようやく姿を現した。

／快到八點時，他才終於出現了。

0046 □□□

あらわれる【表れる】

自下一 出現，出來；表現，顯出

類 明らかになる

例 彼は何も言わなかったが、不満が顔に表れていた。

／他雖然什麼都沒說，但臉上卻露出了不服氣的神情。

0047 □□□

あらわれる【現れる】

自下一 出現，呈現，顯露

類 出現

例 意外な人が突然現れた。

／突然出現了一位意想不到的人。

0048 □□□

アルバム【album】

名 相簿，記念冊

例 娘の七五三の記念アルバムを作ることにしました。

／為了記念女兒七五三節，決定做本記念冊。

0049 □□□

あれっ・あれ

感 哎呀

例「あれ？」「どうしたの」「財布忘れてきたみたい」

／「咦？」「怎麼了？」「我好像忘記帶錢包了。」

文法

みたい［好像］

▶ 表示不是很確定的推測或判斷。

あ　か　さ　た　な　は　ま　や　ら　わ　ん　練習

0050 □□□

あわせる【合わせる】

他下一 合併；核對，對照；加在一起，混合；配合，調合

類 一致させる（いっちさせる）

例 みんなで力を合わせたとしても、彼に勝つことはできない。

／就算大家聯手，也是沒辦法贏過他。

文法

としても［就算…，也…］

▶ 假設前項是事實或成立，後項也不會起有效的作用。

0051 □□□

あわてる【慌てる】

自下一 驚慌，急急忙忙，匆忙，不穩定

反 落ち着く

類 まごつく

例 突然質問されて、少し慌ててしまった。

／突然被問了問題，顯得有點慌張。

0052 □□□

あんがい【案外】

副·形動 意想不到，出乎意外

類 意外

例 難しいかと思ったら、案外易しかった。

／原以為很難，結果卻簡單得叫人意外。

0053 □□□

アンケート【(法)enquête】

名（以同樣內容對多數人的）問卷調查，民意測驗

例 皆様にご協力いただいたアンケートの結果をご報告します。

／現在容我報告承蒙各位協助所完成的問卷調查結果。

い

0054 □□□

Track 3

い【位】

接尾 位；身分，地位

例 今度のテストでは、学年で一位になりたい。

／這次考試希望能拿到全學年的第一名。

文法

たい［想要…］

▶ 表示說話者的內心想做、想要的。

0055 □□□

いえ

感 不，不是

例 いえ、違います。

／不，不是那樣。

0056 □□□

いがい【意外】 ㊔名·形動 意外，想不到，出乎意料

類 案外

例 雨による被害は、意外に大きかった。
／大雨意外地造成嚴重的災情。

文法
による［因…造成的…］
▶ 造成某種事態的原因。

0057 □□□

いかり【怒り】 名 憤怒，生氣

類 いきどおり

例 子どもの怒りの表現は親の怒りの表現のコピーです。
／小孩子生氣的模樣正是父母生氣時的翻版。

0058 □□□

いき・ゆき【行き】 名 去，往

例 まもなく、東京行きの列車が発車します。
／前往東京的列車即將發車。

0059 □□□

いご【以後】 名 今後，以後，將來；（接尾語用法）（在某時期）以後

反 以前　類 以来

例 夜 11 時以後は電話代が安くなります。
／夜間十一點以後的電話費率比較便宜。

0060 □□□

イコール【equal】 名 相等；（數學）等號

類 等しい（ひとしい）

例 失敗イコール負けというわけではない。
／失敗並不等於輸了。

文法
わけではない［並不是］
▶ 不能簡單地對現在的狀況下某種結論，也有其他情況。

0061 □□□

いし【医師】 名 醫師，大夫

類 医者

例 医師に言われた通りに薬を飲む。
／按照醫師開立的藥囑吃藥。

文法
とおりに［按照］
▶ 按照前項的方式或要求，進行後項的行為、動作。

いじょうきしょう～いったい

0062 □□□
いじょうきしょう【異常気象】 ㊔ 氣候異常

例 異常気象が続いている。
／氣候異常正持續著。

文法
▶ 近 つづける [繼續…]
▶ 近 っ放しで [⋯著（表持續）]

0063 □□□
いじわる【意地悪】 名·形動 使壞，刁難，作弄

類 虐待（ぎゃくたい）
例 意地悪な人といえば、高校の数学の先生を思い出す。
／說到壞心眼的人，就讓我想到高中的數學老師。

0064 □□□
いぜん【以前】 ㊔ 以前；更低階段（程度）的；（某時期）以前

反 以降 類 以往
例 以前、東京でお会いした際に、名刺をお渡ししたと思います。
／我記得之前在東京跟您會面時，有遞過名片給您。

文法
際に [在…時]
▶ 表示動作、行為進行的時候。

0065 □□□
いそぎ【急ぎ】 名·副 急忙，匆忙，緊急

類 至急
例 部長は大変お急ぎのご様子でした。
／經理似乎非常急的模樣。

0066 □□□
いたずら【悪戯】 名·形動 淘氣，惡作劇；玩笑，消遣

類 戯れ（たわむれ）；ふざける
例 彼女は、いたずらっぽい目で笑った。
／她眼神淘氣地笑了。

文法
っぽい [感覺像…]
▶ 表示有這種感覺或傾向。

0067 □□□
いためる【傷める・痛める】 他下一 使（身體）疼痛，損傷；使（心裡）痛苦

例 桃をうっかり落として傷めてしまった。
／不小心把桃子掉到地上摔傷了。

0068 □□□ **いちどに【一度に】** ㊖ 同時地，一塊地，一下子

類 同時に

例 そんなに一度に食べられません。

／我沒辦法一次吃那麼多。

0069 □□□ **いちれつ【一列】** ㊔ 一列，一排

例 一列に並んで、順番を待つ。

／排成一列依序等候。

0070 □□□ **いっさくじつ【一昨日】** ㊔ 前一天，前天

類 一昨日（おととい）

例 一昨日アメリカから帰ってきました。

／前天從美國回來了。

0071 □□□ **いっさくねん【一昨年】** 造語 前年

類 一昨年（おととし）

例 一昨年、北海道に引っ越しました。

／前年，搬去了北海道。

0072 □□□ **いっしょう【一生】** ㊔ 一生，終生，一輩子

類 生涯（しょうがい）

例 あいつとは、一生口をきくものか。

／我這輩子，決不跟他講話。

文法

ものか［決不…］

▶ 絕不做某事的決心、強烈否定對方的意見。

0073 □□□ **いったい【一体】** 名・副 一體，同心合力；一種體裁；根本，本來；大致上；到底，究竟

類 そもそも

例 一体何が起こったのですか。

／到底發生了什麼事？

いってきます～いわう

0074 □□□

いってきます【行ってきます】

寒暄 我出門了

例 8時だ。行ってきます。

／八點了！我出門囉。

0075 □□□

いつのまにか【何時の間にか】

副 不知不覺地，不知什麼時候

例 いつの間にか、お茶の葉を使い切りました。

／茶葉不知道什麼時候就用光了。

0076 □□□

いとこ【従兄弟・従姉妹】

名 堂表兄弟姊妹

例 日本では、いとこ同士でも結婚できる。

／在日本，就算是堂兄妹／堂姊弟、表兄妹／表姊弟也可以結婚。

0077 □□□

いのち【命】

名 生命，命；壽命

類 生命

例 命が危ないところを、助けていただきました。／在我性命危急時，他救了我。

文法

ところを［正當…時］

▶ 表示正當Ａ的時候，發生了Ｂ的狀況。

0078 □□□

いま【居間】

名 起居室

類 茶の間

例 居間はもとより、トイレも台所も全部掃除しました。

／別說是客廳，就連廁所和廚房也都清掃過了。

文法

はもとより［不僅…而且…］

▶ 表示一般程度的前項自然不用說，就連程度較高的後項也不例外。

0079 □□□

イメージ【image】

名 影像，形象，印象

例 企業イメージの低下に伴って、売り上げも落ちている。

／隨著企業形象的滑落，銷售額也跟著減少。

文法

に伴って［隨著…］

▶ 表示隨著前項事物的變化而進展。

讀書計劃：□□／□□

0080 □□□

いもうとさん【妹さん】 ㊔ 妹妹，令妹（「妹」的鄭重說法）

例 予想(よそう)に反(はん)して、遠藤(えんどう)さんの妹(いもうと)さんは美人(びじん)でした。
／與預料相反，遠藤先生的妹妹居然是美女。

文法
に反(はん)して［與…相反…］
▶ 接「期待」、「予想」等詞後面，表後項結果與前項所預料相反。

0081 □□□

いや ㊔ 不；沒什麼

例 いや、それは違(ちが)う。
／不，不是那樣的。

0082 □□□

いらいら【苛々】 （名・副・他サ） 情緒急躁、不安；焦急，急躁

類 苛立つ（いらだつ）

例 何(なん)だか最近(さいきん)いらいらしてしょうがない。
／不知道是怎麼搞的，最近老是焦躁不安的。

0083 □□□

いりょうひ【衣料費】 ㊔ 服裝費

類 洋服代

例 子(こ)どもの衣料費(いりょうひ)に一人月(ひとりつき)どれくらいかけていますか。
／小孩的治裝費一個月要花多少錢？

0084 □□□

いりょうひ【医療費】 ㊔ 治療費，醫療費

類 治療費

例 今年(ことし)は入院(にゅういん)したので医療費(いりょうひ)が多(おお)くかかった。
／今年由於住了院，以致於醫療費用增加了。

0085 □□□

いわう【祝う】 （他五） 祝賀，慶祝；祝福；送賀禮；致賀詞

類 祝する（しゅくする）

例 みんなで彼(かれ)の合格(ごうかく)を祝(いわ)おう。
／大家一起來慶祝他上榜吧！

インキ～うごかす

0086 □□□

インキ【ink】

㊔ 墨水

類 インク

例 万年筆のインキがなくなったので、サインのしようがない。

／因為鋼筆的墨水用完了，所以沒辦法簽名。

文法

ようがない［沒辦法］

▶ 表示不管用什麼方法都不可能，已經沒有其他方法了。

0087 □□□

インク【ink】

㊔ 墨水，油墨（也寫作「インキ」）

類 インキ

例 この絵は、ペンとインクで書きました。

／這幅畫是以鋼筆和墨水繪製而成的。

0088 □□□

いんしょう【印象】

㊔ 印象

類 イメージ

例 台湾では、故宮の白菜の彫刻が一番印象に残った。

／這趟台灣之行，印象最深刻的是故宮的翠玉白菜。

0089 □□□

インスタント【instant】

名·形動 即席，稍加工即可的，速成

例 昼ご飯はインスタントラーメンですませた。

／吃速食麵打發了午餐。

0090 □□□

インターネット【internet】

㊔ 網路

例 説明書に従って、インターネットに接続しました。

／照著說明書，連接網路。

0091 □□□

インタビュー【interview】

名·自サ 會面，接見；訪問，採訪

類 面会

例 インタビューを始めたとたん、首相は怒り始めた。

／採訪剛開始，首相就生氣了。

文法

とたん［剛…就…］

▶ 表示前項動作和變化完成的一瞬間，發生了後項的動作和變化。

0092 □□□

いんりょく【引力】　㊔ 物體互相吸引的力量

例 万有引力の法則は、ニュートンが発見した。
／萬有引力定律是由牛頓發現的。

う

0093 □□□

ウイルス【virus】　㊔ 病毒，濾過性病毒

Track 5

類 菌

例 メールでウイルスに感染しました。
／因為收郵件導致電腦中毒了。

0094 □□□

ウール【wool】　㊔ 羊毛，毛線，毛織品

例 そろそろ、ウールのセーターを出さなくちゃ。
／看這天氣，再不把毛衣拿出來就不行了。

文法
なくちゃ［不…不行］
▶ 表示受限於某個條件而必須要做，如果不做，會有不好的結果發生。

0095 □□□

ウェーター・ウェイター【waiter】　㊔（餐廳等的）侍者，男服務員

例 ウェーターが注文を取りに来た。
／服務生過來點菜了。

0096 □□□

ウェートレス・ウェイトレス【waitress】　㊔（餐廳等的）女侍者，女服務生

類 メード

例 あの店のウエートレスは態度が悪くて、腹が立つほどだ。
／那家店的女服務生態度之差，可說是令人火冒三丈。

文法
ほど［得令人］
▶ 比喻或舉出具體的例子，來表示動作或狀態處於某種程度。

0097 □□□

うごかす【動かす】　㊀五 移動，挪動，活動；搖動，搖撼；給予影響，使其變化，感動

反 止める

例 たまには体を動かした方がいい。／偶爾活動一下筋骨比較好。

うし～うむ

0098 □□□

うし【牛】

㊔ 牛

例 いつか北海道に自分の牧場を持って、牛を飼いたい。
／我希望有一天能在北海道擁有自己的牧場養牛。

文法
たい［想要…］
▶ 表示説話者的內心想做、想要的。

0099 □□□

うっかり

副・自サ 不注意，不留神；發呆，茫然

類 うかうか

例 うっかりしたものだから、約束を忘れてしまった。
／因為一時不留意，而忘了約會。

文法
ものだから［就是因為…，所以…］
▶ 常用在因為事態的程度很厲害，因此做了某事。

0100 □□□

うつす【写す】

他五 抄襲，抄寫；照相；摹寫

例 友達に宿題を写させてもらったら、間違いだらけだった。
／我抄了朋友的作業，結果他的作業卻是錯誤連篇。

文法
だらけ［全是…］
▶ 表示數量過多。

0101 □□□

うつす【移す】

他五 移，搬；使傳染；度過時間

類 引っ越す

例 鼻水が止まらない。弟に風邪を移されたに違いない。
／鼻水流個不停。一定是被弟弟傳染了感冒，錯不了。

文法
に違いない［一定是］
▶ 説話者根據經驗或直覺，做出非常肯定的判斷。

0102 □□□

うつる【写る】

自五 照相，映顯；顯像；（穿透某物）看到

類 転写する（てんしゃする）

例 私の隣に写っているのは姉です。
／照片中，在我旁邊的是姊姊。

0103 □□□

うつる【映る】

自五 映，照；顯得，映入；相配，相稱；照相，映現

類 映ずる（えいずる）

例 山が湖の水に映っています。／山影倒映在湖面上。

0104 □□□

うつる【移る】

自五 移動；推移；沾到

類 移動する（いどうする）

例 都会(とかい)は家賃(やちん)が高(たか)いので、引退(いんたい)してから郊外(こうがい)に移(うつ)った。
／由於大都市的房租很貴，退下第一線以後就搬到郊區了。

0105 □□□

うどん【饂飩】

名 烏龍麵條，烏龍麵

例 安(やす)かったわりには、おいしいうどんだった。
／這碗烏龍麵雖然便宜，但出乎意料地好吃。

文法
わりには［（比較起來）雖然…但是…］
▶表示結果跟前項條件不相稱，結果劣於或優於應有程度。

0106 □□□

うま【馬】

名 馬

例 生(う)まれて初(はじ)めて馬(うま)に乗(の)った。
／我這輩子第一次騎了馬。

0107 □□□

うまい

形 味道好，好吃；想法或做法巧妙，擅於；非常適宜，順利

反 まずい　類 おいしい

例 山(やま)は空気(くうき)がうまいなあ。／山上的空氣真新鮮呀。

0108 □□□

うまる【埋まる】

自五 被埋上；填滿，堵住；彌補，補齊

例 小屋(こや)は雪(ゆき)に埋(う)まっていた。／小屋被雪覆蓋住。

0109 □□□

うむ【生む】

他五 產生，產出

例 その発言(はつげん)は誤解(ごかい)を生(う)む可能性(かのうせい)がありますよ。
／你那發言可能會產生誤解喔！

0110 □□□

うむ【産む】

他五 生，產

例 彼女(かのじょ)は女(おんな)の子(こ)を産(う)んだ。／她生了女娃兒。

あ か さ た な は ま や ら わ ん 練習

うめる～えきいん

0111 □□□
うめる【埋める】
(他下一) 埋，掩埋；填補，彌補；佔滿

類 埋める（うずめる）
例 犯人（はんにん）は、木（き）の下（した）にお金（かね）を埋（う）めたと言（い）っている。
／犯人自白說他將錢埋在樹下。

0112 □□□
うらやましい【羨ましい】
(形) 羨慕，令人嫉妒，眼紅

類 羨む（うらやむ）
例 お金（かね）のある人（ひと）が羨（うらや）ましい。
／好羨慕有錢人。

0113 □□□
うる【得る】
(他下二) 得到；領悟

例 この本（ほん）はなかなか得（う）るところが多（おお）かった。
／從這本書學到了相當多東西。

0114 □□□
うわさ【噂】
(名·自サ) 議論，閒談；傳說，風聲

類 流言（りゅうげん）
例 本人（ほんにん）に聞（き）かないと、うわさが本当（ほんとう）かどうかわからない。
／傳聞是真是假，不問當事人是不知道的。

文法
ないと［不…不行］
▶ 表示受限於某個條件、規定，必須要做某件事情。

0115 □□□
うんちん【運賃】
(名) 票價；運費

類 切符代
例 運賃（うんちん）は当方（とうほう）で負担（ふたん）いたします。
／運費由我方負責。

0116 □□□
うんてんし【運転士】
(名) 司機；駕駛員，船員

例 私（わたし）は JR で運転士（うんてんし）をしています。
／我在 JR 當司機。

0117 □□□

うんてんしゅ【運転手】 ㊔ 司機

類 運転士

例 タクシーの運転手に、チップをあげた。

／給了計程車司機小費。

え

0118 □□□

エアコン【air conditioning】 ㊔ 空調；溫度調節器

Track 6

類 冷房（れいぼう）

例 家具とエアコンつきの部屋を探しています。

／我在找附有家具跟冷氣的房子。

0119 □□□

えいきょう【影響】 名·自サ 影響

類 反響（はんきょう）

例 鈴木先生には、大変影響を受けました。

／鈴木老師給了我很大的影響。

0120 □□□

えいよう【栄養】 ㊔ 營養

類 養分（ようぶん）

例 子供の栄養には気をつけています。

／我很注重孩子的營養。

0121 □□□

えがく【描く】 他五 畫，描繪；以…為形式，描寫；想像

類 写す（うつす）

例 この絵は、心に浮かんだものを描いたにすぎません。

／這幅畫只是將內心所想像的東西，畫出來的而已。

0122 □□□

えきいん【駅員】 ㊔ 車站工作人員，站務員

例 駅のホームに立って、列車を見送る駅員さんが好きだ。

／我喜歡站在車站目送列車的站員。

エスエフ～おい

0123 □□□

エスエフ（SF）【science fiction】 ㊔ 科學幻想

㊐ 以前に比べて、少女漫画のＳＦ作品は随分増えた。
／相較於從前，少女漫畫的科幻作品增加了相當多。

文法
に比べて［與…相比］
▶ 表示比較、對照。

0124 □□□

エッセー・エッセイ【essay】 ㊔ 小品文，隨筆；（隨筆式的）短論文

㊮ 随筆（ずいひつ）

㊐ 彼女はCDを発売するとともに、エッセーも出版した。
／她發行CD的同時，也出版了小品文。

文法
とともに［與…同時］
▶ 表示後項的動作或變化，跟著前項同時進行或發生。
▶ 近 にしたがって［伴隨…］

0125 □□□

エネルギー【(德)energie】 ㊔ 能量，能源，精力，氣力

㊮ 活力（かつりょく）

㊐ 国内全体にわたって、エネルギーが不足しています。
／就全國整體來看，能源是不足的。

文法
にわたって［在…範圍內］
▶ 表示動作、行為所涉及到的時間範圍，或空間範圍非常之大。

0126 □□□

えり【襟】 ㊔（衣服的）領子；脖頸，後頸；（西裝的）硬領

㊐ コートの襟を立てている人は、山田さんです。
／那位豎起外套領子的人就是山田小姐。

0127 □□□

える【得る】 (他下一) 得，得到；領悟，理解；能夠

㊮ 手に入れる

㊐ そんな簡単に大金が得られるわけがない。
／怎麼可能那麼容易就得到一大筆錢。

文法
わけがない［不可能…］
▶ 表示從道理上而言，強烈地主張不可能或沒有理由成立。

0128 □□□

えん【園】 (接尾) 園

㊐ 弟は幼稚園に通っている。／弟弟上幼稚園。

0129 □□□

えんか
【演歌】

㊔ 演歌（現多指日本民間特有曲調哀愁的民謠）

例 演歌がうまく歌えたらいいのになあ。

／要是能把日本歌謠唱得動聽，不知該有多好呀。

文法
たらいいのになあ［就好了］
▶前項是難以實現或是與事實相反的情況，表現說話者遺憾、不滿、感嘆的心情。

0130 □□□

えんげき
【演劇】

㊔ 演劇，戲劇

類 芝居（しばい）

例 演劇の練習をしている最中に、大きな地震が来た。

／正在排演戲劇的時候，突然來了一場大地震。

文法
最中に［正在…］
▶表示某一行為在進行中。常用在突發什麼事的場合。

0131 □□□

エンジニア
【engineer】

㊔ 工程師，技師

類 技師（ぎし）

例 あの子はエンジニアを目指している。

／那個孩子立志成為工程師。

0132 □□□

えんそう
【演奏】

名・他サ 演奏

類 奏楽（そうがく）

例 彼の演奏はまだまだだ。

／他的演奏還有待加強。

お

0133 □□□

おい

Track 7

感（主要是男性對同輩或晚輩使用）打招呼的喂，唉；（表示輕微的驚訝）呀！啊！

例（道に倒れている人に向かって）おい、大丈夫か。

／（朝倒在路上的人說）喂，沒事吧？

おい～おきる

0134 □□□

おい
【老い】

㊔ 老；老人

例 こんな階段でくたびれるなんて、老いを感じるなあ。
／區區爬這幾階樓梯居然累得要命，果然年紀到了啊。

文法
なんて［真是太…］
▶ 表示前面的事是出乎意料的，後面多接驚訝或是輕視的評價。

0135 □□□

おいこす
【追い越す】

他五 超過，趕過去

類 抜く（ぬく）

例 トラックなんか、追い越しちゃえ。
／我們快追過那卡車吧！

文法
なんか［之類的］
▶ 用輕視的語氣，談論主題。口語用法。
▶ 近 など［才不（輕視的語氣）］

0136 □□□

おうえん
【応援】

名・他サ 援助，支援；聲援，助威

類 声援

例 今年は、私が応援している野球チームが優勝した。
／我支持的棒球隊今年獲勝了。

0137 □□□

おおく
【多く】

名・副 多數，許多；多半，大多

類 沢山

例 日本は、食品の多くを輸入に頼っている。
／日本的食品多數仰賴進口。

0138 □□□

オーバー（コート）
【overcoat】

㊔ 大衣，外套，外衣

例 まだオーバーを着るほど寒くない。
／還沒有冷到需要穿大衣。

文法
ほど…ない［沒那麼…］
▶ 表示程度並沒有那麼高。

讀書計劃：□□／□□

0139 □□□ **オープン【open】**　(名·自他サ·形動) 開放，公開；無蓋，敞篷；露天，野外

例 そのレストランは3月にオープンする。
／那家餐廳將於三月開幕。

0140 □□□ **おかえり【お帰り】**　(寒暄)（你）回來了

例「ただいま」「お帰り」
／「我回來了。」「回來啦！」

0141 □□□ **おかえりなさい【お帰りなさい】**　(寒暄) 回來了

例 お帰りなさい。お茶でも飲みますか。
／你回來啦。要不要喝杯茶？

0142 □□□ **おかけください**　(敬) 請坐

例 どうぞ、おかけください。
／請坐下。

0143 □□□ **おかしい【可笑しい】**　(形) 奇怪，可笑；不正常

類 滑稽（こっけい）

例 いくらおかしくても、そんなに笑うことないでしょう。
／就算好笑，也不必笑成那個樣子吧。

文法
ことはない［用不著…］
▶表示鼓勵或勸告別人，沒有做某一行為的必要。

0144 □□□ **おかまいなく【お構いなく】**　(敬) 不管，不在乎，不介意

例 どうぞ、お構いなく。／請不必客氣。

0145 □□□ **おきる【起きる】**　(自上一)（倒著的東西）起來，立起來；起床；不睡；發生

類 立ち上がる（たちあがる）

例 昨夜はずっと起きていた。
／昨天晚上一直都醒著。

0146 □□□

おく【奥】 ㊔ 裡頭，深處；裡院；盡頭

㊄ のどの奥に魚の骨が引っかかった。
／喉嚨深處哽到魚刺了。

0147 □□□

おくれ【遅れ】 ㊔ 落後，晚；畏縮，怯懦

㊄ 台風のため、郵便の配達に二日の遅れが出ている。
／由於颱風，郵件延遲兩天送達。

0148 □□□

おげんきですか【お元気ですか】 寒暄 你好嗎？

㊄ ご両親はお元気ですか。
／請問令尊與令堂安好嗎？

0149 □□□

おこす【起こす】 他五 扶起；叫醒；引起

類 目を覚まさせる（めをさまさせる）

㊄ 父は、「明日の朝、6時に起こしてくれ」と言った。
／父親說：「明天早上六點叫我起床」。

文法

てくれと［給我…］
▸ 表示引用某人下的強烈命令的內容。

と［（表示命令內容）］
▸ 前面接動詞命令形，表示引用命令的內容。

0150 □□□

おこる【起こる】 自五 發生，鬧；興起，興盛；（火）著旺

反 終わる
類 始まる

㊄ この交差点は事故が起こりやすい。
／這個十字路口經常發生交通事故。

㊄ 世界の地震の約1割が日本で起こっている。
／全世界的地震大約有一成發生在日本。

0151 □□□

おごる【奢る】 自五·他五 奢侈，過於講究；請客，作東

㊄ ここは私がおごります。／這回就讓我作東了。

0152 □□□

おさえる【押さえる】

(他下一) 按，壓；扣住，勒住；控制，阻止；捉住；扣留；超群出眾

類 押す

例 この釘を押さえていてください。

／請按住這個釘子。

0153 □□□

おさきに【お先に】

敬 先離開了，先告辭了

例 お先に、失礼します。

／我先告辭了。

0154 □□□

おさめる【納める】

(他下一) 交，繳納

例 税金を納めるのは国民の義務です。

／繳納稅金是國民的義務。

0155 □□□

おしえ【教え】

名 教導，指教，教誨；教義

例 神の教えを守って生活する。

／遵照神的教誨過生活。

0156 □□□

おじぎ【お辞儀】

(名·自サ) 行禮，鞠躬，敬禮；客氣

類 挨拶

例 目上の人にお辞儀をしなかったので、母にしかられた。

／因為我沒跟長輩行禮，被媽媽罵了一頓。

0157 □□□

おしゃべり【お喋り】

(名·自サ·形動) 閒談，聊天；愛說話的人，健談的人

反 無口　類 無駄口（むだぐち）

例 友だちとおしゃべりをしているところへ、先生が来た。

／當我正在和朋友閒談時，老師走了過來。

文法

ところへ［正當…的時候］

▶ 表示正在做某事時，偶發了另一件事，並產生某種影響。

おじゃまします～おめでとう

0158 □□□

おじゃまします【お邪魔します】 ㊎ 打擾了

例「どうぞお上がりください」「お邪魔します」
／「請進請進」「打擾了」

0159 □□□

おしゃれ【お洒落】 名·形動 打扮漂亮，愛漂亮的人

例おしゃれしちゃって、これからデート？
／瞧你打扮得那麼漂亮／帥氣，等一下要約會？

0160 □□□

おせわになりました【お世話になりました】 ㊎ 受您照顧了

例いろいろと、お世話になりました。
／感謝您多方的關照。

0161 □□□

おそわる【教わる】 他五 受教，跟…學習

例パソコンの使い方を教わったとたんに、もう忘れてしまった。
／才剛請別人教我電腦的操作方式，現在就已經忘了。

文法
とたんに［剛…就…］
▶ 表示前項動作和變化完成的一瞬間，發生了後項的動作和變化。

0162 □□□

Track 8

おたがい【お互い】 ㊔ 彼此，互相

例二人はお互いに愛し合っている。
／兩人彼此相愛。

0163 □□□

おたまじゃくし【お玉杓子】 ㊔ 圓杓，湯杓；蝌蚪

例お玉じゃくしでスープをすくう。
／用湯杓舀湯。

0164 □□□

おでこ ㊔ 凸額，額頭突出（的人）；額頭，額骨

類額（ひたい）

例息子が転んで机の角におでこをぶつけた。
／兒子跌倒時額頭撞到了桌角。

0165 □□□ おとなしい【大人しい】

㊊ 老實，溫順；（顏色等）樸素，雅致

類 穏やか（おだやか）

例 彼女(かのじょ)はおとなしいですが、とてもしっかりしています。

／她雖然文靜，但非常能幹。

0166 □□□ オフィス【office】

㊔ 辦公室，辦事處；公司；政府機關

類 事務所（じむしょ）

例 彼(かれ)のオフィスは、3階(がい)だと思(おも)ったら4階(かい)でした。

／原以為他的辦公室是在三樓，誰知原來是在四樓。

0167 □□□ オペラ【opera】

㊔ 歌劇

類 芝居

例 オペラを観(み)て、主人公(しゅじんこう)の悲(かな)しい運命(うんめい)に涙(なみだ)が出(で)ました。

／觀看歌劇中主角的悲慘命運，而熱淚盈框。

0168 □□□ おまごさん【お孫さん】

㊔ 孫子，孫女，令孫（「孫」的鄭重說法）

例 そちら、お孫(まご)さん？何歳(なんさい)ですか。

／那一位是令孫？今年幾歲？

0169 □□□ おまちください【お待ちください】

㊫ 請等一下

例 少々(しょうしょう)、お待(ま)ちください。

／請等一下。

0170 □□□ おまちどおさま【お待ちどおさま】

㊫ 久等了

例 お待(ま)ちどおさま、こちらへどうぞ。

／久等了，這邊請。

0171 □□□ おめでとう

寒暄 恭喜

例 大学合格(だいがくごうかく)、おめでとう。／恭喜你考上大學。

あ か さ た な は ま や ら わ ん 練習

おめにかかる～オリンピック

0172 □□□
おめにかかる【お目に掛かる】
㊥（謙讓語）見面，拜會

例 社長にお目に掛かりたいのですが。
／想拜會社長。

文法
たい［想要…］
▶ 表示説話者的內心想做、想要的。

0173 □□□
おもい【思い】
㊔（文）思想，思考；感覺，情感；想念，思念；願望，心願

類 考え

例 彼女には、申し訳ないという思いでいっぱいだ。
／我對她滿懷歉意。

0174 □□□
おもいえがく【思い描く】
他五 在心裡描繪，想像

例 将来の生活を思い描く。
／在心裡描繪未來的生活。

0175 □□□
おもいきり【思い切り】
名・副 斷念，死心；果斷，下決心；狠狠地，盡情地，徹底的

例 試験が終わったら、思い切り遊びたい。
／等考試結束後，打算玩個夠。（副詞用法）

例 別れた彼女が忘れられない。俺は思い切りが悪いのか。
／我忘不了已經分手的女友，難道是我太優柔寡斷了？（名詞用法）

文法
たい［想要…］
▶ 表示説話者的內心想做、想要的。

0176 □□□
おもいつく【思い付く】
自他五（忽然）想起，想起來

類 考え付く（かんがえつく）

例 いいアイディアを思い付くたびに、会社に提案しています。
／每當我想到好點子，就提案給公司。

文法
たびに［每當…就…］
▶ 表示前項的動作、行為都伴隨後項。

0177 □□□
おもいで【思い出】
㊔ 回憶，追憶，追懷；紀念

例 旅の思い出に写真を撮る。／旅行拍照留念。

0178 □□□ **おもいやる【思いやる】** ㊀他五 體諒，表同情；想像，推測

例 夫婦(ふうふ)は、お互(たが)いに思(おも)いやることが大切(たいせつ)です。
／夫妻間相互體貼很重要。

0179 □□□ **おもわず【思わず】** 副 禁不住，不由得，意想不到地，下意識地

類 うっかり
例 頭(あたま)にきて、思(おも)わず殴(なぐ)ってしまった。
／怒氣一上來，就不自覺地揍了下去。

0180 □□□ **おやすみ【お休み】** 寒暄 休息；晚安

例 お休(やす)みのところをすみません。
／抱歉，在您休息的時間來打擾。

文法
ところを [正當…時]
▶ 表示正當 A 的時候，發生了 B 的狀況。

0181 □□□ **おやすみなさい【お休みなさい】** 寒暄 晚安

例 さて、そろそろ寝(ね)ようかな。お休(やす)みなさい。
／好啦！該睡了。晚安！

0182 □□□ **おやゆび【親指】** 名（手腳的）的拇指

例 親指(おやゆび)に怪我(けが)をしてしまった。
／大拇指不小心受傷了。

0183 □□□ **オリンピック【Olympics】** 名 奥林匹克

例 オリンピックに出(で)るからには、金(きん)メダルを目指(めざ)す。
／既然參加奧運，目標就是得金牌。

文法
からには [既然…，就…]
▶ 表示既然到了這種情況，後面就要「貫徹到底」的說法。

あ か さ た な は ま や ら わ ん 練習

オレンジ～か

0184 □□□

オレンジ【orange】

㊔ 柳橙，柳丁；橙色

例 オレンジはもう全部食べたんだっけ。
／柳橙好像全都吃光了吧？

文法
っけ［是不是…呢］
▶ 用在想確認自己記不清，或已經忘掉的事物時。

0185 □□□

おろす【下ろす・降ろす】

他五（從高處）取下，拿下，降下，弄下；開始使用（新東西）；砍下

反 上げる　類 下げる

例 車から荷物を降ろすとき、腰を痛めた。
／從車上搬行李下來的時候弄痛了腰。

0186 □□□

おん【御】

接頭 表示敬意

例 御礼申し上げます。
／致以深深的謝意。

0187 □□□

おんがくか【音楽家】

㊔ 音樂家

類 ミュージシャン

例 プロの音楽家になりたい。
／我想成為專業的音樂家。

文法
たい［想要…］
▶ 表示說話者的內心想做、想要的。

0188 □□□

おんど【温度】

㊔（空氣等）溫度，熱度

例 冬の朝は、天気がいいと温度が下がります。
／如果冬天早晨的天氣晴朗，氣溫就會下降。

0189 □□□
か【課】
名·漢造（教材的）課；課業；（公司等）課，科

Track 9

例 会計課で学費を納める。／在會計處繳交學費。

0190 □□□
か【日】
漢造 表示日期或天數

例 私の誕生日は四月二十日です。／我的生日是四月二十日。

0191 □□□
か【下】
漢造 下面；屬下；低下；下，降

例 この辺りでは、冬には気温が零下になることもある。
／這一帶的冬天有時氣溫會到零度以下。

0192 □□□
か【化】
漢造 化學的簡稱；變化

例 この作家の小説は、たびたび映画化されている。
／這位作家的小說經常被改拍成電影。

0193 □□□
か【科】
名·漢造（大專院校）科系；（區分種類）科

例 英文科だから、英語を勉強しないわけにはいかない。
／因為是英文系，總不能不讀英語。

文法
ないわけにはいかない［不能不…］
▸ 表示根據情理、一般常識或的經驗，有做某事的義務。

0194 □□□
か【家】
漢造 家庭；家族；專家

例 芸術家になって食べていくのは、容易なことではない。
／想當藝術家餬口過日，並不是容易的事。

0195 □□□
か【歌】
漢造 唱歌；歌詞

例 年のせいか、流行歌より演歌が好きだ。
／大概是因為上了年紀，比起流行歌曲更喜歡傳統歌謠。

文法
せいか［可能是（因為）…］
▸ 表示發生壞事或不利的原因，但這一原因也不很明確。

カード～かう

0196 □□□
カード【card】
㊔ 卡片；撲克牌

例 単語を覚えるには、カードを使うといいよ。
／想要背詞彙，利用卡片的效果很好喔。

0197 □□□
カーペット【carpet】
㊔ 地毯

例 カーペットにコーヒーをこぼしてしまった。
／把咖啡灑到地毯上了。

0198 □□□
かい【会】
㊔ 會，會議，集會

類 集まり
例 毎週金曜日の夜に、『源氏物語』を読む会をやっています。
／每週五晚上舉行都《源氏物語》讀書會。

0199 □□□
かい【会】
（接尾）…會

例 展覧会は、終わってしまいました。／展覽會結束了。

0200 □□□
かいけつ【解決】
（名·自他サ）解決，處理

反 決裂（けつれつ）
類 決着（けっちゃく）
例 問題が小さいうちに、解決しましょう。
／趁問題還不大的時候解決掉吧！

文法
うちに［趁…之內］
▶ 表示在前面的環境、狀態持續的期間，做後面的動作。

0201 □□□
かいごし【介護士】
㊔ 專門照顧身心障礙者日常生活的專門技術人員

例 介護士の仕事内容は、患者の身の回りの世話などです。
／看護士的工作內容是照顧病人周邊的事等等。

0202 □□□
かいさつぐち【改札口】
㊔（火車站等）剪票口

類 改札
例 JRの改札口で待っています。／在JR的剪票口等你。

0203 □□□

かいしゃいん【会社員】 ㊔ 公司職員

例 会社員（かいしゃいん）なんかじゃなく、公務員（こうむいん）になればよかった。

／要是能當上公務員，而不是什麼公司職員，該有多好。

文法

なんか［之類的］

▶ 用輕視的語氣，談論主題。口語用法。

ばよかった［就好了］

▶ 表示說話者對於過去事物的惋惜、感慨。

0204 □□□

かいしゃく【解釈】 名・他サ 解釋，理解，說明

類 釈義（しゃくぎ）

例 この法律（ほうりつ）は、解釈上（かいしゃくじょう）、二（ふた）つの問題（もんだい）がある。

／這條法律，在解釋上有兩個問題點。

0205 □□□

かいすうけん【回数券】 ㊔（車票等的）回數票

例 回数券（かいすうけん）をこんなにもらっても、使（つか）いきれません。

／就算拿了這麼多的回數票，我也用不完。

0206 □□□

かいそく【快速】 名・形動 快速，高速度

類 速い

例 快速電車（かいそくでんしゃ）に乗（の）りました。

／我搭乘快速電車。

0207 □□□

Track 10

かいちゅうでんとう【懐中電灯】 ㊔ 手電筒

例 この懐中電灯（かいちゅうでんとう）は電池（でんち）がいらない。振（ふ）ればつく。

／這種手電筒不需要裝電池，只要甩動就會亮。

0208 □□□

かう【飼う】 他五 飼養（動物等）

例 うちではダックスフントを飼（か）っています。

／我家裡有養臘腸犬。

かえる～かぐ

0209 □□□

かえる【代える・換える・替える】

他下一 代替，代理；改變，變更，變換

類 改変（かいへん）

例 この子は私の命に代えても守る。／我不惜犧牲性命也要保護這個孩子。

例 窓を開けて空気を換える。／打開窗戶透氣。

例 台湾元を日本円に替える。／把台幣換成日圓。

0210 □□□

かえる【返る】

自五 復原；返回；回應

類 戻る

例 友達に貸したお金が、なかなか返ってこない。
／借給朋友的錢，遲遲沒能拿回來。

0211 □□□

がか【画家】

名 畫家

例 彼は小説家であるばかりでなく、画家でもある。
／他不單是小說家，同時也是個畫家。

文法
ばかりでなく［不僅…］
▶ 表示除前項的情況之外，還有後項程度更甚的情況。

0212 □□□

かがく【化学】

名 化學

例 君、専攻は化学だったのか。道理で薬品に詳しいわけだ。
／原來你以前主修化學喔。難怪對藥品知之甚詳。

文法
わけだ［怪不得…］
▶ 表示按事物的發展，事實、狀況合乎邏輯地必然導致這樣的結果。

0213 □□□

かがくはんのう【化学反応】

名 化學反應

例 卵をゆでると固まるのは、熱による化学反応である。
／雞蛋經過烹煮之所以會凝固，是由於熱能所產生的化學反應。

0214 □□□

かかと【踵】

名 腳後跟

例 かかとがガサガサになって、靴下が引っかかる。
／腳踝變得很粗糙，會勾到襪子。

讀書計劃：□□／□□

0215 □□□ かかる

自五 生病；遭受災難

例 小さい子供は病気にかかりやすい。

／年紀小的孩子容易生病。

0216 □□□ かきとめ【書留】

名 掛號郵件

例 大事な書類ですから書留で郵送してください。

／這是很重要的文件，請用掛號信郵寄。

0217 □□□ かきとり【書き取り】

名・自サ 抄寫，記錄；聽寫，默寫

例 明日は書き取りのテストがある。

／明天有聽寫考試。

0218 □□□ かく【各】

接頭 各，每人，每個，各個

例 各クラスから代表を一人出してください。

／請每個班級選出一名代表。

0219 □□□ かく【掻く】

他五（用手或爪）搔，撥；拔，推；攪拌，攪和

類 擦る（する）

例 失敗して恥ずかしくて、頭を掻いていた。

／因失敗感到不好意思，而搔起頭來。

0220 □□□ かぐ【嗅ぐ】

他五（用鼻子）聞，嗅

例 この花の香りをかいでごらんなさい。

／請聞一下這花的香味。

0221 □□□ かぐ【家具】

名 家具

類 ファーニチャー

例 家具といえば、やはり丈夫なものが便利だと思います。

／說到家具，我認為還是耐用的東西比較方便。

0222 □□□

かくえきていしゃ【各駅停車】 ㊔ 指電車各站都停車，普通車

㊜ 急行（きゅうこう）
㊞ 鈍行（どんこう）
㊄ あの駅は各駅停車の電車しか止まりません。
／那個車站只有每站停靠的電車才會停。

0223 □□□

かくす【隠す】 （他五）藏起來，隱瞞，掩蓋

㊞ 隠れる
㊄ 事件のあと、彼は姿を隠してしまった。
／案件發生後，他就躲了起來。

0224 □□□

かくにん【確認】 （名・他サ）證實，確認，判明

㊞ 確かめる（たしかめる）
㊄ まだ事実を確認しきれていません。
／事實還沒有被證實。

0225 □□□

がくひ【学費】 ㊔ 學費

㊞ 費用
㊄ 子どもたちの学費を考えると不安でしょうがない。
／只要一想到孩子們的學費，我就忐忑不安。

0226 □□□

がくれき【学歴】 ㊔ 學歷

㊄ 結婚相手は、学歴・収入・身長が高い人がいいです。
／結婚對象最好是學歷、收入和身高三項都高的人。

0227 □□□

Track 11

かくれる【隠れる】 （自下一）躲藏，隱藏；隱遁；不為人知，潛在的

㊞ 隠す（かくす）
㊄ 息子が親に隠れてたばこを吸っていた。
／兒子以前瞞著父母偷偷抽菸。

0228 □□□

かげき
【歌劇】

㊔ 歌劇

類 芝居

例 宝塚歌劇に夢中なの。だって男役がすてきなんだもん。／我非常迷寶塚歌劇呢。因為那些女扮男裝的演員實在太帥了呀。

文法
んだもん［因為…嘛］
▶ 用來解釋理由，語氣偏任性、撒嬌，在說明時帶有一種辯解的意味。

0229 □□□

かけざん
【掛け算】

㊔ 乘法

反 割り算（わりざん）
類 乗法（じょうほう）

例 まだ5歳だが、足し算・引き算はもちろん、掛け算もできる。
／雖然才五歲，但不單是加法和減法，連乘法也會。

文法
はもちろん［不僅…］
▶ 表示一般程度的前項自然不用說，就連程度較高的後項也不例外。

0230 □□□

かける
【掛ける】

(他下一・接尾) 坐；懸掛；蓋上，放上；放在…之上；提交；澆；開動；花費；寄託；鎖上；(數學) 乘

類 ぶら下げる

例 椅子に掛けて話をしよう。／讓我們坐下來講吧！

0231 □□□

かこむ
【囲む】

(他五) 圍上，包圍；圍攻

類 取り巻く（とりまく）

例 やっぱり、庭があって自然に囲まれた家がいいわ。
／我還是比較想住在那種有庭院，能沐浴在大自然之中的屋子耶。

0232 □□□

かさねる
【重ねる】

(他下一) 重疊堆放；再加上，蓋上；反覆，重複，屢次

例 本がたくさん重ねてある。
／書堆了一大疊。

0233 □□□

かざり
【飾り】

㊔ 裝飾（品）

例 道にそって、クリスマスの飾りが続いている。
／沿街滿是聖誕節的裝飾。

かし～かたづく

0234 □□□

かし
【貸し】

㊔ 借出，貸款；貸方；給別人的恩惠

反 借り

例 山田君をはじめ、たくさんの同僚に貸しがある。
／山田以及其他同事都對我有恩。

文法
をはじめ［以及…］
▶ 表示由核心的人或物擴展到很廣的範圍。

0235 □□□

かしちん
【貸し賃】

㊔ 租金，賃費

例 この料金には、車の貸し賃のほかに保険も含まれています。
／這筆費用，除了車子的租賃費，連保險費也包含在內。

0236 □□□

かしゅ
【歌手】

㊔ 歌手，歌唱家

例 きっと歌手になってみせる。
／我一定會成為歌手給大家看。

文法
てみせる［做給…看］
▶ 表示說話者強烈的意志跟決心，含有顯示自己能力的語氣。

0237 □□□

かしょ
【箇所】

(名·接尾)（特定的）地方；（助數詞）處

例 残念だが、一箇所間違えてしまった。／很可惜，錯了一個地方。

0238 □□□

かず
【数】

㊔ 數，數目；多數，種種

例 羊の数を 1, 000 匹まで数えたのにまだ眠れない。
／數羊都數到了一千隻，還是睡不著。

0239 □□□

がすりょうきん
【ガス料金】

㊔ 瓦斯費

例 一月のガス料金はおいくらですか。／一個月的瓦斯費要花多少錢？

0240 □□□

カセット
【cassette】

㊔ 小暗盒；（盒式）錄音磁帶，錄音帶

例 授業をカセットに入れて、家で復習する。
／上課時錄音，帶回家裡複習。

0241 □□□

かぞえる【数える】

他下一 數，計算；列舉，枚舉

類 勘定する（かんじょうする）

例 10から1まで逆に数える。／從10倒數到1。

0242 □□□

かた【肩】

名 肩，肩膀；（衣服的）肩

例 このごろ運動不足のせいか、どうも肩が凝っている。

／大概是因為最近運動量不足，肩膀非常僵硬。

文法

せいか［可能是（因為）…］

▶ 表示發生壞事或不利的原因，但這一原因也不很明確。

0243 □□□

かた【型】

名 模子，形，模式；樣式

類 かっこう

例 車の型としては、ちょっと古いと思います。

／就車型來看，我認為有些老舊。

0244 □□□

かたい【固い・硬い・堅い】

形 硬的，堅固的；堅決的；生硬的；嚴謹的，頑固的；一定，包准；可靠的

反 柔らかい　類 強固（きょうこ）

例 父は、真面目というより頭が固いんです。

／父親與其說是認真，還不如說是死腦筋。

文法

というより［與其說…，還不如說…］

▶ 表示在相比較的情況下，後項的說法比前項更恰當。

0245 □□□

かだい【課題】

名 提出的題目；課題，任務

例 明日までに課題を仕上げて提出しないと落第してしまう。

／如果明天之前沒有完成並提交作業，這個科目就會被當掉。

0246 □□□

Track 12

かたづく【片付く】

自五 收拾，整理好；得到解決，處裡好；出嫁

例 母親によると、彼女の部屋はいつも片付いているらしい。

／就她母親所言，她的房間好像都有整理。

文法

によると［據…說］

▶ 表示消息、信息的來源，或推測的依據。

かたづけ～かね

0247 □□□

かたづけ【片付け】 ㊔ 整理，整頓，收拾

例 ずいぶん暖(あたた)かくなったので、冬服(ふゆふく)の片付(かたづ)けをしましょう。
／天氣已相當緩和了，把冬天的衣服收起來吧！

0248 □□□

かたづける【片付ける】 (他下一) 收拾，打掃；解決

例 教室(きょうしつ)を片付(かたづ)けようとしていたら、先生(せんせい)が来(き)た。
／正打算整理教室的時候，老師來了。

0249 □□□

かたみち【片道】 ㊔ 單程，單方面

例 小笠原諸島(おがさわらしょとう)には、船(ふね)で片道(かたみち)25時間半(じかんはん)もかかる。
／要去小笠原群島，單趟航程就要花上二十五小時又三十分鐘。

0250 □□□

かち【勝ち】 ㊔ 勝利

反 負け（まけ）
類 勝利

例 3対(たい)1で、白組(しろぐみ)の勝(か)ち。／以三比一的結果由白隊獲勝。

0251 □□□

かっこういい【格好いい】 (連語・形)（俗）真棒，真帥，酷（口語用「かっこいい」）

類 ハンサム

例 今(いま)、一番(いちばん)かっこいいと思(おも)う俳優(はいゆう)は？／現在最帥氣的男星是誰？

0252 □□□

カップル【couple】 ㊔ 一對，一對男女，一對情人，一對夫婦

例 お似合(にあ)いのカップルですね。お幸(しあわ)せに。
／新郎新娘好登對喔！祝幸福快樂！

0253 □□□

かつやく【活躍】 (名・自サ) 活躍

例 彼(かれ)は、前回(ぜんかい)の試合(しあい)において大(おお)いに活躍(かつやく)した。
／他在上次的比賽中大為活躍。

文法
において［在…］
▶表示動作或作用的時間、地點、範圍、狀況等。是書面語。

讀書計劃：□□／□□

0254 □□□

かていか【家庭科】

㊔（學校學科之一）家事，家政

例 家庭科(かていか)は小学校(しょうがっこう)5年生(ねんせい)から始(はじ)まる。
／家政課是從小學五年級開始上。

0255 □□□

かでんせいひん【家電製品】

㊔ 家用電器

例 今(いま)の家庭(かてい)には家電製品(かでんせいひん)があふれている。
／現在的家庭中，充滿過多的家電用品。

0256 □□□

かなしみ【悲しみ】

㊔ 悲哀，悲傷，憂愁，悲痛

反 喜び
類 悲しさ

例 彼(かれ)の死(し)に悲(かな)しみを感(かん)じない者(もの)はいない。
／人們都對他的死感到悲痛。

0257 □□□

かなづち【金槌】

㊔ 釘錘，榔頭；旱鴨子

例 金(かな)づちで釘(くぎ)を打(う)とうとして、指(ゆび)をたたいてしまった。
／拿鐵鎚釘釘子時敲到了手指。

0258 □□□

かなり

副·形動·名 相當，頗

類 相当

例 先生(せんせい)は、かなり疲(つか)れていらっしゃいますね。
／老師您看來相當地疲憊呢！

0259 □□□

かね【金】

㊔ 金屬；錢，金錢

類 金銭（きんせん）

例 事業(じぎょう)を始(はじ)めるとしたら、まず金(かね)が問題(もんだい)になる。
／如果要創業的話，首先金錢就是個問題。

文法

としたら［如果…的話］

▶ 在認清現況或得來的信息的前提條件下，據此條件進行判斷。

あ か さ た な は ま や ら わ ん 練習

かのう～カラー

0260 □□□ **かのう【可能】**

㊔·形動 可能

例 可能な範囲でご協力いただけると助かります。

／若在不為難的情況下能得到您的鼎力相助，那就太好了。

0261 □□□ **かび**

㊔ 霉

例 かびが生えないうちに食べてください。

／請趁發霉前把它吃完。

> 文法
> うちに［趁…之內］
> ▶ 表示在前面的環境、狀態持續的期間，做後面的動作。

0262 □□□ **かまう【構う】**

自他五 介意，顧忌，理睬；照顧，招待；調戲，逗弄；放逐

類 気にする

例 あの人は、あまり服装に構わない人です。

／那個人不大在意自己的穿著。

0263 □□□ **がまん【我慢】**

名·他サ 忍耐，克制，將就，原諒；（佛）饒恕

類 辛抱（しんぼう）

例 買いたいけれども、給料日まで我慢します。

／雖然想買，但在發薪日之前先忍一忍。

> 文法
> たい［想要…］
> ▶ 表示說話者的內心想做、想要的。

0264 □□□ **がまんづよい【我慢強い】**

形 忍耐性強，有忍耐力

例 入院生活、よくがんばったね。本当に我慢強い子だ。

／住院的這段日子實在辛苦了。真是個勇敢的孩子呀！

0265 □□□ **かみのけ【髪の毛】**

名 頭髮

例 高校生のくせに髪の毛を染めるなんて、何考えてるんだ！

／區區一個高中生居然染頭髮，你在想什麼啊！

> 文法
> くせに［明明…，卻…］
> ▶ 根據前項的條件，出現後項讓人覺得可笑的、不相稱的情況。

0266 □□□ Track 13

ガム
【(英)gum】

名 口香糖；樹膠

例 運転中(うんてんちゅう)、眠(ねむ)くなってきたので、ガムをかんだ。
／由於開車時愈來愈睏，因此嚼了口香糖。

0267 □□□

カメラマン
【cameraman】

名 攝影師；(報社、雜誌等)攝影記者

例 日本(にほん)にはとてもたくさんのカメラマンがいる。
／日本有很多攝影師。

0268 □□□

がめん
【画面】

名 (繪畫的)畫面；照片，相片；(電影等)畫面，鏡頭

類 映像（えいぞう）

例 コンピューターの画面(がめん)を見(み)すぎて目(め)が疲(つか)れた。
／盯著電腦螢幕看太久了，眼睛好疲憊。

0269 □□□

かもしれない

連語 也許，也未可知

例 あなたの言(い)う通(とお)りかもしれない。
／或許如你說的。

0270 □□□

かゆ
【粥】

名 粥，稀飯

例 おなかを壊(こわ)したから、おかゆしか食(た)べられない。
／因為鬧肚子了，所以只能吃稀飯。

0271 □□□

かゆい
【痒い】

形 癢的

類 むずむず

例 なんだか体中(からだじゅう)かゆいです。
／不知道為什麼，全身發癢。

0272 □□□

カラー
【color】

名 色，彩色；(繪畫用)顏料；特色

例 今(いま)ではテレビはカラーが当(あ)たり前(まえ)になった。
／如今，電視機上出現彩色畫面已經成為理所當然的現象了。

かり～かん

0273 □□□

かり【借り】

㊔ 借，借入；借的東西；欠人情；怨恨，仇恨

例 伊藤(いとう)さんには、借(か)りがある。
／我欠伊藤小姐一份情。

0274 □□□

かるた【carta・歌留多】

㊔ 紙牌；寫有日本和歌的紙牌

補 撲克牌（トランプ）

例 お正月(しょうがつ)には、よくかるたで遊(あそ)んだものだ。
／過年時經常玩紙牌遊戲呢。

文法
ものだ［真…啊］
▶ 表示說話者對於過去常做某件事情的感慨、回憶。

0275 □□□

かわ【皮】

㊔ 皮，表皮；皮革

類 表皮（ひょうひ）

例 包丁(ほうちょう)でりんごの皮(かわ)をむく。
／拿菜刀削蘋果皮。

0276 □□□

かわかす【乾かす】

他五 曬乾；晾乾；烤乾

類 乾く（かわく）

例 雨(あめ)でぬれたコートを吊(つ)るして乾(かわ)かす。
／把淋到雨的濕外套掛起來風乾。

0277 □□□

かわく【乾く】

自五 乾，乾燥

類 乾燥（かんそう）

例 雨(あめ)が少(すく)ないので、土(つち)が乾(かわ)いている。
／因雨下得少，所以地面很乾。

0278 □□□

かわく【渇く】

自五 渴，乾渴；渴望，內心的要求

補 「のどが渇いた」（○）
「私が渇いた」　（×）

例 のどが渇(かわ)いた。何(なに)か飲(の)み物(もの)ない？
／我好渴，有什麼什麼可以喝的？

讀書計劃：□□／□□

0279 □□□

かわる【代わる】 自五 代替，代理，代理

類 代理（だいりり）

例「途中、どっかで運転代わるよ」「別にいいよ」

／「半路上找個地方和你換手開車吧？」「沒關係啦！」

0280 □□□

かわる【替わる】 自五 更換，交替

類 交替

例 石油に替わる新しいエネルギーはなんですか。

／請問可用來替代石油的新能源是什麼呢？

0281 □□□

かわる【換わる】 自五 更換，更替

類 交換（こうかん）

例 すみませんが、席を換わってもらえませんか。

／不好意思，請問可以和您換個位子嗎？

0282 □□□

かわる【変わる】 自五 變化；與眾不同；改變時間地點，遷居，調任

類 変化する

例 人の考え方は、変わるものだ。

／人的想法，是會變的。

0283 □□□

かん【缶】 名 罐子

例 缶はまとめてリサイクルに出した。

／我將罐子集中，拿去回收了。

0284 □□□

かん【刊】 漢造 刊，出版

例 うちは朝刊だけで、夕刊は取っていません。

／我家只有早報，沒訂晚報。

文法

だけ［只；僅僅］

▶ 表示只限於某範圍，除此以外沒有別的了。

かん～かんじる・かんずる

0285 □□□

Track 14

かん【間】

名·接尾 間，機會，間隙

例 五日間の九州旅行も終わって、明日からはまた仕事だ。
／五天的九州之旅已經結束，從明天起又要上班了。

0286 □□□

かん【館】

漢造 旅館；大建築物或商店

例 大英博物館は、無料で見学できる。
／大英博物館可以免費參觀。

0287 □□□

かん【感】

名·漢造 感覺，感動；感

例 給料も大切だけれど、満足感が得られる仕事がしたい。
／薪資雖然重要，但我想從事能夠得到成就感的工作。

文法
たい［想要…］
▶ 表示說話者的內心想做、想要的。

0288 □□□

かん【観】

名·漢造 觀感，印象，樣子；觀看；觀點

例 アフリカを旅して、人生観が変わりました。
／到非洲旅行之後，徹底改變了人生觀。

0289 □□□

かん【巻】

名·漢造 卷，書冊；（書畫的）手卷；卷曲

例（本屋で）全3巻なのに、上・下だけあって中がない。
／（在書店）明明全套共三集，但只有上下兩集，找不到中集。

文法
だけ［只有］
▶ 表示除此之外，別無其他。

0290 □□□

かんがえ【考え】

名 思想，想法，意見；念頭，觀念，信念；考慮，思考；期待，願望；決心

例 その件について自分の考えを説明した。
／我來說明自己對那件事的看法。

0291 □□□

かんきょう【環境】

㊔ 環境

例 環境(かんきょう)のせいか、彼(かれ)の子(こ)どもたちはみなスポーツが好(す)きだ。

／可能是因為環境的關係，他的小孩都很喜歡運動。

文法 せいか［可能是（因為）…］

▶ 表示積極的原因。另也可表示發生壞事的原因，但這一原因也不很明確。

0292 □□□

かんこう【觀光】

名·他サ 觀光，遊覽，旅遊

類 旅行

例 まだ天気(てんき)がいいうちに、観光(かんこう)に出(で)かけました。／趁天氣還晴朗時，出外觀光去了。

文法 うちに［趁…之內］

▶ 表示在前面的環境、狀態持續的期間，做後面的動作。

0293 □□□

かんごし【看護師】

㊔ 護士，看護

例 男性(だんせい)の看護師(かんごし)は、女性(じょせい)の看護師(かんごし)ほど多(おお)くない。

／男性護理師沒有女性護理師那麼多。

文法 ほど…ない［沒那麼…］

▶ 表示程度並沒有那麼高。

0294 □□□

かんしゃ【感謝】

名·自他サ 感謝

類 お礼

例 本当(ほんとう)は感謝(かんしゃ)しているくせに、ありがとうも言(い)わない。

／明明就很感謝，卻連句道謝的話也沒有。

文法 くせに［明明…，卻…］

▶ 根據前項的條件，出現後項讓人覺得可笑的、不相稱的情況。

0295 □□□

かんじる・かんずる【感じる・感ずる】

自他上一 感覺，感到；感動，感觸，有所感

サ 感ずる

例 子供(こども)が生(う)まれてうれしい反面(はんめん)、責任(せきにん)も感(かん)じる。

／孩子出生後很高興，但相對地也感受到責任。

文法 反面(はんめん)［另一方面；相反］

▶ 表示同一種事物，同時兼具兩種不同性格的兩個方面。

かんしん～きく

0296 □□□

かんしん【感心】

名·形動·自サ 欽佩；贊成；（貶）令人吃驚

類 驚く（おどろく）

例 彼はよく働くので、感心させられる。

／他很努力工作，真是令人欽佩。

文法

させられる［令人…］

▶ 受到某事物的觸動，而不自覺地產生某心理狀態，或感情色彩。

0297 □□□

かんせい【完成】

名·自他サ 完成

類 出来上がる（できあがる）

例 ビルが完成したら、お祝いのパーティーを開こう。

／等大樓竣工以後，來開個慶祝酒會吧。

0298 □□□

かんぜん【完全】

名·形動 完全，完整；完美，圓滿

反 不完全 類 完璧

例 もう病気は完全に治りました。

／病症已經完全治癒了。

0299 □□□

かんそう【感想】

名 感想

類 所感（しょかん）

例 全員、明日までに研修の感想を書いてきてください。

／你們全部，在明天以前要寫出研究的感想。

0300 □□□

かんづめ【缶詰】

名 罐頭；關起來，隔離起來；擁擠的狀態

補 に缶詰（かんづめ）：在（某場所）閉關

例 この缶詰は、缶切りがなくても開けられます。

／這個罐頭不需要用開罐器也能打開。

0301 □□□

かんどう【感動】

名·自サ 感動，感激

類 感銘（かんめい）

例 予想に反して、とても感動した。

／出乎預料之外，受到了極大的感動。

文法

に反して［與…相反…］

▶ 表示後項的結果，跟前項所預料的相反，形成對比的關係。

讀書計劃：□□／□□

0302 □□□ Track 15

き
【期】

漢造 時期；時機；季節；（預定的）時日

例 うちの子、反抗期で、なんでも「やだ」って言うのよ。
／我家小孩正值反抗期，問他什麼都回答「不要」。

0303 □□□

き
【機】

名·接尾·漢造 機器；時機；飛機；（助數詞用法）架

例 20年使った洗濯機が、とうとう壊れた。／用了二十年的洗衣機終於壞了。

0304 □□□

キーボード
【keyboard】

名（鋼琴、打字機等）鍵盤

例 コンピューターのキーボードをポンポンと叩いた。
／「砰砰」地敲打電腦鍵盤。

0305 □□□

きがえ
【着替え】

名·自サ 換衣服；換洗衣物

例 着替えを忘れたものだから、また同じのを着るしかない。
／由於忘了帶換洗衣物，只好繼續穿同一套衣服。

文法
しかない［只好…］
▶ 表示只有這唯一可行的，沒有別的選擇。

0306 □□□

きがえる・きかえる
【着替える】

他下一 換衣服

例 着物を着替える。／換衣服。

0307 □□□

きかん
【期間】

名 期間，期限內

類 間

例 夏休みの期間、塾の講師として働きます。
／暑假期間，我以補習班老師的身份在工作。

0308 □□□

きく
【効く】

自五 有效，奏效；好用，能幹；可以，能夠；起作用；（交通工具等）通，有

例 この薬は、高かったわりに効かない。
／這服藥雖然昂貴，卻沒什麼效用。

文法
わりに［雖然…但是］
▶ 表示結果跟前項條件不成比例、有出入，或不相稱。

きげん～きほん

0309 □□□ **きげん【期限】** ㊔ 期限

類 締め切り（しめきり）

例 支払いの期限を忘れるなんて、非常識というものだ。
／竟然忘記繳款的期限，真是離譜。

0310 □□□ **きこく【帰国】** (名･自サ) 回國，歸國；回到家鄉

類 帰京（ききょう）

例 夏に帰国して、日本の暑さと湿気の多さにびっくりした。
／夏天回國，對日本暑熱跟多濕，感到驚訝！

0311 □□□ **きじ【記事】** ㊔ 報導，記事

例 新聞記事によると、2020 年のオリンピックは東京でやるそうだ。
／據報上說，二〇二〇年的奧運將在東京舉行。

文法
によると［據…說］
▸ 表示消息、信息的來源，或推測的依據。

0312 □□□ **きしゃ【記者】** ㊔ 執筆者，筆者；（新聞）記者，編輯

類 レポーター

例 首相は記者の質問に答えなかった。
／首相答不出記者的提問。

0313 □□□ **きすう【奇数】** ㊔（數）奇數

反 偶数（ぐうすう）

例 奇数の月に、この書類を提出してください。
／請在每個奇數月交出這份文件。

0314 □□□ **きせい【帰省】** (名･自サ) 歸省，回家（省親），探親

類 里帰り（さとがえり）

例 お正月に帰省しますか。
／請問您元月新年會不會回家探親呢？

0315 □□□

きたく【帰宅】

(名·自サ) 回家

反 出かける 類 帰る

例 あちこちの店でお酒を飲んで、夜中の１時にやっと帰宅した。
／到了許多店去喝酒，深夜一點才終於回到家。

0316 □□□

きちんと

(副) 整齊，乾乾淨淨；恰好，洽當；如期，準時；好好地，牢牢地

類 ちゃんと

例 きちんと勉強していたわりには、点が悪かった。
／雖然努力用功了，但分數卻不理想。

文法
わりには［雖然…但是］
▶ 表示結果跟前項條件不成比例、有出入，或不相稱。

0317 □□□

キッチン【kitchen】

(名) 廚房

類 台所

例 キッチンは流し台がすぐに汚れてしまいます。
／廚房的流理台一下子就會變髒了。

0318 □□□

きっと

(副) 一定，必定；（神色等）嚴厲地，嚴肅地

類 必ず

例 あしたはきっと晴れるでしょう。／明天一定會放晴。

0319 □□□

きぼう【希望】

(名·他サ) 希望，期望，願望

類 望み

例 あなたのおかげで、希望を持つことができました。
／多虧你的加油打氣，我才能懷抱希望。

文法
おかげで［多虧…］
▶ 由於受到某種恩惠，導致後面好的結果。常帶有感謝的語氣。

0320 □□□

きほん【基本】

(名) 基本，基礎，根本

類 基礎

例 平仮名は日本語の基本ですから、しっかり覚えてください。
／平假名是日文的基礎，請務必背誦起來。

きほんてき（な）～ぎょう

0321 □□□

きほんてき（な）【基本的（な）】 形動 基本的

例 中国語は、基本的な挨拶ができるだけです。
／中文只會最簡單的打招呼而已。

文法
だけ［只；僅僅］
▶ 表示只限於某範圍，除此以外沒有別的了。

0322 □□□

きまり【決まり】 名 規定，規則；習慣，常規，慣例；終結；收拾整頓

類 規則（きそく）

例 グループに加わるからには、決まりはちゃんと守ります。
／既然加入這團體，就會好好遵守規則。

文法
からには［既然…，就…］
▶ 表示既然到了這種情況，後面就要「貫徹到底」的說法

0323 □□□

きゃくしつじょうむいん【客室乗務員】 名（車、飛機、輪船上）服務員

類 キャビンアテンダント

例 どうしても客室乗務員になりたい、でも身長が足りない。
／我很想當空姐，但是個子不夠高。

文法
たい［想要…］
▶ 表示說話者的內心想做、想要的。

0324 □□□

きゅうけい【休憩】 名・自サ 休息

類 休息（きゅうそく）

例 休憩どころか、食事する暇もない。
／別說是吃飯，就連休息的時間也沒有。

0325 □□□

きゅうこう【急行】 名・自サ 急忙前往，急趕；急行列車

反 普通

類 急行列車（きゅうこうれっしゃ）

例 たとえ急行に乗ったとしても、間に合わない。
／就算搭上了快車也來不及。

文法
たとえ…ても［即使…也…］
▶ 表示讓步關係，即使是在前項極端的條件下，後項結果仍然成立。

としても［即使…，也…］
▶ 表示假設前項是事實或成立，後項也不會起有效的作用。

0326 □□□

Track 16

きゅうじつ【休日】 ㊔ 假日，休息日

類 休み

例 せっかくの休日に、何もしないでだらだら過ごすのは嫌です。

／我討厭在難得的假日，什麼也不做地閒晃一整天。

0327 □□□

きゅうりょう【丘陵】 ㊔ 丘陵

例 多摩丘陵は、東京都から神奈川県にかけて広がっている。

／多摩丘陵的分布範圍從東京都遍及神奈川縣。

文法

から…にかけて［從…到…］

▶ 表示兩地點、時間之間一直連續發生某事或某狀態。

0328 □□□

きゅうりょう【給料】 ㊔ 工資，薪水

例 来年こそは給料が上がるといいなあ。

／真希望明年一定要加薪啊。

文法

こそ［無論如何］

▶ 特別強調某事物。

といいなあ［就好了］

▶ 前項是難以實現或是與事實相反的情況，表現説話者遺憾、不滿、感嘆的心情。

0329 □□□

きょう【教】 漢造 教，教導；宗教

例 信仰している宗教はありますか。

／請問您有宗教信仰嗎？

0330 □□□

ぎょう【行】 名·漢造（字的）行；（佛）修行；行書

例 段落を分けるには、行を改めて頭を一字分空けます。

／分段時請換行，並於起頭處空一格。

0331 □□□

ぎょう【業】 名·漢造 業，職業；事業；學業

例 父は金融業で働いています。／家父在金融業工作。

きょういん～きろく

0332 □□□

きょういん
【教員】

㊔ 教師，教員

類 教師

例 小学校の教員になりました。
／我當上小學的教職員了。

0333 □□□

きょうかしょ
【教科書】

㊔ 教科書，教材

例 今日は教科書の 21 ページからですね。
／今天是從課本的第二十一頁開始上吧？

0334 □□□

きょうし
【教師】

㊔ 教師，老師

類 先生

例 両親とも、高校の教師です。
／我父母都是高中老師。

0335 □□□

きょうちょう
【強調】

名·他サ 強調；權力主張；（行情）看漲

類 力説（りきせつ）

例 先生は、この点について特に強調していた。
／老師曾特別強調這個部分。

0336 □□□

きょうつう
【共通】

名·形動·自サ 共同，通用

類 通用（つうよう）

例 成功者に共通している 10 の法則はこれだ！
／成功者的十項共同法則就是這些！

0337 □□□

きょうりょく
【協力】

名·自サ 協力，合作，共同努力，配合

類 協同（きょうどう）

例 友達が協力してくれたおかげで、彼女とデートができた。
／多虧朋友們從中幫忙撮合，所以才有辦法約她出來。

文法
おかげで［多虧…］
▶ 由於受到某種恩惠，導致後面好的結果。常帶有感謝的語氣。

0338 □□□

きょく
【曲】

㊔名·漢造 曲調；歌曲；彎曲

例 妹が書いた歌詞に私が曲をつけて、ネットで発表しました。
／我把妹妹寫的詞譜成歌曲後，放到網路上發表了。

0339 □□□

きょり
【距離】

㊔名 距離，間隔，差距

類 隔たり（へだたり）

例 距離は遠いといっても、車で行けばすぐです。
／雖說距離遠，但開車馬上就到了。

文法
といっても［雖說…，但…］
▶表示承認前項的説法，但同時在後項做部分的修正。

0340 □□□

きらす
【切らす】

㊔他五 用盡，用光

類 絶やす（たやす）

例 恐れ入ります。今、名刺を切らしておりまして……。
／不好意思，現在手邊的名片正好用完……。

0341 □□□

ぎりぎり

㊔名·副·他サ（容量等）最大限度，極限；（摩擦的）嘎吱聲

類 少なくとも

例 期限ぎりぎりまで待ちましょう。
／我們就等到最後的期限吧！

0342 □□□

きれる
【切れる】

㊔自下一 斷；用盡

例 たこの糸が切れてしまった。
／風箏線斷掉了。

0343 □□□

きろく
【記録】

㊔名·他サ 記錄，記載，（體育比賽的）紀錄

類 記述（きじゅつ）

例 記録からして、大した選手じゃないのはわかっていた。
／就紀錄來看，可知道他並不是很厲害的選手。

きん～くさる

0344 □□□

きん
【金】

(名·漢造) 黃金，金子；金錢

例 彼なら、金メダルが取れるんじゃないかと思う。
／如果是他，我想應該可以奪下金牌。

文法
んじゃないかと思う［應該可以］
▶ 表示意見跟主張。

0345 □□□

きんえん
【禁煙】

(名·自サ) 禁止吸菸；禁菸，戒菸

例 校舎内は禁煙です。外の喫煙所をご利用ください。
／校園內禁煙，請到外面的吸菸區。

0346 □□□

ぎんこういん
【銀行員】

(名) 銀行行員

例 佐藤さんの子どもは二人とも銀行員です。
／佐藤太太的兩個小孩都在銀行工作。

0347 □□□

きんし
【禁止】

(名·他サ) 禁止

反 許可（きょか）
類 差し止める（さしとめる）

例 病室では、喫煙だけでなく、携帯電話の使用も禁止されている。
／病房內不止抽煙，就連使用手機也是被禁止的。

0348 □□□

きんじょ
【近所】

(名) 附近，左近，近郊

類 辺り（あたり）

例 近所の子どもたちに昔の歌を教えています。
／我教附近的孩子們唱老歌。

0349 □□□

きんちょう
【緊張】

(名·自サ) 緊張

反 和らげる
類 緊迫（きんぱく）

例 彼が緊張しているところに声をかけると、もっと緊張するよ。
／在他緊張的時候跟他說話，他會更緊張的啦！

文法
ところに［…的時候］
▶ 表示行為主體正在做某事的時候，發生了其他的事情。

0350 くく
【句】

㊔ 字，字句；俳句

Track 17

例「古池や蛙飛びこむ水の音」この句の季語は何ですか。
／「蛙入古池水有聲」這首俳句的季語是什麼呢？

0351 クイズ
【quiz】

㊔ 回答比賽，猜謎；考試

例テレビのクイズ番組に参加してみたい。
／我想去參加電視台的益智節目。

文法
たい [想要…]
▶ 表示說話者的內心想做、想要的。

0352 くう
【空】

名·形動·漢造 空中，空間；空虛

例空に消える。
／消失在空中。

0353 クーラー
【cooler】

㊔ 冷氣設備

例暑いといっても、クーラーをつけるほどではない。
／雖說熱，但還不到需要開冷氣的程度。

文法
ほど…ない [沒那麼…]
▶ 表示程度並沒有那麼高。

0354 くさい
【臭い】

㊅ 臭

例この臭いにおいは、いったい何だろう。
／這種臭味的來源到底是什麼呢？

0355 くさる
【腐る】

自五 腐臭，腐爛；金屬鏽，爛；墮落，腐敗；消沉，氣餒

類 腐敗する（ふはいする）

例それ、腐りかけてるみたいだね。捨てた方がいいんじゃない。
／那東西好像開始腐敗了，還是丟了比較好吧。

文法
みたいだ [好像…]
▶ 表示不是很確定的推測或判斷。

くし～クラシック

0356 □□□
くし【櫛】
㊔ 梳子
例 くしで髪をとかすとき、髪がいっぱい抜けるので心配です。
／用梳子梳開頭髮的時候會扯下很多髮絲，讓我很憂心。

0357 □□□
くじ【籤】
㊔ 籤；抽籤
例 発表の順番はくじで決めましょう。
／上台發表的順序就用抽籤來決定吧。

0358 □□□
くすりだい【薬代】
㊔ 藥費
例 日本では薬代はとても高いです。／日本的藥價非常昂貴。

0359 □□□
くすりゆび【薬指】
㊔ 無名指
例 薬指に、結婚指輪をはめている。
／她的無名指上，戴著結婚戒指。

0360 □□□
くせ【癖】
㊔ 癖好，脾氣，習慣；（衣服的）摺線；頭髮亂翹
類 習慣
例 まず、朝寝坊の癖を直すことですね。
／首先，你要做的是把你的早上賴床的習慣改掉。

0361 □□□
くだり【下り】
㊔ 下降的；東京往各地的列車
反 上り（のぼり）
例 まもなく、下りの列車が参ります。
／下行列車即將進站。

0362 □□□
くだる【下る】
自五 下降，下去；下野，脫離公職；由中央到地方；下達；往河的下游去
反 上る
例 この坂を下っていくと、1時間ぐらいで麓の町に着きます。
／只要下了這條坡道，大約一個小時就可以到達山腳下的城鎮了。

讀書計劃：□□／□□

0363 □□□

くちびる【唇】　㊔ 嘴唇

例 冬(ふゆ)になると、唇(くちびる)が乾燥(かんそう)する。／一到冬天嘴唇就會乾燥。

0364 □□□

ぐっすり　㊙ 熟睡，酣睡

類 熟睡（じゅくすい）

例 みんな、ゆうべはぐっすり寝(ね)たとか。

／聽說大家昨晚都一夜好眠。

文法

とか［聽說…］

▶ 表示不確定的傳聞。

0365 □□□

くび【首】　㊔ 頸部

例 どうしてか、首(くび)がちょっと痛(いた)いです。／不知道為什麼，脖子有點痛。

0366 □□□

くふう【工夫】　㊔・自サ 設法

例 工夫(くふう)しないことには、問題(もんだい)を解決(かいけつ)できない。

／如不下點功夫，就沒辦法解決問題。

0367 □□□

くやくしょ【区役所】　㊔（東京都特別區與政令指定都市所屬的）區公所

例 父(ちち)は区役所(くやくしょ)で働(はたら)いています。／家父在區公所工作。

0368 □□□

くやしい【悔しい】　㊘ 令人懊悔的

類 残念（ざんねん）

例 試合(しあい)に負(ま)けたので、悔(くや)しくてたまらない。

／由於比賽輸了，所以懊悔得不得了。

文法

てたまらない［非常…］

▶ 前接表示感覺、感情的詞，表示強烈的感情、感覺、慾望等。

▶ 近 てならない［得受不了］

0369 □□□

クラシック【classic】　㊔ 經典作品，古典作品，古典音樂；古典的

類 古典

例 クラシックを勉強(べんきょう)するからには、ウィーンに行(い)かなければ。

／既然要學古典音樂，就得去一趟維也納。

文法

からには［既然…，就…］

▶ 表示既然到了這種情況，後面就要「貫徹到底」的說法

くらす～けいい

0370 □□□
くらす【暮らす】
(自他五) 生活，度日
類 生活する
例 親子３人で楽しく暮らしています。
／親子三人過著快樂的生活。

0371 □□□
クラスメート【classmate】
(名) 同班同學
類 同級生
例 クラスメートはみな仲が良いです。
／我們班同學相處得十分和睦。

0372 □□□
くりかえす【繰り返す】
(他五) 反覆，重覆
類 反復する（はんぷくする）
例 同じ失敗を繰り返すなんて、私はばかだ。
／竟然犯了相同的錯誤，我真是個笨蛋。

0373 □□□
クリスマス【christmas】
(名) 聖誕節
例 メリークリスマスアンドハッピーニューイヤー。
／祝你聖誕和新年快樂。（Merry Christmas and Happy New Year）

0374 □□□
グループ【group】
(名)（共同行動的）集團，夥伴；組，幫，群
類 集団（しゅうだん）
例 あいつのグループになんか、入るものか。
／我才不加入那傢伙的團隊！

文法
なんか［之類的］
▶ 用輕視的語氣，談論主題。口語用法。

0375 □□□
くるしい【苦しい】
(形) 艱苦；困難；難過；勉強
例「食べ過ぎた。苦しい～」「それ見たことか」
／「吃太飽了，好難受……」「誰要你不聽勸告！」

0376 □□□

くれ【暮れ】

㊔ 日暮，傍晚；季末，年末

反 明け
類 夕暮れ（ゆうぐれ）；年末

例 去年の暮れに比べて、景気がよくなりました。
／和去年年底比起來，景氣已回升許多。

文法
に比べて［與…相比］
▶ 表示比較、對照。

0377 □□□

くろ【黒】

㊔ 黑，黑色；犯罪，罪犯

例 黒のワンピースに黒の靴なんて、お葬式みたいだよ。
／怎麼會穿黑色的洋裝還搭上黑色的鞋子，簡直像去參加葬禮似的。

文法
なんて［怎麼會］
▶ 表示用輕視的語氣，談論主題。
▶ 近 なんて言う［那種；之類的（輕視語氣）］

0378 □□□

くわしい【詳しい】

㊫ 詳細；精通，熟悉

類 詳細（しょうさい）

例 あの人なら、きっと事情を詳しく知っている。
／若是那個人，一定對整件事的來龍去脈一清二楚。

け

0379 □□□

け【家】

接尾 家，家族

Track 18

例 このドラマは将軍家の一族の話です。
／那齣連續劇是描述將軍家族的故事。

0380 □□□

けい【計】

㊔ 總計，合計；計畫，計

例 計 3, 500 円をカードで払った。
／以信用卡付了總額三千五百圓。

0381 □□□

けいい【敬意】

㊔ 尊敬對方的心情，敬意

例 お年寄りに敬意をもって接する。
／心懷尊敬對待老年人。

けいえい～げきじょう

0382 □□□

けいえい【経営】

㊔名·他サ 經營，管理

類 営む（いとなむ）

例 経営はうまくいっているが、人間関係がよくない。

／經營上雖不錯，但人際關係卻不好。

0383 □□□

けいご【敬語】

㊔名 敬語

例 外国人ばかりでなく、日本人にとっても敬語は難しい。

／不單是外國人，對日本人而言，敬語的使用同樣非常困難。

文法

ばかりでなく［不僅…］

▶ 表示除前項的情況之外，還有後項程度更甚的情況。

0384 □□□

けいこうとう【蛍光灯】

㊔名 螢光燈，日光燈

例 蛍光灯の調子が悪くて、ちかちかする。

／日光燈的狀態不太好，一直閃個不停。

0385 □□□

けいさつかん【警察官】

㊔名 警察官，警官

類 警官

例 どんな女性が警察官の妻に向いていますか。

／什麼樣的女性適合當警官的妻子呢？

0386 □□□

けいさつしょ【警察署】

㊔名 警察署

例 容疑者が警察署に連れて行かれた。

／嫌犯被帶去了警局。

0387 □□□

けいさん【計算】

㊔名·他サ 計算，演算；估計，算計，考慮

類 打算

例 商売をしているだけあって、計算が速い。

／不愧是做買賣的，計算得真快。

0388 □□□
げいじゅつ【芸術】 ㊔ 藝術

類 アート

例 芸術(げいじゅつ)のことなどわからないくせに、偉(えら)そうなことを言(い)うな。／明明就不懂藝術，就別再自吹自擂說大話了。

文法
くせに［明明…，卻…］
▶ 根據前項的條件，出現後項讓人覺得可笑的、不相稱的情況。

0389 □□□
けいたい【携帯】 名・他サ 攜帶；手機（「携帯電話（けいたいでんわ）」的簡稱）

例 携帯電話(けいたいでんわ)だけで、家(いえ)の電話(でんわ)はありません。／只有行動電話，沒有家用電話。

文法
だけ［只有…］
▶ 表示除此之外，別無其它。
▶ 近 だけ（で）［光…就…］

0390 □□□
けいやく【契約】 名・自他サ 契約，合同

例 契約(けいやく)を結(むす)ぶ際(さい)は、はんこが必要(ひつよう)です。／在簽訂契約的時候，必須用到印章。

文法
際(さい)は［在…時］
▶ 表示動作、行為進行的時候。

0391 □□□
けいゆ【経由】 名・自サ 經過，經由

類 経る

例 新宿(しんじゅく)を経由(けいゆ)して、東京駅(とうきょうえき)まで行(い)きます。／我經新宿，前往東京車站。

0392 □□□
ゲーム【game】 ㊔ 遊戲，娛樂；比賽

例 ゲームばかりしているわりには、成績(せいせき)は悪(わる)くない。／儘管他老是打電玩，但是成績還不壞。

文法
わりには［雖然…但是…］
▶ 表示結果跟前項條件不成比例、有出入，或不相稱。

0393 □□□
げきじょう【劇場】 ㊔ 劇院，劇場，電影院

類 シアター

例 駅(えき)の裏(うら)に新(あたら)しい劇場(げきじょう)を建(た)てるということだ。／聽說車站後面將會建蓋一座新劇場。

文法
ということだ［據說…］
▶ 從某特定的人或外界獲取的傳聞、資訊。

げじゅん～けん・げん

0394 □□□

げじゅん【下旬】 ㊔ 下旬

反 上旬（じょうじゅん）
類 月末（げつまつ）

例 もう３月も下旬だけれど、春というよりまだ冬だ。／都已經是三月下旬了，但與其說是春天，根本還在冬天。

文法
というより［與其說…，還不如說…］
▶ 表示在相比較的情況下，後項的說法比前項更恰當。

0395 □□□

けしょう【化粧】 名・自サ 化妝，打扮；修飾，裝飾，裝潢

類 メークアップ

例 彼女はトイレで化粧しているところだ。
／她正在洗手間化妝。

0396 □□□

けた【桁】 ㊔（房屋、橋樑的）横樑，桁架；算盤的主柱；數字的位數

例 桁が一つ違うから、高くて買えないよ。
／因為價格上多了一個零，太貴買不下手啦！

0397 □□□

けち 名・形動 吝嗇、小氣（的人）；卑賤，簡陋，心胸狹窄，不值錢

類 吝嗇（りんしょく）

例 彼は、経済観念があるというより、けちなんだと思います。
／與其說他有理財觀念，倒不如說是小氣。

文法
というより［與其說…，還不如說…］
▶ 表示在相比較的情況下，後項的說法比前項更恰當。

0398 □□□

ケチャップ【ketchup】 ㊔ 蕃茄醬

例 ハンバーグにはケチャップをつけます。
／把蕃茄醬澆淋在漢堡肉上。

0399 □□□

けつえき【血液】 ㊔ 血，血液

類 血

例 検査では、まず血液を取らなければなりません。
／在檢查項目中，首先就得先抽血才行。

讀書計劃：□□／□□

0400 □□□

けっか
【結果】

(名·自他サ) 結果，結局

反 原因
類 結末（けつまつ）

例 コーチのおかげでよい結果が出せた。
／多虧教練的指導，比賽結果相當好。

文法
おかげで［多虧…］
▶ 由於受到某種恩惠，導致後面好的結果。常帶有感謝的語氣。

0401 □□□

けっせき
【欠席】

(名·自サ) 缺席

反 出席

例 病気のため学校を欠席する。
／因生病而沒去學校。

0402 □□□

げつまつ
【月末】

(名) 月末、月底

反 月初（つきはじめ）

例 給料は、月末に支払われる。
／薪資在月底支付。

0403 □□□

けむり
【煙】

(名) 煙

類 スモーク

例 喫茶店は、たばこの煙でいっぱいだった。
／咖啡廳裡，瀰漫著香煙的煙。

0404 □□□

ける
【蹴る】

(他五) 踢；沖破（浪等）；拒絕，駁回

類 蹴飛ばす（けとばす）

例 ボールを蹴ったら、隣のうちに入ってしまった。
／球一踢就飛到隔壁的屋裡去了。

0405 □□□

けん・げん
【軒】

(漢造) 軒昂，高昂；屋簷；表房屋數量，書齋，商店等雅號

例 小さい村なのに、薬屋が３軒もある。
／雖然只是一個小村莊，藥房卻多達三家。

けんこう～こう

0406 □□□

けんこう【健康】

㊞形動 健康的，健全的

類 元気

例 若いときからたばこを吸っていたわりに、健康です。

／儘管從年輕時就開始抽菸了，但身體依然健康。

文法

わりに［雖然…但是…］

▶ 表示結果跟前項條件不成比例、有出入，或不相稱。

0407 □□□

けんさ【検査】

名·他サ 檢查，檢驗

類 調べる（しらべる）

例 病気かどうかは、検査をしてみないと分からない。

／生病與否必須做檢查，否則無法判定。

0408 □□□

げんだい【現代】

名 現代，當代；（歷史）現代（日本史上指二次世界大戰後）

反 古代 類 当世

例 この方法は、現代ではあまり使われません。

／那個方法現代已經不常使用了。

0409 □□□

けんちくか【建築家】

名 建築師

例 このビルは有名な建築家が設計したそうです。

／聽說這棟建築物是由一位著名的建築師設計的。

0410 □□□

けんちょう【県庁】

名 縣政府

例 県庁のとなりにきれいな公園があります。

／在縣政府的旁邊有座美麗的公園。

0411 □□□

（じどう）けんばいき【（自動）券売機】

名（門票、車票等）自動售票機

例 新幹線の切符も自動券売機で買うことができます。

／新幹線的車票也可以在自動販賣機買得到。

0412 □□□

Track 19

こ
【小】

接頭 小，少；稍微

例 うちから駅までは、小一時間かかる。

／從我家到車站必須花上接近一個小時。

0413 □□□

こ
【湖】

接尾 湖

例 琵琶湖観光のついでに、ふなずしを食べてきた。

／遊覽琵琶湖時順道享用了鯽魚壽司。

文法
ついでに［順便…］
▶ 表示做某一主要的事情的同時，再追加順便做其他件事情。

0414 □□□

こい
【濃い】

形 色或味濃深；濃稠，密

反 薄い
類 濃厚（のうこう）

例 あの人は夜の商売をしているのか。道理で化粧が濃いわけだ。

／原來那個人是做晚上陪酒生意的，難怪化著一臉的濃妝。

文法
わけだ［怪不得…］
▶ 表示按事物的發展，事實、狀況合乎邏輯地必然導致這樣的結果。

0415 □□□

こいびと
【恋人】

名 情人，意中人

例 月下老人のおかげで、恋人ができました。

／多虧月下老人牽起姻緣，我已經交到女友／男友了。

文法
おかげで［多虧…］
▶ 由於受到某種恩惠，導致後面好的結果。常帶有感謝的語氣。

0416 □□□

こう
【高】

名·漢造 高；高處，高度；(地位等)高

例 高カロリーでも、気にしないで食べる。

／就算是高熱量的食物也蠻不在乎地享用。

0417 □□□

こう
【校】

漢造 學校；校對；(軍銜)校；學校

例 野球の有名校に入学する。

／進入擁有知名棒球隊的學校就讀。

0418 □□□

こう【港】 ㊥漢造 港口

例 福岡観光(ふくおかかんこう)なら、門司港(もじこう)に行(い)かなくちゃ。
／如果到福岡觀光，就非得去參觀門司港不可。

文法
なくちゃ［不…不行］
▶表示受限於某個條件、規定，必須要做某件事情。

0419 □□□

ごう【号】 (名・漢造)（雜誌刊物等）期號；（學者等）別名

例 雑誌(ざっし)の1月号(がつごう)を買(か)ったら、カレンダーが付(つ)いていました。
／買下雜誌的一月號刊後，發現裡面附了月曆。

0420 □□□

こういん【行員】 (名) 銀行職員

例 当行(とうこう)の行員(こういん)が暗証番号(あんしょうばんごう)をお尋(たず)ねすることは絶対(ぜったい)にありません。
／本行行員絕對不會詢問客戶密碼。

0421 □□□

こうか【効果】 (名) 效果，成效，成績；（劇）效果

類 効き目（ききめ）

例 このドラマは音楽(おんがく)が効果的(こうかてき)に使(つか)われている。
／這部影集的配樂相當出色。

0422 □□□

こうかい【後悔】 (名・他サ) 後悔，懊悔

類 悔しい（くやしい）

例 もう少(すこ)し早(はや)く気(き)づくべきだったと後悔(こうかい)している。
／很後悔應該早點察覺出來才對。

文法
べき［應當…］
▶表示那樣做是應該的、正確的。常用在勸告、禁止及命令的場合。

0423 □□□

ごうかく【合格】 (名・自サ) 及格；合格

例 第一志望(だいいちしぼう)の大学(だいがく)の入学試験(にゅうがくしけん)に合格(ごうかく)する。
／我要考上第一志願的大學。

0424 □□□

こうかん
【交換】

名·他サ 交換；交易

補「～と～を交換する」和～交換～
「～を～に交換する」用～交換～

例 古新聞をトイレットペーパーに交換してもらう。
／用舊報紙換到了廁用衛生紙。

0425 □□□

こうくうびん
【航空便】

名 航空郵件；空運

反 船便（ふなびん）

例 注文した品物は至急必要なので、航空便で送ってください。
／我訂購的商品是急件，請用空運送過來。

0426 □□□

こうこく
【広告】

名·他サ 廣告；作廣告，廣告宣傳

類 コマーシャル

例 広告を出すとすれば、たくさんお金が必要になります。
／如果要拍廣告，就需要龐大的資金。

文法
とすれば[如果…的話]
▶ 在認清現況或得來的信息的前提條件下，據此條件進行判斷。

0427 □□□

こうさいひ
【交際費】

名 應酬費用

類 社交費（しゃこうひ）

例 友達と飲んだコーヒーって、交際費？
／跟朋友去喝咖啡，這算是交際費呢？

0428 □□□

こうじ
【工事】

名·自サ 工程，工事

例 来週から再来週にかけて、近所で工事が行われる。
／從下週到下下週，這附近將會施工。

文法
から…にかけて[從…到…]
▶ 表示兩地點、時間之間一直連續發生某事或某狀態。

こうつうひ～コース

0429 □□□

こうつうひ【交通費】 ㊔ 交通費，車馬費

類 足代（あしだい）

例 会場までの交通費は自分で払います。／前往會場的交通費必須自付。

0430 □□□

こうねつひ【光熱費】 ㊔ 電費和瓦斯費等

類 燃料費（ねんりょうひ）

例 生活が苦しくて、学費はもちろん光熱費も払えない。
／生活過得很苦，別說是學費，就連水電費都付不出來。

文法
はもちろん [不僅…而且…]
► 表示一般程度的前項自然不用說，就連程度較高的後項也不例外。

0431 □□□

こうはい【後輩】 ㊔ 後來的同事，（同一學校）後班生；晚輩，後生

反 先輩　類 後進（こうしん）

例 明日は、後輩もいっしょに来ることになっている。
／預定明天學弟也會一起前來。

文法
ことになっている [預定…]
► 表示安排、約定或約束人們生活行為的各種規定、法律以及一些慣例。

0432 □□□

こうはん【後半】 ㊔ 後半，後一半

反 前半

例 私は三十代後半の主婦です。／我是個三十歲過半的家庭主婦。

0433 □□□

こうふく【幸福】 名·形動 沒有憂慮，非常滿足的狀態

例 貧しくても、あなたと二人なら私は幸福です。
／就算貧窮，只要和你在一起，我就感覺很幸福。

0434 □□□

こうふん【興奮】 名·自サ 興奮，激昂；情緒不穩定

反 落ちつく　類 激情（げきじょう）

例 興奮したものだから、つい声が大きくなってしまった。
／由於情緒過於激動，忍不住提高了嗓門。

文法
ものだから [就是因為…，所以…]
► 常用在因為事態的程度很厲害，因此做了某事。
► 近 もので [由於…]

讀書計劃：□□／□□

0435 □□□

こうみん
【公民】

㊔ 公民

例 公民は中学３年生のときに習いました。
／中學三年級時已經上過了公民課程。

0436 □□□

こうみんかん
【公民館】

㊔（市町村等的）文化館，活動中心

例 公民館には茶道や華道の教室があります。
／公民活動中心裡設有茶道與花道的課程。

0437 □□□

こうれい
【高齢】

㊔ 高齡

例 会長はご高齢ですが、まだまだお元気です。
／會長雖然年事已高，但是依然精力充沛。

0438 □□□

こうれいしゃ
【高齢者】

㊔ 高齡者，年高者

例 近年、高齢者の人口が増えています。
／近年來，高齡人口的數目不斷增加。

0439 □□□

こえる
【越える・超える】

自下一 越過；度過；超出，超過

例 国境を越えたとしても、見つかったら殺される恐れがある。
／就算成功越過了國界，要是被發現了，可能還是會遭到殺害。

0440 □□□

ごえんりょなく
【ご遠慮なく】

敬 請不用客氣

例「こちら、いただいてもいいですか」「どうぞ、ご遠慮なく」
／「請問這邊的可以享用／收下嗎？」「請用請用／請請請，別客氣！」

0441 □□□

Track 20

コース
【course】

㊔ 路線，（前進的）路徑；跑道；課程，學程；程序；套餐

例 初級から上級まで、いろいろなコースが揃っている。
／這裡有從初級到高級等各種完備的課程。

こおり～こぜに

0442 □□□
こおり
【氷】
㊔ 冰

例 春(はる)になって、湖(みずうみ)に張(は)っていた氷(こおり)も溶(と)けた。
／到了春天，原本在湖面上凍結的冰層也融解了。

0443 □□□
ごかい
【誤解】
名·他サ 誤解，誤會

類 勘違い（かんちがい）
例 説明(せつめい)のしかたが悪(わる)くて、誤解(ごかい)を招(まね)いたようです。
／似乎由於說明的方式不佳而導致了誤解。

0444 □□□
ごがく
【語学】
㊔ 外語的學習，外語，外語課

例 10(じゅっ)ヶ国語(かこくご)もできるなんて、語学(ごがく)が得意(とくい)なんだね。
／居然通曉十國語言，這麼說，在語言方面頗具長才喔。

0445 □□□
こきょう
【故郷】
㊔ 故鄉，家鄉，出生地

類 鄉里（きょうり）
例 誰(だれ)だって、故郷(こきょう)が懐(なつ)かしいに決(き)まっている。
／不論是誰，都會覺得故鄉很令人懷念。

文法
に決(き)まっている［肯定是…］
▶ 說話者根據事物的規律，覺得一定是這樣，充滿自信的推測。

0446 □□□
こく
【国】
漢造 國；政府；國際，國有

例 日本(にほん)は民主主義国(みんしゅしゅぎこく)です。
／日本是施行民主主義的國家。

0447 □□□
こくご
【国語】
㊔ 一國的語言；本國語言；(學校的) 國語（課），語文（課）

類 共通語（きょうつうご）
例 国語(こくご)のテスト、間違(まちが)いだらけだった。
／國語考卷上錯誤連連。

文法
だらけ［到處是…］
▶ 表示數量過多。

讀書計劃：□□／□□

0448 □□□

こくさいてき【国際的】 ㊎形動 國際的

類 世界的

例 国際的(こくさいてき)な会議(かいぎ)に参加(さんか)したことがありますか。
／請問您有沒有參加過國際會議呢？

0449 □□□

こくせき【国籍】 ㊔ 國籍

例 日本(にほん)では、二重国籍(にじゅうこくせき)は認(みと)められていない。
／日本不承認雙重國籍。

0450 □□□

こくばん【黒板】 ㊔ 黑板

例 黒板(こくばん)、消(け)しといてくれる？／可以幫忙擦黑板嗎？

0451 □□□

こし【腰】 名‧接尾 腰；（衣服、裙子等的）腰身

例 引(ひ)っ越(こ)しで腰(こし)が痛(いた)くなった。／搬個家，弄得腰都痛了。

0452 □□□

こしょう【胡椒】 ㊔ 胡椒

類 ペッパー

例 胡椒(こしょう)を振(ふ)ったら、くしゃみが出(で)た。／灑了胡椒後，打了個噴嚏。

0453 □□□

こじん【個人】 ㊔ 個人

補 的（てき）接在名詞後面會構成形容動詞的詞幹，或連體修飾表示。可接な形容詞。

例 個人的(こじんてき)な問題(もんだい)で、人(ひと)に迷惑(めいわく)をかけるわけにはいかない。
／這是私人的問題，不能因此而造成別人的困擾。

文法
わけにはいかない［不能…］
▶ 表示由於一般常識、社會道德或經驗等，那樣做是不可能的、不能做的。

0454 □□□

こぜに【小銭】 ㊔ 零錢；零用錢；少量資金

例 すみませんが、1,000円札(えんさつ)を小銭(こぜに)に替(か)えてください。
／不好意思，請將千元鈔兌換成硬幣。

0455 □□□
こづつみ【小包】
㊔ 小包裹；包裹

例 海外(かいがい)に小包(こづつみ)を送(おく)るには、どの送(おく)り方(かた)が一番安(いちばんやす)いですか。
／請問要寄小包到國外，哪一種寄送方式最便宜呢？

0456 □□□
コットン【cotton】
㊔ 棉，棉花；木棉，棉織品

例 肌(はだ)が弱(よわ)いので、下着(したぎ)はコットンだけしか着(き)られません。
／由於皮膚很敏感，內衣只能穿純棉製品。

文法
だけしか［只；而已；僅僅］
▶ 下面接否定表現，表示除此之外就沒別的了。

0457 □□□
ごと【毎】
接尾 每

例 月(つき)ごとに家賃(やちん)を支払(しはら)う。／每個月付房租。

0458 □□□
ごと
接尾（表示包含在內）一共，連同

例 リンゴを皮(かわ)ごと食(た)べる。／蘋果帶皮一起吃。

0459 □□□
ことわる【断る】
他五 謝絕；預先通知，事前請示

例 借金(しゃっきん)は断(ことわ)ることにしている。
／拒絕借錢給別人是我的原則。

文法
ことにしている［向來…］
▶ 表示個人根據某種決心，而形成的某種習慣、方針或規矩。

0460 □□□
コピー【copy】
㊔ 抄本，謄本，副本；（廣告等的）文稿

例 コピーを取(と)るときに原稿(げんこう)を忘(わす)れてきてしまった。
／影印時忘記把原稿一起拿回來了。

0461 □□□
こぼす【溢す】
他五 灑，漏，溢（液體），落（粉末）；發牢騷，抱怨

類 漏らす（もらす）

例 あっ、またこぼして。ちゃんとお茶碗(ちゃわん)を持(も)って食(た)べなさい。
／啊，又打翻了！吃飯時把碗端好！

讀書計劃：□□／□□

0462 □□□ **こぼれる【零れる】** 自下一 灑落，流出；溢出，漾出；（花）掉落

類 溢れる

例 悲しくて、涙がこぼれてしまった。／難過得眼淚掉了出來。

0463 □□□ **コミュニケーション【communication】** 名（語言、思想、精神上的）交流，溝通；通訊，報導，信息

例 職場では、コミュニケーションを大切にしよう。
／在職場上，要多注重溝通技巧

0464 □□□ **こむ【込む・混む】** 自五・接尾 擁擠，混雜；費事，精緻，複雜；表進入的意思；表深入或持續到極限

例 2時ごろは、電車はそれほど混まない。
／在兩點左右的時段搭電車，比較沒有那麼擁擠。

文法
ほど…ない［沒那麼…］
▶表示程度沒有那麼高。

0465 □□□ **ゴム【(荷)gom】** 名 樹膠，橡皮，橡膠

例 輪ゴムでビニール袋の口をしっかりしばった。
／用橡皮筋把袋口牢牢綁緊了。

0466 □□□ **コメディー【comedy】** 名 喜劇

反 悲劇（ひげき） 類 喜劇（きげき）

例 姉はコメディー映画が好きです。
／姊姊喜歡看喜劇電影。

0467 □□□ **ごめんください** 名・形動・副（道歉、叩門時）對不起，有人在嗎？

例 ごめんください。どなたかいらっしゃいますか。
／有人嗎？有人在家嗎？

0468 □□□ **こゆび【小指】** 名 小指頭

例 小指に怪我をしました。／我小指頭受了傷。

ころす～さいほう

0469 □□□

ころす【殺す】

(他五) 殺死，致死；抑制，忍住，消除；埋沒；浪費，犧牲，典當；殺，（棒球）使出局

反 生かす（いかす） 類 殺害（さつがい）

例 別れるくらいなら、殺してください。

／如果真要和我分手，不如殺了我吧！

文法

くらいなら［與其…不如…］

▶ 表示與其選前者，不如選後者，是一種對前者表示否定的說法。

0470 □□□

こんご【今後】

(名) 今後，以後，將來

類 以後

例 今後のことを考えると、不安になる一方だ。

／想到未來，心裡越來越不安。

文法

一方だ［不斷地…；越來越…］

▶ 某狀況一直朝一個方向不斷發展。多用於消極的、不利的傾向。

0471 □□□

こんざつ【混雜】

(名・自サ) 混亂，混雜，混染

類 混乱（こんらん）

例 町の人口が増えるに従って、道路が混雑するようになった。

／隨著城鎮人口的增加，交通愈來愈壅塞了。

0472 □□□

コンビニ（エンスストア）【convenience store】

(名) 便利商店

類 雑貨店（ざっかてん）

例 そのチケットって、コンビニで買えますか。

／請問可以在便利商店買到那張入場券嗎？

文法

って［是…；這個…］

▶ 前項為後項的名稱，或是接下來話題的主題內容，後面常接疑問、評價、解釋等。

0473 □□□

さい
【最】

(漢造·接頭) 最

Track 21

例 学年で最優秀の成績を取った。
／得到了全學年第一名的成績。

0474 □□□

さい
【祭】

(漢造) 祭祀，祭禮；節日，節日的狂歡

例 市の文化祭に出て歌を歌う。
／參加本市舉辦的藝術節表演唱歌。

0475 □□□

ざいがく
【在学】

(名·自サ) 在校學習，上學

例 大学の前を通るたびに、在学中のことが懐かしく思い出される。
／每次經過大學門口時，就會想起就讀時的美好回憶。

文法
たびに［每當…就…］
▶ 表示前項的動作、行為都伴隨後項。

0476 □□□

さいこう
【最高】

(名·形動)（高度、位置、程度）最高，至高無上；頂，極，最

反 最低　類 ベスト

例 最高におもしろい映画だった。
／這電影有趣極了！

0477 □□□

さいてい
【最低】

(名·形動) 最低，最差，最壞
反 最高

類 最悪（さいあく）

例 あんな最低の男とは、さっさと別れるべきだった。
／那種差勁的男人，應該早早和他分手才對！

文法
べきだ［應當…］
▶ 表示那樣做是應該的、正確的。常用在勸告、禁止及命令的場合。

0478 □□□

さいほう
【裁縫】

(名·自サ) 裁縫，縫紉

例 ボタン付けくらいできれば、お裁縫なんてできなくてもいい。
／只要會縫鈕子就好，根本不必會什麼縫紉。

さか～さげる

0479 □□□

さか【坂】

㊔ 斜面，坡道；（比喻人生或工作的關鍵時刻）大關，陡坡

類 坂道（さかみち）

例 坂を上ったところに、教会があります。
／上坡之後的地方有座教堂。

0480 □□□

さがる【下がる】

自五 後退；下降

反 上がる 類 落ちる

例 危ないですから、後ろに下がっていただけますか。
／很危險，可以請您往後退嗎？

0481 □□□

さく【昨】

漢造 昨天；前一年，前一季；以前，過去

例 昨年の正月は雪が多かったが、今年は暖かい日が続いた。
／去年一月下了很多雪，但今年一連好幾天都很暖和。

0482 □□□

さくじつ【昨日】

㊔（「きのう」的鄭重說法）昨日，昨天

反 明日
類 前の日

例 昨日から横浜で日本語教育についての国際会議が始まりました。
／從昨天開始，於橫濱展開了一場有關日語教育的國際會議。

0483 □□□

さくじょ【削除】

名・他サ 刪掉，刪除，勾消，抹掉

類 削り取る（けずりとる）

例 子どもに悪い影響を与える言葉は、削除することになっている。
／按規定要刪除對孩子有不好影響的詞彙。

文法

ことになっている［按規定…］

▶ 表示約定或約束人們生活行為的各種規定、法律以及一些慣例。

0484 □□□

さくねん【昨年】

名・副 去年

反 来年 類 去年

例 昨年はいろいろお世話になりました。
／去年承蒙您多方照顧。

0485 □□□

さくひん【作品】

㊔ 製成品；（藝術）作品，（特指文藝方面）創作

類 作物（さくぶつ）

例 これは私にとって思い出の作品です。

／這對我而言，是件值得回憶的作品。

文法

にとって［對於…來說］

▶ 表示站在前面接的那個詞的立場，來進行後面的判斷或評價。

0486 □□□

さくら【桜】

㊔（植）櫻花，櫻花樹；淡紅色

例 今年は桜が咲くのが遅い。

／今年櫻花開得很遲。

0487 □□□

さけ【酒】

㊔ 酒（的總稱），日本酒，清酒

例 酒に酔って、ばかなことをしてしまった。

／喝醉以後做了蠢事。

0488 □□□

さけぶ【叫ぶ】

自五 喊叫，呼叫，大聲叫；呼喊，呼籲

類 わめく

例 試験の最中に教室に鳥が入ってきて、思わず叫んでしまった。

／正在考試時有鳥飛進教室裡，忍不住尖叫了起來。

文法

最中に［正在…］

▶ 表示某一行為在進行中。常用在突發什麼事的場合。

0489 □□□

さける【避ける】

他下一 躲避，避開，逃避；避免，忌諱

類 免れる（まぬがれる）

例 なんだかこのごろ、彼氏が私を避けてるみたい。

／最近怎麼覺得男友好像在躲我。

0490 □□□

さげる【下げる】

他下一 向下；掛；收走

反 上げる

例 飲み終わったら、コップを台所に下げてください。

／喝完以後，請把杯子放到廚房。

ささる～サラリーマン

0491 □□□
ささる【刺さる】
自五 刺在…在，扎進，刺入

例 指にガラスの破片が刺さってしまった。
／手指被玻璃碎片給刺傷了。

0492 □□□
さす【刺す】
他五 刺，穿，扎；螫，咬，釘；縫綴，衲；捉住，黏捕

類 突き刺す（つきさす）
例 蜂に刺されてしまった。／我被蜜蜂給螫到了。

0493 □□□
Track 22
さす【指す】
他五 指，指示；使，叫，令，命令做…

類 指示
例 甲と乙というのは、契約者を指しています。
／所謂甲乙指的是簽約的雙方。

文法
というのは［所謂］
▶ 前面接名詞，後面就針對這個名詞來進行解釋、説明。

0494 □□□
さそう【誘う】
他五 約，邀請；勸誘，會同；誘惑，勾引；引誘，引起

類 促す（うながす）
例 友達を誘って台湾に行った。／揪朋友一起去了台灣。

0495 □□□
さっか【作家】
名 作家，作者，文藝工作者；藝術家，藝術工作者

類 ライター
例 さすが作家だけあって、文章がうまい。／不愧是作家，文章寫得真好。

0496 □□□
さっきょくか【作曲家】
名 作曲家

例 作曲家になるにはどうすればよいですか。
／請問該如何成為一個作曲家呢？

0497 □□□
さまざま【様々】
名·形動 種種，各式各樣的，形形色色的

類 色々
例 今回の失敗については、さまざまな原因が考えられる。
／關於這次的失敗，可以歸納出種種原因。

讀書計劃：□□／□□

0498 □□□

さます
【冷ます】

他五 冷卻，弄涼；(使熱情、興趣)降低，減低

類 冷やす（ひやす）

例 熱いので、冷ましてから食べてください。

／很燙的！請吹涼後再享用。

0499 □□□

さます
【覚ます】

他五 (從睡夢中)弄醒，喚醒;(從迷惑、錯誤中)清醒，醒酒；使清醒，使覺醒

類 覚める

例 赤ちゃんは、もう目を覚ましましたか。

／嬰兒已經醒了嗎？

0500 □□□

さめる
【冷める】

自下一 (熱的東西)變冷，涼；(熱情、興趣等)降低，減退

類 冷える

例 スープが冷めてしまった。

／湯冷掉了。

0501 □□□

さめる
【覚める】

自下一 (從睡夢中)醒，醒過來；(從迷惑、錯誤、沉醉中)醒悟，清醒

類 目覚める

例 夜中に地震が来て、びっくりして目が覚めた。

／半夜來了一場地震，把我嚇醒了。

0502 □□□

さら
【皿】

名 盤子；盤形物；(助數詞)一碟等

例 ちょっと、そこのお皿取ってくれる？その四角いの。

／欸，可以幫忙把那邊的盤子拿過來嗎？那個方形的。

0503 □□□

サラリーマン
【salariedman】

名 薪水階級，職員

例 このごろは、大企業のサラリーマンでも失業する恐れがある。

／近來，即便是大企業的職員也有失業的風險。

さわぎ～じ

0504 □□□

さわぎ【騒ぎ】

㊔ 吵鬧，吵嚷；混亂，鬧事；轟動一時（的事件），激動，振奮

類 騒動（そうどう）

例 学校で、何か騒ぎが起こったらしい。

／看來學校裡，好像起了什麼騷動的樣子。

0505 □□□

さん【山】

接尾 山；寺院，寺院的山號

例 富士山をはじめ、日本の主な山はだいたい登った。

／從富士山，到日本的重要山脈大部分都攀爬過了。

文法
をはじめ［從…到］
▶ 表示由核心的人或物擴展到很廣的範圍。

0506 □□□

さん【産】

名·漢造 生產，分娩；（某地方）出生；財產

例 台湾産のマンゴーは、味がよいのに加えて値段も安い。

／台灣種植的芒果不但好吃，而且價格也便宜。

文法
に加えて［而且…］
▶ 表示在現有前項的事物上，再加上後項類似的別的事物。

0507 □□□

さんか【参加】

名·自サ 參加，加入

類 加入

例 半分仕事のパーティーだから、参加するよりほかない。

／那是一場具有工作性質的酒會，所以不能不參加。

文法
よりほかない［只有；只好］
▶ 後面伴隨著否定，表示這是唯一解決問題的辦法。

0508 □□□

さんかく【三角】

㊔ 三角形

例 おにぎりを三角に握る。／把飯糰捏成三角形。

0509 □□□

ざんぎょう【残業】

名·自サ 加班

類 超勤（ちょうきん）

例 彼はデートだから、残業するわけがない。

／他要約會，所以不可能會加班的。

文法
わけがない［不可能…］
▶ 表示從道理上而言，強烈地主張不可能或沒有理由成立。

0510 □□□

さんすう【算数】 ㊔ 算數，初等數學；計算數量

類 計算

例 うちの子は、算数が得意な反面、国語は苦手です。

／我家小孩的算數很拿手，但另一方面卻拿國文沒輒。

文法 反面［另一方面…］
▶ 表示同一種事物，同時兼具兩種不同性格的兩個方面。

0511 □□□

さんせい【賛成】 名·自サ 贊成，同意

反 反対

類 同意

例 みなが賛成したとしても、私は反対です。

／就算大家都贊成，我還是反對。

文法 としても［就算…，也…］
▶ 表示假設前項是事實或成立，後項也不會起有效的作用。

0512 □□□

サンプル【sample】 名·他サ 樣品，樣本

例 街を歩いていて、新しいシャンプーのサンプルをもらった。

／走在路上的時候，拿到了新款洗髮精的樣品。

し

0513 □□□

Track 23

し【紙】 漢造 報紙的簡稱；紙；文件，刊物

新聞紙で野菜を包んで、ビニール袋に入れた。

／用報紙包蔬菜，再放進了塑膠袋裡。

0514 □□□

し【詩】 名·漢造 詩，詩歌

類 漢詩（かんし）

例 私の趣味は、詩を書くことです。

／我的興趣是作詩。

0515 □□□

じ【寺】 漢造 寺

例 築地本願寺には、パイプオルガンがある。

／築地的本願寺裡有管風琴。

しあわせ～じご

0516 □□□

しあわせ【幸せ】 ㊔·形動 運氣，機運；幸福，幸運

反 不幸せ（ふしあわせ）
類 幸福（こうふく）
例 結婚すれば幸せというものではないでしょう。
／結婚並不能說就會幸福的吧！

0517 □□□

シーズン【season】 ㊔（盛行的）季節，時期

類 時期
例 8月は旅行シーズンだから、混んでるんじゃない？
／八月是旅遊旺季，那時候去玩不是人擠人嗎？

0518 □□□

CD ドライブ【CD drive】 ㊔ 光碟機

例 CDドライブが起動しません。／光碟機沒有辦法起動。

0519 □□□

ジーンズ【jeans】 ㊔ 牛仔褲

例 高級レストランだからジーンズで行くわけにはいかない。
／因為那一家是高級餐廳，總不能穿牛仔褲進去。

文法
わけにはいかない［不能…］
▶ 表示由於一般常識、社會道德或經驗等，那樣做是不可能的、不能做的。

0520 □□□

じえいぎょう【自営業】 ㊔ 獨立經營，獨資

例 自営業ですから、ボーナスはありません。
／因為我是獨立開業，所以沒有分紅獎金。

0521 □□□

ジェットき【jet 機】 ㊔ 噴氣式飛機，噴射機

例 ジェット機に関しては、彼が知らないことはない。
／有關噴射機的事，他無所不知。

文法
に関しては［關於…］
▶ 表示就前項有關的問題，做出「解決問題」性質的後項行為。

讀書計劃：□□／□□

0522 □□□

しかく
【四角】

㊔ 四角形，四方形，方形

例 四角の面積を求める。／請算出方形的面積。

0523 □□□

しかく
【資格】

㊔ 資格，身份；水準

類 身分（みぶん）

例 5年かかってやっと弁護士の資格を取得した。
／經過五年的努力不懈，終於取得律師資格。

0524 □□□

じかんめ
【時間目】

接尾 第…小時

例 今日の二時間目は、先生の都合で四時間目と交換になった。
／由於老師有事，今天的第二節課和第四節課交換了。

0525

しげん
【資源】

㊔ 資源

例 交ぜればゴミですが、分ければ資源になります。
／混在一起是垃圾，但經過分類的話就變成資源了。

0526 □□□

じけん
【事件】

㊔ 事件，案件

類 出来事

例 連続して殺人事件が起きた。／殺人事件接二連三地發生了。

0527 □□□

しご
【死後】

㊔ 死後；後事

反 生前 類 没後（ぼつご）

例 みなさんは死後の世界があると思いますか。
／請問各位認為真的有冥界嗎？

0528 □□□

じご
【事後】

㊔ 事後

反 事前

例 事後に評価報告書を提出してください。
／請在結束以後提交評估報告書。

ししゃごにゅう～しつぎょう

0529 □□□

ししゃごにゅう【四捨五入】 名·他サ 四捨五入

例 26を10の位で四捨五入すると30です。
／將26四捨五入到十位數就變成30。

0530 □□□

Track 24

ししゅつ【支出】 名·他サ 開支，支出

反 収入 類 支払い（しはらい）

例 支出が増えたせいで、貯金が減った。
／都是支出變多，儲蓄才變少了。

文法
せいで［由於］
▶ 發生壞事或會導致某種不利情況或責任的原因。

0531 □□□

しじん【詩人】 名 詩人

類 歌人（かじん）

例 彼は詩人ですが、ときどき小説も書きます。
／他雖然是個詩人，有時候也會寫寫小說。

0532 □□□

じしん【自信】 名 自信，自信心

例 自信を持つことこそ、あなたに最も必要なことです。
／要對自己有自信，對你來講才是最需要的。

文法
こそ［才（是）…］
▶ 特別強調某事物。

0533 □□□

しぜん【自然】 名·形動·副 自然，天然；大自然，自然界；自然地

反 人工（じんこう） 類 天然

例 この国は、経済が遅れている反面、自然が豊かだ。
／這個國家經濟雖落後，但另一方面卻擁有豐富的自然資源。

文法
反面［另一方面…］
▶ 表示同一種事物，同時兼具兩種不同性格的兩個方面。

0534 □□□

じぜん【事前】 名 事前

反 事後

例 仕事を休みたいときは、なるべく事前に言ってください。／工作想請假時請盡量事先報告。

文法
たい［想要…］
▶ 表示說話者的內心想做、想要的。

0535 □□□ **した【舌】**

㊔ 舌頭；說話；舌狀物

類 べろ

例 熱いものを食べて、舌をやけどした。

／我吃熱食時燙到舌頭了。

0536 □□□ **したしい【親しい】**

形（血緣）近；親近，親密；不稀奇

反 疎い（うとい）

類 懇ろ（ねんごろ）

例 学生時代からの付き合いですから、村田さんとは親しいですよ。

／我和村田先生從學生時代就是朋友了，兩人的交情非常要好。

0537 □□□ **しつ【質】**

㊔ 質量；品質，素質；質地，實質；抵押品；真誠，樸實

類 性質（せいしつ）

例 この店の商品は、あの店に比べて質がいいです。

／這家店的商品，比那家店的品質好多了。

文法

に比べて［與…相比］

▶ 表示比較、對照。

0538 □□□ **じつ【日】**

漢造 太陽；日，一天，白天；每天

例 一部の地域を除いて、翌日に配達いたします。

／除了部分區域以外，一概隔日送達。

0539 □□□ **しつぎょう【失業】**

名・自サ 失業

類 失職（しっしょく）

例 会社が倒産して失業する。

／公司倒閉而失業。

0540 □□□

しっけ【湿気】 ㊔ 濕氣

類 湿り気（しめりけ）

例 暑さに加えて、湿気もひどくなってきた。
／除了熱之外，濕氣也越來越嚴重。

文法
に加えて［而且…］
▶ 表示在現有前項的事物上，再加上後項類似的別的事物。

0541 □□□

じっこう【実行】 名·他サ 實行，落實，施行

類 実践

例 資金が足りなくて、計画を実行するどころじゃない。
／資金不足，哪能實行計畫呀！

0542 □□□

しつど【湿度】 ㊔ 濕度

例 湿度が高くなるに従って、かびが生えやすくなる。
／隨著濕度增加，容易長霉。

0543 □□□

じっと 副·自サ 保持穩定，一動不動；凝神，聚精會神；一聲不響地忍住；無所做為，呆住

類 つくづく

例 相手の顔をじっと見つめる。
／凝神注視對方的臉。

0544 □□□

じつは【実は】 ㊜ 說真的，老實說，事實是，說實在的

類 打ち明けて言うと

例「国産」と書いてあったが、実は輸入品だった。
／上面雖然寫著「國產」，實際上卻是進口商品。

0545 □□□

じつりょく【実力】 ㊔ 實力，實際能力

類 腕力（わんりょく）

例 彼女は、実力があるだけでなく、やる気もあります。
／她不只有實力，也很有幹勁。

0546 □□□

しつれいします【失礼します】

㊜（道歉）對不起;（先行離開）先走一步;（進門）不好意思打擾了;（職場用語－掛電話時）不好意思先掛了;（入座）謝謝

例 用がある時は、「失礼します」って言ってから入ってね。
／有事情要進去那裡之前，必須先說聲「報告」，才能夠進去喔。

0547 □□□

じどう【自動】

㊔ 自動（不單獨使用）

例 入口は、自動ドアになっています。
／入口是自動門。

0548 □□□

しばらく

㊊ 好久；暫時

類 しばし

例 胃に穴が空いたから、しばらく会社を休むしかない。
／由於罹患了胃穿孔，不得不暫時向公司請假。

文法
しかない［只好…］
▶ 表示只有這唯一可行的，沒有別的選擇。

0549 □□□

じばん【地盤】

㊔ 地基，地面；地盤，勢力範圍

例 家は地盤の固いところに建てたい。
／希望在地盤穩固的地方蓋房子。

文法
たい［想要…］
▶ 表示說話者的內心想做、想要的。

0550 □□□

しぼう【死亡】

名・他サ 死亡

反 生存
類 死去（しきょ）

例 けが人はいますが、死亡者はいません。
／雖然有人受傷，但沒有人死亡。

0551 □□□

しま【縞】

㊔ 條紋，格紋，條紋布

例 アメリカの国旗は、赤と白がしまになっている。
／美國國旗是紅白相間的條紋。

しまがら～しゃしょう

0552 □□□ **しまがら【縞柄】** ㊔ 條紋花樣

類 縞模様（しまもよう）

例 縞柄のネクタイをつけている人が部長です。
／繫著條紋領帶的人是經理。

0553 □□□ **しまもよう【縞模様】** ㊔ 條紋花樣

類 縞柄

例 縞模様のシャツをたくさん持っています。
／我有很多件條紋襯衫。

0554 □□□ **じまん【自慢】** 名・他サ 自滿，自誇，自大，驕傲

類 誇る（ほこる）

例 あの人の話は息子の自慢ばかりだ。
／那個人每次開口總是炫耀兒子。

0555 □□□ **じみ【地味】** 形動 素氣，樸素，不華美；保守

反 派手

類 素朴（そぼく）

例 この服、色は地味だけど、デザインが洗練されてますね。
／這件衣服的顏色雖然樸素，但是設計非常講究。

0556 □□□ **しめい【氏名】** ㊔ 姓與名，姓名

例 ここに、氏名、住所と、電話番号を書いてください。
／請在這裡寫上姓名、住址和電話號碼。

0557 □□□ **しめきり【締め切り】** ㊔（時間、期限等）截止，屆滿；封死，封閉；截斷，斷流

類 期限

例 締め切りまでには、何とかします。
／在截止之前會想想辦法。

文法

までには［在…之前］

▶ 表示某個截止日、某個動作完成的期限。

0558 □□□

しゃ【車】

名·接尾·漢造 車；（助數詞）車，輛，車廂

例 毎日電車で通勤しています。

／每天都搭電車通勤。

0559 □□□

しゃ【者】

漢造 者，人；（特定的）事物，場所

例 失業者にとっては、あんなレストランはぜいたくです。

／對失業者而言，上那種等級的餐廳太奢侈了。

文法

にとっては［對於…來說］

▶ 表示站在前面接的那個詞的立場，來進行後面的判斷或評價。

0560 □□□

しゃ【社】

名·漢造 公司，報社（的簡稱）；社會團體；組織；寺院

例 父の友人のおかげで、新聞社に就職できた。

／承蒙父親朋友大力鼎助，得以在報社上班了。

文法

おかげで［多虧…］

▶ 由於受到某種恩惠，導致後面好的結果。常帶有感謝的語氣。

0561 □□□

しやくしょ【市役所】

名 市政府，市政廳

例 市役所へ婚姻届を出しに行きます。

／我們要去市公所辦理結婚登記。

0562 □□□

ジャケット【jacket】

名 外套，短上衣；唱片封面

類 上着

反 下着

例 暑いですから、ジャケットはいりません。

／外面氣溫很高，不必穿外套。

0563 □□□

しゃしょう【車掌】

名 車掌，列車員

類 乗務員（じょうむいん）

例 車掌が来たので、切符を見せなければならない。

／車掌來了，得讓他看票根才行。

ジャズ～ジュース

0564 □□□
ジャズ【jazz】 (名·自サ)（樂）爵士音樂

例 叔父はジャズのレコードを収集している。
／家叔的嗜好是收集爵士唱片。

0565 □□□
しゃっくり (名·自サ) 打嗝

例 しゃっくりが出て、止まらない。
／開始打嗝，停不下來。

0566 □□□
しゃもじ【杓文字】 (名) 杓子，飯杓

例 しゃもじにご飯粒がたくさんついています。
／飯匙上沾滿了飯粒。

0567 □□□
しゅ【手】 (漢造) 手；親手；專家；有技藝或資格的人

Track 26

例 タクシーの運転手になる。／成為計程車司機。

0568 □□□
しゅ【酒】 (漢造) 酒

例 ぶどう酒とチーズは合う。／葡萄酒和起士的味道很合。

0569 □□□
しゅう【週】 (名·漢造) 星期；一圈

例 週に１回は運動することにしている。
／固定每星期運動一次。

文法
ことにしている［向來…］
▶ 表示個人根據某種決心，而形成的某種習慣、方針或規矩。

0570 □□□
しゅう【州】 (名) 大陸，州

例 アメリカでは、州によって法律が違うそうです。
／據說在美國，法律會因州而益。

文法
によって［因…；根據…］
▶ 表示根據其中的各種情況。
▶ 近 に基づいて［按照…］

0571 □□□

しゅう【集】

(名·漢造)（詩歌等的）集；聚集

例 作品を全集にまとめる。

／把作品編輯成全集。

0572 □□□

じゅう【重】

(名·漢造)（文）重大；穩重；重要

例 重要なことなので、よく聞いてください。

／這是很重要的事，請仔細聆聽。

0573 □□□

しゅうきょう【宗教】

(名) 宗教

例 この国の人々は、どんな宗教を信仰していますか。

／這個國家的人，信仰的是什麼宗教？

0574 □□□

じゅうきょひ【住居費】

(名) 住宅費，居住費

例 住居費はだいたい給料の 3 分の 1 ぐらいです。

／住宿費用通常佔薪資的三分之一左右。

0575 □□□

しゅうしょく【就職】

(名·自サ) 就職，就業，找到工作

類 勤め

例 就職したからには、一生懸命働きたい。

／既然找到了工作，我就想要努力去做。

文法

からには［既然…，就…］

▶ 表示既然到了這種情況，後面就要「貫徹到底」的説法

たい［想要…］

▶ 表示説話者的內心想做、想要的。

0576 □□□

ジュース【juice】

(名) 果汁，汁液，糖汁，肉汁

例 未成年なので、ジュースを飲みます。

／由於還未成年，因此喝果汁。

じゅうたい～しゅっしん

0577 □□□ **じゅうたい【渋滞】** ㊔名·自サ 停滞不前，遲滯，阻塞

反 はかどる
類 遅れる
例 道が渋滞しているので、電車で行くしかありません。
／因為路上塞車，所以只好搭電車去。

0578 □□□ **じゅうたん【絨毯】** ㊔名 地毯

類 カーペット
例 居間にじゅうたんを敷こうと思います。
／我打算在客廳鋪塊地毯。

0579 □□□ **しゅうまつ【週末】** ㊔名 週末

例 週末には1時間ほど運動しています。
／每週末大約運動一個小時左右。

0580 □□□ **じゅうよう【重要】** ㊔名·形動 重要，要緊

類 大事
例 彼は若いのに、なかなか重要な仕事を任せられている。
／儘管他年紀輕，但已經接下相當重要的工作了。

0581 □□□ **しゅうり【修理】** ㊔名·他サ 修理，修繕

類 修繕
例 この家は修理が必要だ。
／這個房子需要進行修繕。

0582 □□□ **しゅうりだい【修理代】** ㊔名 修理費

例 車の修理代に3万円かかりました。
／花了三萬圓修理汽車。

0583 □□□

じゅぎょうりょう【授業料】

㊔ 學費

類 学費

例 家庭教師は授業料が高い。／家教老師的授課費用很高。

0584 □□□

しゅじゅつ【手術】

(名·他サ) 手術

類 オペ

例 手術といっても、入院する必要はありません。
／雖說要動手術，但不必住院。

文法
といっても［雖說…，但…］
▶表示承認前項的説法，但同時在後項做部分的修正。

0585 □□□

しゅじん【主人】

㊔ 家長，一家之主；丈夫，外子；主人；東家，老闆，店主

類 あるじ

例 主人は出張しております。／外子出差了。

0586 □□□

しゅだん【手段】

㊔ 手段，方法，辦法

類 方法

例 目的のためなら、手段を選ばない。／只要能達到目的，不擇手段。

0587 □□□

Track 27

しゅつじょう【出場】

(名·自サ)（参加比賽）上場，入場；出站，走出場

類 欠場（けつじょう）

例 歌がうまくさえあれば、コンクールに出場できる。
／只要歌唱得好，就可以參加比賽。

文法
さえ…ば［只要…(就)…］
▶強調只需要達到最低或唯一條件，後項就可成立。

0588 □□□

しゅっしん【出身】

㊔ 出生（地），籍貫；出身；畢業於…

類 国籍

例 東京出身といっても、育ったのは大阪です。
／雖然我出生於東京，但卻是生長於大阪。

文法
といっても［雖說…，但…］
▶表示承認前項的説法，但同時在後項做部分的修正。

しゅるい～じょう

0589 □□□

しゅるい【種類】 ㊔ 種類

類 ジャンル

例 酒（さけ）にはいろいろな種類（しゅるい）がある。

／酒分成很多種類。

0590 □□□

じゅんさ【巡査】 ㊔ 巡警

例 巡査（じゅんさ）が電車（でんしゃ）で痴漢（ちかん）して逮捕（たいほ）されたって。

／聽說巡警在電車上因性騷擾而被逮捕。

文法

って［聽說…］

▸ 引用自己從別人那裡聽說了某信息。

0591 □□□

じゅんばん【順番】 ㊔ 輪班（的次序），輪流，依次交替

類 順序

例 順番（じゅんばん）にお呼（よ）びしますので、おかけになってお待（ま）ちください。

／會按照順序叫號，請坐著等候。

0592 □□□

しょ【初】 漢造 初，始；首次，最初

例 まだ４月（がつ）なのに、今日（きょう）は初夏（しょか）の陽気（ようき）だ。

／現在才四月，但今天已經和初夏一樣熱了。

0593 □□□

しょ【所】 漢造 處所，地點；特定地

例 市役所（しやくしょ）に勤（つと）めています。／在市公所工作。

0594 □□□

しょ【諸】 漢造 諸

例 東南（とうなん）アジア諸国（しょこく）を旅行（りょこう）する。／前往幾個東南亞國家旅行。

0595 □□□

じょ【女】 名・漢造（文）女兒；女人，婦女

例 少女（しょうじょ）のころは白馬（はくば）の王子様（おうじさま）を夢見（ゆめみ）ていた。

／在少女時代夢想著能遇見白馬王子。

0596 □□□

じょ
【助】

漢造 幫助；協助

例 プロの作家になれるまで、両親が生活を援助してくれた。

／在成為專業作家之前，一直由父母支援生活費。

0597 □□□

しょう
【省】

名·漢造 省掉；（日本內閣的）省，部

例 2001年の中央省庁再編で、省庁の数は12になった。

／經過二〇〇一年施行中央政府組織改造之後，省廳的數目變成了十二個。

0598 □□□

しょう
【商】

名·漢造 商，商業；商人；（數）商；商量

例 美術商なのか。道理で絵に詳しいわけだ。

／原來是美術商哦？難怪對繪畫方面懂得那麼多。

文法
わけだ［怪不得…］
▶ 表示按事物的發展，事實、狀況合乎邏輯地必然導致這樣的結果。

0599 □□□

しょう
【勝】

漢造 勝利；名勝

例 1勝1敗、明日の試合で勝負が決まる。

／目前戰績是一勝一負，明天的比賽將會決定由誰獲勝。

0600 □□□

じょう
【状】

名·漢造（文）書面，信件；情形，狀況

例 先生の推薦状のおかげで、就職が決まった。

／承蒙老師的推薦信，找到工作了。

文法
おかげで［多虧…］
▶ 由於受到某種恩惠，導致後面好的結果。常帶有感謝的語氣。

0601 □□□

じょう
【場】

名·漢造 場，場所；場面

例 土地がないから、運動場は屋上に作るほかない。

／由於找不到土地，只好把運動場蓋在屋頂上。

文法
ほかない［只好…］
▶ 表示雖然心裡不願意，但又沒有其他方法，只有這唯一的選擇，別無它法。

じょう～しょうすう

0602 □□□ **じょう【畳】** 接尾·漢造（計算草蓆、席墊）塊，疊；重疊

例 6畳一間のアパートに住んでいます。
／目前住在公寓裡一個六鋪席大的房間。

0603 □□□ **しょうがくせい【小学生】** 名 小學生

例 下の子もこの春小学生になります。
／老么也將在今年春天上小學了。

0604 □□□ **じょうぎ【定規】** 名（木工使用）尺，規尺；標準

例 定規で点と点を結んで線を引きます。
／用直尺在兩點之間畫線。

0605 □□□ **しょうきょくてき【消極的】** 形動 消極的

例 恋愛に消極的な、いわゆる草食系男子が増えています。
／現在一些對愛情提不起興趣，也就是所謂的草食系男子，有愈來愈多的趨勢。

0606 □□□ **しょうきん【賞金】** 名 賞金；獎金

Track 28

例 ツチノコには1億円の賞金がかかっている。
／目前提供一億圓的懸賞金給找到錘子蛇的人。

0607 □□□ **じょうけん【条件】** 名 條件；條文，條款

類 制約（せいやく）

例 相談の上で、条件を決めましょう。
／協商之後，再來決定條件吧。

0608 □□□ **しょうご【正午】** 名 正午

類 昼

例 うちの辺りは、毎日正午にサイレンが鳴る。
／我家那一帶每天中午十二點都會響起警報聲。

讀書計劃：□□／□□

0609 □□□

じょうし【上司】

㊔ 上司，上級

反 部下
類 長官
例 新しい上司に代わってから、仕事がきつく感じる。
／自從新上司就任後，工作變得比以前更加繁重。

0610 □□□

しょうじき【正直】

名·形動·副 正直，老實

例 彼は正直なので損をしがちだ。
／他個性正直，容易吃虧。

文法
がちだ［往往會…］
▸ 表示即使是無意的，容易出現某種傾向。一般多用在負面評價的動作。

0611 □□□

じょうじゅん【上旬】

㊔ 上旬

反 下旬
類 初旬
例 来月上旬に、日本へ行きます。
／下個月的上旬，我要去日本。

0612 □□□

しょうじょ【少女】

㊔ 少女，小姑娘

類 乙女（おとめ）
例 少女は走りかけて、ちょっと立ち止まりました。
／少女跑到一半，就停了一下。

0613 □□□

しょうじょう【症状】

㊔ 症狀

例 どんな症状か医者に説明する。
／告訴醫師有哪些症狀。

0614 □□□

しょうすう【小数】

㊔（數）小數

例 円周率は無限に続く小数です。
／圓周率是無限小數。

しょうすう～しょうぼうしょ

0615 □□□

しょうすう【少数】 ㊔ 少數

例 賛成者は少数だった。

／少數贊成者。

0616 □□□

しょうすうてん【小数点】 ㊔ 小數點

例 小数点以下は、四捨五入します。

／小數點以下，要四捨五入。

0617 □□□

しょうせつ【小説】 ㊔ 小說

類 物語（ものがたり）

例 先生がお書きになった小説を読みたいです。

／我想看老師所寫的小說。

文法

たい [想要…]

▶ 表示說話者的內心想做、想要的。

0618 □□□

じょうたい【状態】 ㊔ 狀態，情況

類 状況

例 その部屋は、誰でも出入りできる状態にありました。

／那個房間誰都可以自由進出。

0619 □□□

じょうだん【冗談】 ㊔ 戲言，笑話，詼諧，玩笑

類 ジョーク

例 その冗談は彼女に通じなかった。

／她沒聽懂那個玩笑。

0620 □□□

しょうとつ【衝突】 ㊔·自サ 撞，衝撞，碰上；矛盾，不一致；衝突

類 ぶつける

例 車は、走り出したとたんに壁に衝突しました。

／車子才剛發動，就撞上了牆壁。

文法

とたんに [剛…就…]

▶ 表示前項動作和變化完成的一瞬間，發生了後項的動作和變化。

0621 □□□

しょうねん【少年】 ㊔ 少年

反 少女
類 青年

例 もう一度少年の頃に戻りたい。
／我想再次回到年少時期。

文法
たい［想要…］
▶ 表示說話者的內心想做、想要的。

0622 □□□

しょうばい【商売】 名・自サ 經商，買賣，生意；職業，行業

類 商い（あきない）

例 商売がうまくいかないのは、景気が悪いせいだ。
／生意沒有起色是因為景氣不好。

文法
せいだ［因為…的緣故］
▶ 表示發生壞事或會導致某種不利的情況的原因與責任的所在。

0623 □□□

しょうひ【消費】 名・他サ 消費，耗費

反 貯金（ちょきん）
類 消耗（しょうもう）

例 ガソリンの消費量が、増加ぎみです。
／汽油的消耗量，有增加的趨勢。

文法
気味［趨勢］
▶ 表示身心、情況等有這種傾向，用在主觀的判斷。多用於消極。

0624 □□□

しょうひん【商品】 ㊔ 商品，貨品

例 あのお店は商品が豊富に揃っています。
／那家店商品的品項十分齊備。

0625 □□□

じょうほう【情報】 ㊔ 情報，信息

類 インフォメーション

例 IT 業界について、何か新しい情報はありますか。
／關於 IT 產業，你有什麼新的情報？

0626 □□□

しょうぼうしょ【消防署】 ㊔ 消防局，消防署

Track 29

例 火事を見つけて、消防署に 119 番した。
／發現火災，打了 119 通報消防局。

あ か さ た な は ま や ら わ ん 練習

0627 □□□

しょうめい【証明】

㊔・他サ 證明

類 証（あかし）

例 事件当時どこにいたか、証明のしようがない。

／根本無法提供案件發生時的不在場證明。

文法

ようがない［沒辦法］

▶ 表示不管用什麼方法都不可能，已經沒有其他方法了。

0628 □□□

しょうめん【正面】

㊔ 正面；對面；直接，面對面

反 背面（はいめん）

類 前方

例 ビルの正面玄関に立っている人は誰ですか。

／站在大樓正門前的是那位是誰？

0629 □□□

しょうりゃく【省略】

名・副・他サ 省略，從略

類 省く（はぶく）

例 携帯電話のことは、省略して「ケイタイ」という人が多い。

／很多人都把行動電話簡稱為「手機」。

0630 □□□

しようりょう【使用料】

㊔ 使用費

例 ホテルで結婚式をすると、会場使用料はいくらぐらいですか。

／請問若是在大飯店裡舉行婚宴，場地租用費大約是多少錢呢？

0631 □□□

しょく【色】

漢造 顏色；臉色，容貌；色情；景象

補 助数詞：一色：いっしょく（ひといろ）、二色：にしょく、三色：さんしょく（さんしき）、四色：よんしょく、五色：ごしょく（ごしき）、六色：ろくしょく、七色：なないろ、八色：はっしょく、九色：きゅうしょく、十色：じゅっしょく（といろ）

例 あの人の髪は、金髪というより明るい褐色ですね。

／那個人的髮色與其說是金色，比較像是亮褐色吧。

文法

というより［與其說…，還不如說…］

▶ 表示在相比較的情況下，後項的說法比前項更恰當。

0632 □□□

しょくご
【食後】

㊔ 飯後，食後

例 お飲み物は食後でよろしいですか。
／飲料可以在餐後上嗎？

0633 □□□

しょくじだい
【食事代】

㊔ 餐費，飯錢

類 食費

例 今夜の食事代は会社の経費です。／今天晚上的餐費由公司的經費支應。

0634 □□□

しょくぜん
【食前】

㊔ 飯前

例 粉薬は食前に飲んでください。
／請在飯前服用藥粉。

0635 □□□

しょくにん
【職人】

㊔ 工匠

類 匠（たくみ）

例 祖父は、たたみを作る職人でした。
／爺爺曾是製作榻榻米的工匠。

0636 □□□

しょくひ
【食費】

㊔ 伙食費，飯錢

類 食事代

例 日本は食費や家賃が高くて、生活が大変です。
／日本的飲食費用和房租開銷大，居住生活很吃力。

0637 □□□

しょくりょう
【食料】

㊔ 食品，食物

例 地震で家を失った人たちに、水と食料を配った。
／分送了水和食物給在地震中失去了房子的人們。

0638 □□□

しょくりょう
【食糧】

㊔ 食糧，糧食

例 食品を干すのは、食糧を蓄えるための昔の人の知恵です。
／把食物曬乾是古時候的人想出來保存糧食的好方法。

しょっきだな～しんがく

0639 □□□ **しょっきだな【食器棚】**

㊔ 餐具櫃，碗廚

例 引越ししたばかりで、食器棚は空っぽです。
／由於才剛剛搬來，餐具櫃裡什麼都還沒擺。

0640 □□□ **ショック【shock】**

㊔ 震動，刺激，打擊；（手術或注射後的）休克

類 打擊

例 彼女はショックのあまり、言葉を失った。
／她因為太過震驚而說不出話來。

0641 □□□ **しょもつ【書物】**

㊔（文）書，書籍，圖書

例 夜は一人で書物を読むのが好きだ。／我喜歡在晚上獨自看書。

0642 □□□ **じょゆう【女優】**

㊔ 女演員

反 男優

例 その女優は、監督の指示どおりに演技した。
／那個女演員依導演的指示演戲。

文法
どおりに［按照］
► 表示按照前項的方式或要求，進行後項的行為。

0643 □□□ **しょるい【書類】**

㊔ 文書，公文，文件

類 文書

例 書類はできたが、まだ部長のサインをもらっていない。
／雖然文件都準備好了，但還沒得到部長的簽名。

0644 □□□ **しらせ【知らせ】**

Track 30

㊔ 通知；預兆，前兆

例 第一志望の会社から、採用の知らせが来た。
／第一志願的公司通知錄取了。

0645 □□□ **しり【尻】**

㊔ 屁股，臀部；（移動物體的）後方，後面；末尾，最後；（長物的）末端

類 臀部（でんぶ）

例 ずっと座っていたら、おしりが痛くなった。
／一直坐著，屁股就痛了起來。

0646 □□□ **しりあい【知り合い】** ㊔ 熟人，朋友

類 知人

例 鈴木さんは、佐藤さんと知り合いだということです。
／據說鈴木先生和佐藤先生似乎是熟人。

0647 □□□ **シルク【silk】** ㊔ 絲，絲綢；生絲

類 織物

例 シルクのドレスを買いたいです。
／我想要買一件絲綢的洋裝。

文法
たい［想要…］
▶ 表示說話者的內心願望。

0648 □□□ **しるし【印】** ㊔ 記號，符號；象徵（物），標記；徽章；（心意的）表示；紀念（品）；商標

類 目印（めじるし）

例 間違えないように、印をつけた。
／為了避免搞錯而貼上了標籤。

文法
ように［為了…而…］
▶ 表示為了實現前項，而做後項。

0649 □□□ **しろ【白】** ㊔ 白，皎白，白色；清白

例 雪が降って、辺りは白一色になりました。
／下雪後，眼前成了一片白色的天地。

0650 □□□ **しん【新】** ㊔・漢造 新；剛收穫的；新曆

例 夏休みが終わって、新学期が始まった。
／暑假結束，新學期開始了。

0651 □□□ **しんがく【進学】** ㊔・自サ 升學；進修學問

類 進む

例 勉強が苦手で、高校進学でさえ難しかった。
／我以前很不喜歡讀書，就連考高中都覺得困難。

文法
さえ［連；甚至］
▶ 用在理所當然的是都不能了，其他的是就更不用說了。

しんがくりつ～すいとう

0652 □□□

しんがくりつ【進学率】

㊔ 升學率

例 あの高校（こうこう）は進学率（しんがくりつ）が高（たか）い。

／那所高中升學率很高。

0653 □□□

しんかんせん【新幹線】

㊔ 日本鐵道新幹線

例 新幹線（しんかんせん）に乗（の）るには、運賃（うんちん）のほかに特急料金（とっきゅうりょうきん）がかかります。

／要搭乘新幹線列車，除了一般運費還要加付快車費用。

0654 □□□

しんごう【信号】

名・自サ 信號，燈號；（鐵路、道路等的）號誌；暗號

例 信号（しんごう）が赤（あか）から青（あお）に変（か）わる。

／號誌從紅燈變成綠燈。

0655 □□□

しんしつ【寝室】

㊔ 寢室

例 この家（いえ）は居間（いま）と寝室（しんしつ）と食堂（しょくどう）がある。／這個住家有客廳 臥房以及餐廳。

0656 □□□

しんじる・しんずる【信じる・信ずる】

他上一 信，相信；確信，深信；信賴，可靠；信仰

反 不信　類 信用する

例 そんな話（はなし）、誰（だれ）が信（しん）じるもんか。

／那種鬼話誰都不信！

文法

もんか［決不…］

▶表示強烈的否定情緒。「…もんか」是「…ものか」比較隨便的說法。

0657 □□□

しんせい【申請】

名・他サ 申請，聲請

類 申し出る（もうしでる）

例 証明書（しょうめいしょ）はこの紙（かみ）を書（か）いて申請（しんせい）してください。

／要申請證明文件，麻煩填寫完這張紙之後提送。

0658 □□□

しんせん【新鮮】

名・形動（食物）新鮮；清新乾淨；新穎，全新

類 フレッシュ

例 今朝（けさ）釣ってきたばかりの魚（さかな）だから、新鮮（しんせん）ですよ。

／這是今天早上才剛釣到的魚，所以很新鮮喔！

0659 □□□ **しんちょう【身長】** ㊔ 身高

例 あなたの身長（しんちょう）は、バスケットボール向（む）きですね。
／你的身高還真是適合打籃球呀！

0660 □□□ **しんぽ【進歩】** ㊔·自サ 進步

反 退歩（たいほ）
類 向上
例 科学（かがく）の進歩（しんぽ）のおかげで、生活（せいかつ）が便利（べんり）になった。
／因為科學進步的關係，生活變方便多了。

文法
おかげで［多虧…］
▶ 由於受到某種恩惠，導致後面好的結果。常帶有感謝的語氣。

0661 □□□ **しんや【深夜】** ㊔ 深夜

類 夜更け（よふけ）
例 深夜（しんや）どころか、翌朝（よくあさ）まで仕事（しごと）をしました。
／豈止到深夜，我是工作到隔天早上。

0662 □□□ **す【酢】** ㊔ 醋

例 ちょっと酢（す）を入（い）れ過（す）ぎたみたいだ。すっぱい。
／好像加太多醋了，好酸！

文法
みたいだ［好像…］
▶ 表示不是很確定的推測或判斷。

0663 □□□ **すいてき【水滴】** ㊔ 水滴；（注水研墨用的）硯水壺

例 エアコンから水滴（すいてき）が落（お）ちてきた。
／從冷氣機滴了水下來。

0664 □□□ **すいとう【水筒】** ㊔（旅行用）水筒，水壺

例 明日（あした）は、お弁当（べんとう）と、おやつと、水筒（すいとう）を持（も）っていかなくちゃ。
／明天一定要帶便當、零食和水壺才行。

文法
なくちゃ［不…不行］
▶ 表示受限於某個條件、規定，必須要做某件事情。

すいどうだい～すこしも

0665 □□□ **すいどうだい【水道代】** ㊔ 自來水費

類 水道料金

例 水道代（すいどうだい）は一月（ひとつき）2,000円（えん）ぐらいです。／水費每個月大約兩千圓左右。

0666 □□□ **すいどうりょうきん【水道料金】** ㊔ 自來水費

類 水道代

例 水道料金（すいどうりょうきん）を支払（しはら）いたいのですが。
／不好意思，我想要付自來水費……。

文法
たい［想要…］
▶ 表示說話者的內心想做、想要的。

0667 □□□ **すいはんき【炊飯器】** ㊔ 電子鍋

例 この炊飯器（すいはんき）はもう10年（ねん）も使（つか）っています。／這個電鍋已經用了十年。

0668 □□□ **ずいひつ【随筆】** ㊔ 隨筆，小品文，散文，雜文

例『枕草子（まくらのそうし）』は、清少納言（せいしょうなごん）によって書（か）かれた随筆（ずいひつ）です。
／《枕草子》是由清少納言著寫的散文。

文法
によって［由…；根據…］
▶ 表示動作的主體或原因、根據。

0669 □□□ **すうじ【数字】** ㊔ 數字；各個數字

例 暗証番号（あんしょうばんごう）は、全部（ぜんぶ）同（おな）じ数字（すうじ）にするのはやめた方（ほう）がいいです。
／密碼最好不要設定成重複的同一個數字。

0670 □□□ **スープ【soup】** ㊔ 湯（多指西餐的湯）

例 西洋料理（せいようりょうり）では、最初（さいしょ）にスープを飲（の）みます。／西餐的用餐順序是先喝湯。

0671 □□□ **スカーフ【scarf】** ㊔ 圍巾，披肩；領結

類 襟巻き（えりまき）

例 寒（さむ）いので、スカーフをしていきましょう。
／因為天寒，所以圍上圍巾後再出去吧！

0672 □□□

スキー
【ski】

㊔ 滑雪；滑雪橇，滑雪板

例 北海道の人も、全員スキーができるわけではないそうだ。
／聽說北海道人也不是每一個都會滑雪。

文法
わけではない[並不是…]
▶ 表示不能簡單地對現在的狀況下某種結論，也有其它情況。

0673 □□□

すぎる
【過ぎる】

自上一 超過；過於；經過

類 経過する

例 5時を過ぎたので、もううちに帰ります。
／已經五點多了，我要回家了。

0674 □□□

すくなくとも
【少なくとも】

副 至少，對低，最低限度

類 せめて

例 休暇を取るとしたら、少なくとも三日前に言わなければなりません。
／如果要請假，至少要在三天前說才行。

文法
としたら[如果…的話]
▶ 在認清現況或得來的信息的前提條件下，據此條件進行判斷。
▶ 近 ようなら[要是…]

0675 □□□

すごい
【凄い】

形 非常（好）：厲害：好的令人吃驚：可怕，嚇人

類 甚だしい（はなはだしい）
補 すっごく：非常（強調語氣，多用在口語）

例 すごい嵐になってしまいました。
／它轉變成猛烈的暴風雨了。

0676 □□□

すこしも
【少しも】

副（下接否定）一點也不，絲毫也不

類 ちっとも

例 お金なんか、少しも興味ないです。
／金錢這東西，我一點都不感興趣。

文法
なんか[之類的]
▶ 用輕視的語氣，談論主題。口語用法。

すごす～ストッキング

0677 □□□

すごす【過ごす】

(他五‧接尾) 度（日子、時間），過生活；過渡過量；放過，不管

類 暮らす（くらす）

例 たとえ外国に住んでいても、お正月は日本で過ごしたいです。

／就算是住在外國，新年還是想在日本過。

文法

たとえ…ても［即使…也…］

▶ 表示讓步關係，即使是在前項極端的條件下，後項結果仍然成立。

たい［想要…］

▶ 表示說話者的內心想做、想要的。

0678 □□□

すすむ【進む】

(自五‧接尾) 進，前進；進步，先進；進展；升級，進級；升入，進入，到達；繼續下去

類 前進する

例 行列はゆっくりと寺へ向かって進んだ。

／隊伍緩慢地往寺廟前進。

0679 □□□

すすめる【進める】

(他下一) 使向前推進，使前進；推進，發展，開展；進行，舉行；提升，晉級；增進，使旺盛

類 前進させる

例 企業向けの宣伝を進めています。

／我在推廣以企業為對象的宣傳。

文法

向けの［以…為對象；適合於…］

▶ 表示以前項為對象，而做後項的事物。

0680 □□□

すすめる【勧める】

(他下一) 勸告，勸誘；勸，進（煙茶酒等）

類 促す（うながす）

例 これは医者が勧める健康法の一つです。

／這是醫師建議的保健法之一。

0681 □□□

Track 32

すすめる【薦める】

(他下一) 勸告，勸告，勸誘；勸，敬（煙、酒、茶、座等）

類 推薦する

例 彼はＡ大学の出身だから、Ａ大学を薦めるわけだ。

／他是從Ａ大學畢業的，難怪會推薦Ａ大學。

文法

わけだ［怪不得…］

▶ 表示按事物的發展，事實、狀況合乎邏輯地必然導致這樣的結果。

0682 □□□
すそ
【裾】

㊔ 下擺，下襟；山腳；（靠近頸部的）頭髮

例 ジーンズの裾(すそ)を5センチほど短(みじか)く直(なお)してください。
／請將牛仔褲的褲腳改短五公分左右。

0683 □□□
スター
【star】

㊔（影劇）明星，主角；星狀物，星

例 いつかきっとスーパースターになってみせる。
／總有一天會變成超級巨星給大家看！

文法
てみせる［做給…看］
▶ 表示說話者強烈的意志跟決心，含有顯示自己能力的語氣。

0684 □□□
ずっと

副 更；一直

類 終始

例 ずっとほしかったギターをもらった。
／收到夢寐以求的吉他。

0685 □□□
すっぱい
【酸っぱい】

形 酸，酸的

例 梅干(うめぼ)しはすっぱいに決(き)まっている。
／梅乾當然是酸的。

文法
に決(き)まっている［肯定是…］
▶ 說話者根據事物的規律，覺得一定是這樣，充滿自信的推測。

0686 □□□
ストーリー
【story】

㊔ 故事，小說；（小說、劇本等的）劇情，結構

類 物語

例 日本(にほん)のアニメはストーリーがおもしろいと思(おも)います。
／我覺得日本卡通的故事情節很有趣。

0687 □□□
ストッキング
【stocking】

㊔ 褲襪；長筒襪

類 靴下

例 ストッキングをはいて出(で)かけた。
／我穿上褲襪便出門去了。

ストライプ～すみません

0688 □□□

ストライプ【strip】 ㊔ 條紋；條紋布

類 縞模様

例 私の学校の制服は、ストライプ模様です。

／我那所學校的制服是條紋圖案。

0689 □□□

ストレス【stress】 ㊔（語）重音；（理）壓力；（精神）緊張狀態

類 圧力；プレッシャー

例 ストレスと疲れから倒れた。

／由於壓力和疲勞而病倒了。

0690 □□□

すなわち【即ち】 接續 即，換言之；即是，正是；則，彼時；乃，於是

類 つまり

例 私の父は、1945年8月15日、すなわち終戦の日に生まれました。

／家父是在一九四五年八月十五日，也就是二戰結束的那一天出生的。

0691 □□□

スニーカー【sneakers】 ㊔ 球鞋，運動鞋

類 運動靴（うんどうぐつ）

例 運動会の前に、新しいスニーカーを買ってあげましょう。

／在運動會之前，買雙新的運動鞋給你吧。

0692 □□□

スピード【speed】 ㊔ 快速，迅速；速度

類 速さ

例 あまりスピードを出すと危ない。

／速度太快了很危險。

0693 □□□

ずひょう【図表】 ㊔ 圖表

例 実験の結果を図表にしました。

／將實驗結果以圖表呈現了。

讀書計劃：□□／□□

0694 □□□

スポーツせんしゅ【sports 選手】 ㊔ 運動選手

類 アスリート

例 好きなスポーツ選手はいますか。
／你有沒有喜歡的運動選手呢？

0695 □□□

スポーツちゅうけい【スポーツ中継】 ㊔ 體育（競賽）直播，轉播

例 父と兄はスポーツ中継が大好きです。
／爸爸和哥哥最喜歡看現場直播的運動比賽了。

0696 □□□

すます【済ます】 他五·接尾 弄完，辦完;償還，還清;對付，將就，湊合;（接在其他動詞連用形下面）表示完全成為……

例 犬の散歩のついでに、郵便局に寄って用事を済ました。
／遛狗時順道去郵局辦了事。

文法
ついでに [順便…]
▶ 表示做某一主要的事情的同時，再追加順便做其他件事情。

0697 □□□

すませる【済ませる】 他五·接尾 弄完，辦完；償還，還清；將就，湊合

類 終える

例 もう手続きを済ませたから、ほっとしているわけだ。
／因為手續都辦完了，怪不得這麼輕鬆。

文法
わけだ [怪不得…]
▶ 表示按事物的發展，事實、狀況合乎邏輯地必然導致這樣的結果。

0698 □□□

すまない 連語 對不起，抱歉；（做寒暄語）對不起

例 すまないと思うなら、手伝ってください。
／要是覺得不好意思，那就來幫忙吧。

0699 □□□

すみません【済みません】 連語 抱歉，不好意思

例 お待たせしてすみません。
／讓您久等，真是抱歉。

すれちがう～せいじか

0700 □□□

すれちがう【擦れ違う】

自五 交錯，錯過去；不一致，不吻合，互相分歧；錯車

例 街でずれ違った美女には必ず声をかける。

／每當在街上和美女擦身而過，一定會出聲搭訕。

せ

0701 □□□

せい【性】

名・漢造 性別；性慾；本性

Track 33

例 性によって差別されることのない社会を目指す。

／希望能打造一個不因性別而受到歧視的社會。

文法

によって［因…；由於…；根據…］

▶ 表示動作的主體或原因、根據。

0702 □□□

せいかく【性格】

名（人的）性格，性情；（事物的）性質，特性

類 人柄（ひとがら）

例 兄弟といっても、弟と僕は全然性格が違う。

／雖說是兄弟，但弟弟和我的性格截然不同。

文法

といっても［雖說…，但…］

▶ 表示承認前項的說法，但同時在後項做部分的修正。

0703 □□□

せいかく【正確】

名・形動 正確，準確

類 正しい

例 事実を正確に記録する。／事實正確記錄下來。

0704 □□□

せいかつひ【生活費】

名 生活費

例 毎月の生活費に 20 万円かかります。

／每個月的生活費需花二十萬圓。

0705 □□□

せいき【世紀】

名 世紀，百代；時代，年代；百年一現，絕世

類 時代

例 20 世紀初頭の日本について研究しています。

／我正針對 20 世紀初的日本進行研究。

讀書計劃：□□／□□

0706 □□□

ぜいきん
【税金】

㊔ 稅金，稅款

類 所得税（しょとくぜい）

例 家賃や光熱費に加えて税金も払わなければならない。
／不單是房租和水電費，還加上所得稅也不能不繳交。

文法
に加えて [而且…]
▶ 表示在現有前項的事物上，再加上後項類似的別的事物。

0707 □□□

せいけつ
【清潔】

名·形動 乾淨的，清潔的；廉潔；純潔

反 不潔

例 ホテルの部屋はとても清潔だった。／飯店的房間，非常的乾淨。

0708 □□□

せいこう
【成功】

名·自サ 成功，成就，勝利；功成名就，成功立業

反 失敗 類 達成（たっせい）

例 ダイエットに成功したとたん、恋人ができた。
／減重一成功，就立刻交到女朋友／男朋友了。

文法
とたん [剛一…，立刻…]
▶ 表示前項動作和變化完成的一瞬間，發生了後項的動作和變化。

0709 □□□

せいさん
【生産】

名·他サ 生產，製造；創作（藝術品等）；生業，生計

反 消費 類 産出

例 当社は、家具の生産に加えて販売も行っています。
／本公司不單製造家具，同時也從事販售。

文法
に加えて [而且…]
▶ 表示在現有前項的事物上，再加上後項類似的別的事物。

0710 □□□

せいさん
【清算】

名·他サ 結算，清算；清理財產；結束，了結

例 10 年かけてようやく借金を清算した。
／花費了十年的時間，終於把債務給還清了。

0711 □□□

せいじか
【政治家】

㊔ 政治家（多半指議員）

例 あなたはどの政治家を支持していますか。
／請問您支持哪位政治家呢？

せいしつ～せいぶつ

0712 □□□

せいしつ【性質】 ㊔ 性格，性情；（事物）性質，特性

類 たち

例 磁石(じしゃく)は北(きた)を向(む)く性質(せいしつ)があります。

／指南針具有指向北方的特性。

0713 □□□

せいじん【成人】 (名·自サ) 成年人；成長，（長大）成人

類 大人（おとな）

例 成人(せいじん)するまで、たばこを吸(す)ってはいけません。

／到長大成人之前，不可以抽煙。

0714 □□□

せいすう【整数】 ㊔（數）整數

例 18 割(わ)る 6 は割(わ)り切(き)れて、答(こた)えは整数(せいすう)になる。

／十八除以六的答案是整數。

0715 □□□

せいぜん【生前】 ㊔ 生前

反 死後

類 死ぬ前

例 祖父(そふ)は生前(せいぜん)よく釣(つ)りをしていました。

／祖父在世時經常去釣魚。

0716 □□□

せいちょう【成長】 (名·自サ)（經濟、生產）成長，增長，發展；（人、動物）生長，發育

類 生い立ち（おいたち）

例 子(こ)どもの成長(せいちょう)が、楽(たの)しみでなりません。

／孩子們的成長，真叫人期待。

0717 □□□

せいねん【青年】 ㊔ 青年，年輕人

類 若者

例 彼(かれ)は、なかなか感(かん)じのよい青年(せいねん)だ。

／他是個令人覺得相當年輕有為的青年。

0718 □□□ **せいねんがっぴ【生年月日】** ㊔ 出生年月日，生日

類 誕生日

例 書類(しょるい)には、生年月日(せいねんがっぴ)を書(か)くことになっていた。
／文件上規定要填上出生年月日。

0719 □□□ **せいのう【性能】** ㊔ 性能，機能，效能

例 高(たか)ければ高(たか)いほど性能(せいのう)がよいわけではない。
／並不是愈昂貴，性能就愈好。

文法
ばⅹほど［越…越…］
▶表示隨著前項事物的變化，後項也隨之相應地發生變化。
わけではない［並不是…］
▶表示不能簡單地對現在的狀況下某種結論，也有其它情況。

0720 □□□ **せいひん【製品】** ㊔ 製品，產品

類 商品

例 この材料(ざいりょう)では、製品(せいひん)の品質(ひんしつ)は保証(ほしょう)できません。
／如果是這種材料的話，恕難以保證產品的品質。

0721 □□□ **せいふく【制服】** ㊔ 制服

類 ユニホーム

例 うちの学校(がっこう)、制服(せいふく)がもっとかわいかったらいいのになあ。
／要是我們學校的制服更可愛一點就好了。

文法
たらいいのになあ［就好了］
▶前項是難以實現或是與事實相反的情況，表現說話者遺憾、不滿、感嘆的心情。

0722 □□□ **せいぶつ【生物】** ㊔ 生物

類 生き物

例 湖(みずうみ)の中(なか)には、どんな生物(せいぶつ)がいますか。
／湖裡有什麼生物？

せいり～せん

0723 □□□

せいり【整理】

名·他サ 整理，收拾，整頓；清理，處理；捨棄，淘汰，裁減

類 整頓（せいとん）

例 今、整理をしかけたところなので、まだ片付いていません。

／現在才整理到一半，還沒完全整理好。

文法

たところ［…，結果…］

► 順接用法。因某種目的去作某一動作，偶然下得到後項的結果。

0724 □□□ Track 34

せき【席】

名·漢造 席，坐墊；席位，坐位

例 お年寄りや体の不自由な方に席を譲りましょう。

／請將座位禮讓給長者和行動不方便的人士。

0725 □□□

せきにん【責任】

名 責任，職責

類 責務

例 責任を取らないで、逃げるつもりですか。

／打算逃避問題，不負責任嗎？

0726 □□□

せけん【世間】

名 世上，社會上；世人；社會輿論；（交際活動的）範圍

類 世の中

例 何もしていないのに、世間では私が犯人だとうわさしている。

／我分明什麼壞事都沒做，但社會上卻謠傳我就是犯人。

0727 □□□

せっきょくてき【積極的】

形動 積極的

反 消極的

類 前向き（まえむき）

例 とにかく積極的に仕事をすることですね。

／總而言之，就是要積極地工作是吧。

0728 □□□

ぜったい【絶対】

名·副 絕對，無與倫比；堅絕，斷然，一定

反 相対 類 絶対的

例 この本、読んでごらん。絶対おもしろいよ。

／建議你看這本書，一定很有趣喔。

0729 □□□

セット【set】

(名・他サ) 一組，一套；舞台裝置，布景；(網球等) 盤，局；組裝，裝配；梳整頭髮

類 揃い（そろい）

例 食器（しょっき）を5客（きゃく）セットで買（か）う。／買下五套餐具。

0730 □□□

せつやく【節約】

(名・他サ) 節約，節省

反 浪費

類 倹約（けんやく）

例 節約（せつやく）しているのに、お金（かね）がなくなる一方（いっぽう）だ。／我已經很省了，但是錢卻越來越少。

文法

一方（いっぽう）だ [不斷地…；越來越…]

▶ 某狀況一直朝一個方向不斷發展。多用於消極的、不利的傾向。

0731 □□□

せともの【瀬戸物】

(名) 陶瓷品

補 字源：愛知縣瀨戶市所產燒陶

例 あそこの店（みせ）には、手（て）ごろな値段（ねだん）の瀬戸物（せともの）がたくさんある。／那家店有很多物美價廉的陶瓷器。

0732 □□□

ぜひ【是非】

(名・副) 務必；好與壞

類 どうしても

例 あなたの作品（さくひん）をぜひ読（よ）ませてください。／請務必讓我拜讀您的作品。

文法

せてください [能否允許…]

▶ 用在想做某件事情前，先請求對方的許可。

▶ 近 せてもらえますか [可以讓…嗎？]

0733 □□□

せわ【世話】

(名・他サ) 援助，幫助；介紹，推薦；照顧，照料；俗語，常言

類 面倒見（めんどうみ）

例 母（はは）に子供（こども）たちの世話（せわ）をしてくれるように頼（たの）んだ。／拜託了我媽媽來幫忙照顧孩子們。

0734 □□□

せん【戦】

(漢造) 戰爭；決勝負，體育比賽；發抖

例 決勝戦（けっしょうせん）は、あさって行（おこな）われる。／決賽將在後天舉行。

ぜん～せんめんじょ

0735 □□□

ぜん
【全】

漢造 全部，完全；整個；完整無缺

例 問題解決のために、全世界が協力し合うべきだ。
／為了解決問題，世界各國應該同心合作。

文法
べきだ［應當…］
▶ 表示那樣做是應該的、正確的。常用在勸告、禁止及命令的場合。

0736 □□□

ぜん
【前】

漢造 前方，前面；（時間）早；預先；從前

例 前首相の講演会に行く。
／去參加前首相的演講會。

0737 □□□

せんきょ
【選挙】

名・他サ 選舉，推選

例 選挙の際には、応援をよろしくお願いします。
／選舉的時候，就請拜託您的支持了。

文法
際には［在…時］
▶ 表示動作、行為進行的時候。

0738 □□□

せんざい
【洗剤】

名 洗滌劑，洗衣粉（精）

類 洗浄剤（せんじょうざい）

例 洗剤なんか使わなくても、きれいに落ちます。
／就算不用什麼洗衣精，也能將污垢去除得乾乾淨淨。

文法
なんか［之類的；…等等］
▶ 用輕視的語氣，談論主題，為口語用法。或表示從各種事物中例舉其一。

0739 □□□

せんじつ
【先日】

名 前天；前些日子

類 この間

例 先日、駅で偶然田中さんに会った。
／前些日子，偶然在車站遇到了田中小姐。

0740 □□□

ぜんじつ
【前日】

名 前一天

例 入学式の前日、緊張して眠れませんでした。
／在參加入學典禮的前一天，我緊張得睡不著覺。

讀書計劃：□□／□□

0741 □□□

せんたくき【洗濯機】 ㊔ 洗衣機

補 せんたっき（口語）

例 このセーターは洗濯機で洗えますか。
／這件毛線衣可以用洗衣機洗嗎？

0742 □□□

センチ【centimeter】 ㊔ 厘米，公分

例 1センチ右にずれる。
／往右偏離了一公分。

0743 □□□

せんでん【宣伝】 名·自他サ 宣傳，廣告；吹噓，鼓吹，誇大其詞

類 広告（こうこく）

例 あなたの会社を宣伝するかわりに、うちの商品を買ってください。
／我幫貴公司宣傳，相對地，請購買我們的商品。

文法
かわりに［代替…］
► 表示由另外的人或物來代替。

0744 □□□

ぜんはん【前半】 ㊔ 前半，前半部

例 私のチームは前半に5点も得点しました。
／我們這隊在上半場已經奪得高達五分了。

0745 □□□

せんぷうき【扇風機】 ㊔ 風扇，電扇

例 暑いですね。扇風機をつけたらどうでしょう。
／好熱喔。要不要開個電風扇呀？

文法
たらどうでしょう［如何？］
► 用來委婉地提出建議、邀請，或是對他人進行勸説。

0746 □□□

せんめんじょ【洗面所】 ㊔ 化妝室，廁所

類 手洗い

例 彼女の家は洗面所にもお花が飾ってあります。
／她家的廁所也裝飾著鮮花。

せんもんがっこう～そこで

0747 □□□

せんもんがっこう【専門学校】

㊔ 專科學校

例 高校卒業後、専門学校に行く人が多くなった。
／在高中畢業後，進入專科學校就讀的人越來越多了。

そ

0748 □□□

Track 35

そう【総】

漢造 總括；總覽；總，全體；全部

例 衆議院が解散し、総選挙が行われることになった。
／最後決定解散眾議院，進行了大選。

0749 □□□

そうじき【掃除機】

㊔ 除塵機，吸塵器

例 毎日、掃除機をかけますか。／每天都用吸塵器清掃嗎？

0750 □□□

そうぞう【想像】

名・他サ 想像

類 イマジネーション

例 そんなひどい状況は、想像もできない。
／完全無法想像那種嚴重的狀況。

0751 □□□

そうちょう【早朝】

㊔ 早晨，清晨

例 早朝に勉強するのが好きです。／我喜歡在早晨讀書。

0752 □□□

ぞうり【草履】

㊔ 草履，草鞋

例 浴衣のときは、草履ではなく下駄を履きます。
／穿浴衣的時候，腳上的不是草履，而是木屐。

0753 □□□

そうりょう【送料】

㊔ 郵費，運費

類 送り賃（おくりちん）

例 送料が 1,000 円以下になるように、工夫してください。
／請設法將運費壓到 1000 日圓以下。

文法

ように［請…］

▶ 表示願望、希望、勸告或輕微的命令等。

0754 □□□
ソース
【sauce】
名（西餐用）調味醬

例 我が家にいながら、プロが作ったソースが楽しめる。
／就算待在自己的家裡，也能享用到行家調製的醬料。

0755 □□□
そく
【足】
接尾・漢造（助數詞）雙；足；足夠；添

例 この棚の靴下は3足で1,080円です。
／這個貨架上的襪子是三雙一千零八十圓。

0756 □□□
そくたつ
【速達】
名・自他サ 快速信件

例 速達で出せば、間に合わないこともないだろう。
／寄快遞的話，就不會趕不上吧！

文法
ないこともない［並不是不…］
▶ 表示雖然不是全面肯定，但也有那樣的可能性。

0757 □□□
そくど
【速度】
名 速度

類 スピード
例 速度を上げて、トラックを追い越した。
／加速超過了卡車。

0758 □□□
そこ
【底】
名 底，底子；最低處，限度；底層，深處；邊際，極限

例 海の底までもぐったら、きれいな魚がいた。
／我潛到海底，看見了美麗的魚兒。

0759 □□□
そこで
接續 因此，所以；（轉換話題時）那麼，下面，於是

類 それで
例 そこで、私は思い切って意見を言いました。
／於是，我就直接了當地說出了我的看法。

そだつ～それとも

0760 □□□
そだつ【育つ】
自五 成長，長大，發育

類 成長する

例 子(こ)ども(げんき)たちは、元気(そだ)に育っています。／孩子們健康地成長著。

0761 □□□
ソックス【socks】
名 短襪

例 外(そと)で遊(あそ)んだら、ソックスまで砂(すな)だらけになった。
／外面玩瘋了，連襪上也全都沾滿泥沙。

文法
だらけ［到處是…］
▶ 表示數量過多，到處都是的樣子。常伴有「骯髒」、「不好」等貶意。

0762 □□□
そっくり
形動·副 一模一樣，極其相似；全部，完全，原封不動

類 似る（にる）

例 彼(かれ)ら親子(おやこ)は、似(に)ているというより、もうそっくりなんですよ。
／他們母子，與其說是像，倒不如說是長得一模一樣了。

文法
というより［與其說…，還不如說…］
▶ 表示在相比較的情況下，後項的說法比前項更恰當。

0763 □□□
そっと
副 悄悄地，安靜的；輕輕的；偷偷地；照原樣不動的

類 静かに

例 しばらくそっとしておくことにしました。／暫時讓他一個人靜一靜了。

0764 □□□
そで【袖】
名 衣袖；（桌子）兩側抽屜，（大門）兩側的廳房，舞台的兩側，飛機（兩翼）

例 半袖(はんそで)と長袖(ながそで)と、どちらがいいですか。／要長袖還是短袖？

0765 □□□
そのうえ【その上】
接續 又，而且，加之，兼之

例 質(しつ)がいい。その上(うえ)、値段(ねだん)も安(やす)い。／不只品質佳，而且價錢便宜。

0766 □□□
そのうち【その内】
副·連語 最近，過幾天，不久；其中

例 心配(しんぱい)しなくても、そのうち帰(かえ)ってくるよ。
／不必擔心，再過不久就會回來了嘛。

0767 □□□ **そば【蕎麦】**
㊔ 蕎麥；蕎麥麵

例 お昼ご飯はそばをゆでて食べよう。
／午餐來煮蕎麥麵吃吧。

0768 □□□ **ソファー【sofa】**
㊔ 沙發（亦可唸作「ソファ」）

例 ソファーに座ってテレビを見る。
／坐在沙發上看電視。

0769 □□□ **そぼく【素朴】**
名·形動 樸素，純樸，質樸；（思想）純樸

例 素朴な疑問なんですが、どうして台湾は台湾っていうんですか。
／我只是好奇想問一下，為什麼台灣叫做台灣呢？

文法
って［叫…的…］
▸ 用來表示說話人不知道的事物。

0770 □□□ **それぞれ**
副 每個（人），分別，各自

類 おのおの
例 LINE と Facebook、それぞれの長所と短所は何ですか。
／LINE 和臉書的優缺點各是什麼？

0771 □□□ **それで**
接 因此；後來

類 それゆえ
例 それで、いつまでに終わりますか。／那麼，什麼時候結束呢？

0772 □□□ **それとも**
接續 或著，還是

類 もしくは
例 女か、それとも男か。
／是女的還是男的。

そろう～だいく

0773 □□□

そろう
【揃う】

自五 （成套的東西）備齊；成套；一致，（全部）一樣，整齊；（人）到齊，齊聚

類 整う（ととのう）

例 全員揃ったから、試合を始めよう。
／等所有人到齊以後就開始比賽吧。

0774 □□□

そろえる
【揃える】

他下一 使…備齊；使…一致；湊齊，弄齊，使成對

類 整える（ととのえる）

例 必要なものを揃えてからでなければ、出発できません。
／如果沒有準備齊必需品，就沒有辦法出發。

文法

てからでなければ［不…就不能…］

▶ 表示如果不先做前項，就不能做後項。

0775 □□□

そんけい
【尊敬】

名・他サ 尊敬

例 あなたが尊敬する人は誰ですか。
／你尊敬的人是誰？

0776 □□□

たい
【対】

名·漢造 對比，對方；同等，對等；相對，相向；（比賽）比；面對

Track 36

例 1対1で引き分けです。／一比一平手。

0777 □□□

だい
【代】

名·漢造 代，輩；一生，一世；代價

例 100年続いたこの店を、私の代で終わらせるわけにはいかない。
／絕不能在我手上關了這家已經傳承百年的老店。

文法
わけにはいかない［不能…］
▶ 表示由於一般常識、社會道德或經驗等，那樣做是不可能的、不能做的。

0778 □□□

だい
【第】

漢造·接頭 順序；考試及格，錄取

例 ベートーベンの交響曲第6番は、「田園」として知られている。
／貝多芬的第六號交響曲是名聞遐邇的《田園》。

0779 □□□

だい
【題】

名·自サ·漢造 題目，標題；問題；題辭

例 作品に題をつけられなくて、「無題」とした。
／想不到名稱，於是把作品取名為〈無題〉。

0780 □□□

たいがく
【退学】

名·自サ 退學

例 息子は、高校を退学してから毎日ぶらぶらしている。
／我兒子自從高中退學以後，每天都無所事事。

0781 □□□

だいがくいん
【大学院】

名（大學的）研究所

例 来年、大学院に行くつもりです。／我計畫明年進研究所唸書。

0782 □□□

だいく
【大工】

名 木匠，木工

類 匠（たくみ）
例 大工が家を建てている。
／木工在蓋房子。

たいくつ～ダイヤモンド

0783 □□□ **たいくつ【退屈】** ㊔名·自サ·形動 無聊，鬱悶，寂，厭倦

類 つまらない

例 やることがなくて、どんなに退屈したことか。
／無事可做，是多麼的無聊啊！

文法
ことか［多麼…啊］
▶ 表示該事物的程度如此之大，大到沒辦法特定。

0784 □□□ **たいじゅう【体重】** 名 體重

例 そんなにたくさん食べていたら、体重が減るわけがありません。
／吃那麼多東西，體重怎麼可能減得下來呢！

0785 □□□ **たいしょく【退職】** 名·自サ 退職

例 退職してから、ボランティア活動を始めた。
／離職以後，就開始去當義工了。

0786 □□□ **だいたい【大体】** 副 大部分；大致；大概

類 おおよそ

例 練習して、この曲はだいたい弾けるようになった。
／練習以後，大致會彈這首曲子了。

0787 □□□ **たいど【態度】** 名 態度，表現；舉止，神情，作風

類 素振り（そぶり）

例 君の態度には、先生でさえ怒っていたよ。
／對於你的態度，就算是老師也感到很生氣喔。

文法
でさえ［連、甚至］
▶ 用在理所當然的是都不能了，其他的是就更不用說了。

0788 □□□ **タイトル【title】** 名（文章的）題目，（著述的）標題；稱號，職稱

類 題名（だいめい）

例 全文を読まなくても、タイトルを見れば内容はだいたい分かる。
／不需讀完全文，只要看標題即可瞭解大致內容。

0789 □□□ **ダイニング【dining】** ㊔ 餐廳（「ダイニングルーム」之略稱）；吃飯，用餐；西式餐館

例 広(ひろ)いダイニングですので、10人(にん)ぐらい来(き)ても大丈夫(だいじょうぶ)ですよ。
／家裡的餐廳很大，就算來了十位左右的客人也沒有問題。

0790 □□□ **だいひょう【代表】** ㊔名・他サ 代表

例 斉藤君(さいとうくん)の結婚式(けっこんしき)で、友人(ゆうじん)を代表(だいひょう)してお祝(いわ)いを述(の)べた。
／在齊藤的婚禮上，以朋友代表的身分獻上了賀詞。

0791 □□□ **タイプ【type】** 名・他サ 型，形式，類型；典型，榜樣，樣本，標本；（印）鉛字，活字；打字（機）

類 型式（かたしき）；タイプライター

例 私(わたし)はこのタイプのパソコンにします。／我要這種款式的電腦。

0792 □□□ **だいぶ【大分】** 名・形動 很，頗，相當，相當地，非常

類 ずいぶん

例 だいぶ元気(げんき)になりましたから、もう薬(くすり)を飲(の)まなくてもいいです。
／已經好很多了，所以不吃藥也沒關係的。

0793 □□□ **だいめい【題名】** ㊔（圖書、詩文、戲劇、電影等的）標題，題名

類 題（だい）

例 その歌(うた)の題名(だいめい)を知(し)っていますか。／你知道那首歌的歌名嗎？

0794 □□□ **ダイヤ【diamond・diagram 之略】** ㊔ 鑽石（「ダイヤモンド」之略稱）；列車時刻表；圖表，圖解（「ダイヤグラム」之略稱）

例 ダイヤの指輪(ゆびわ)を買(か)って、彼女(かのじょ)に結婚(けっこん)を申(もう)し込(こ)んだ。
／買下鑽石戒指向女友求婚。

0795 □□□ **ダイヤモンド【diamond】** ㊔ 鑽石

例 ダイヤモンドを買(か)う。／買鑽石。

たいよう～だく

0796 □□□

たいよう【太陽】 ㊔ 太陽

反 太陰（たいいん）
類 お日さま
例 太陽が高くなるにつれて、暑くなった。
／隨著太陽升起，天氣變得更熱了。

文法
につれて［隨著…］
▶ 表示隨著前項的進展，同時後項也隨之發生相應的進展。

0797 □□□

たいりょく【体力】 ㊔ 體力

例 年を取るに従って、体力が落ちてきた。
／隨著年紀增加，體力愈來愈差。

0798 □□□

ダウン【down】 名・自他サ 下，倒下，向下，落下；下降，減退；(棒)出局；(拳擊)擊倒

反 アップ 類 下げる
例 駅が近づくと、電車はスピードダウンし始めた。
／電車在進站時開始減速了。

0799 □□□

たえず【絶えず】 副 不斷地，經常地，不停地，連續

類 いつも
例 絶えず勉強しないことには、新しい技術に追いついていけない。
／如不持續學習，就沒有辦法趕上最新技術。

0800 □□□

たおす【倒す】 他五 倒，放倒，推倒，翻倒；推翻，打倒；毀壞，拆毀；打敗，擊敗；殺死，擊斃；賴帳，不還債

類 打倒する（だとうする）；転ばす（ころばす）
例 山の木を倒して団地を造る。
／砍掉山上的樹木造鎮。

0801 □□□

タオル【towel】 ㊔ 毛巾；毛巾布

例 このタオル、厚みがあるけれど夜までには乾くだろう。
／這條毛巾雖然厚，但在入夜之前應該會乾吧。

文法
までには［在…之前］
▶ 表示某個截止日、某個動作完成的期限。

讀書計劃：□□／□□

0802 □□□

たがい【互い】

㊔名·形動㊔ 互相，彼此；雙方；彼此相同

類 双方（そうほう）

例 けんかばかりしているが、互いに嫌っているわけではない。

／雖然老是吵架，但也並不代表彼此互相討厭。

文法

わけではない［並不是…］

▶ 表示不能簡單地對現在的狀況下某種結論，也有其它情況。

0803 □□□

たかまる【高まる】

自五 高漲，提高，增長；興奮

反 低まる（ひくまる）

類 高くなる

例 地球温暖化問題への関心が高まっている。

／人們愈來愈關心地球暖化問題。

0804 □□□

たかめる【高める】

他下一 提高，抬高，加高

反 低める

類 高くする

例 発電所の安全性を高めるべきだ。

／有必要加強發電廠的安全性。

文法

べきだ［應當…］

▶ 表示那樣做是應該的、正確的。常用在勸告、禁止及命令的場合。

0805 □□□

たく【炊く】

他五 點火，燒著；燃燒；煮飯，燒菜

類 炊事（すいじ）

例 ご飯は炊いてあったっけ。

／煮飯了嗎？

文法

っけ［是不是…呢］

▶ 用在想確認自己記不清，或已經忘掉的事物時。

0806 □□□

だく【抱く】

他五 抱；孵卵；心懷，懷抱

類 抱える（かかえる）

例 赤ちゃんを抱いている人は誰ですか。

／那位抱著小嬰兒的是誰？

タクシーだい～たたく

0807 □□□

タクシーだい【taxi 代】 ㊔ 計程車費

類 タクシー料金

例 来月からタクシー代が上がります。
／從下個月起，計程車的車資要漲價。

0808 □□□

タクシーりょうきん【taxi 料金】 ㊔ 計程車費

Track 37

類 タクシー代

例 来月からタクシー料金が値上げになるそうです。
／據說從下個月開始，搭乘計程車的費用要漲價了。

0809 □□□

たくはいびん【宅配便】 ㊔ 宅急便

比 宅配便（たくはいびん）：除黑貓宅急便之外的公司所能使用之詞彙。
宅急便（たっきゅうびん）：日本黑貓宅急便登錄商標用語，只有此公司能使用此詞彙。

例 明日の朝、宅配便が届くはずです。
／明天早上應該會收到宅配包裹。

0810 □□□

たける【炊ける】 自下一 燒成飯，做成飯

例 ご飯が炊けたので、夕食にしましょう。
／飯已經煮熟了，我們來吃晚餐吧。

0811 □□□

たしか【確か】 副（過去的事不太記得）大概，也許

例 このセーターは確か 1,000 円でした。
／這件毛衣大概是花一千日圓吧。

0812 □□□

たしかめる【確かめる】 他下一 查明，確認，弄清

類 確認する（かくにんする）

例 彼に聞いて、事実を確かめることができました。
／與他確認實情後，真相才大白。

0813 □□□

たしざん【足し算】

㊔ 加法，加算

反 引き算（ひきざん）
類 加法（かほう）
例 ここは引き算ではなくて、足し算ですよ。
／這時候不能用減法，要用加法喔。

0814 □□□

たすかる【助かる】

自五 得救，脫險；有幫助，輕鬆；節省（時間、費用、麻煩等）

例 乗客は全員助かりました。
／乘客全都得救了。

0815 □□□

たすける【助ける】

他下一 幫助，援助；救，救助；輔佐；救濟，資助

類 救助する（きゅうじょする）；手伝う（てつだう）
例 おぼれかかった人を助ける。
／救起了差點溺水的人。

0816 □□□

ただ

名·副 免費，不要錢;普通，平凡;只有，只是（促音化為「たった」）

類 僅か（わずか）
例 会員カードがあれば、ただで入れます。
／如果持有會員卡，就能夠免費入場。

0817 □□□

ただいま

名·副 現在；馬上；剛才；（招呼語）我回來了

類 現在；すぐ
例 ただいまお茶をお出しいたします。
／我馬上就端茶過來。

0818 □□□

たたく【叩く】

他五 敲，叩；打；詢問，徵求；拍，鼓掌；攻擊，駁斥；花完，用光

類 打つ（うつ）
例 向こうから太鼓をドンドンたたく音が聞こえてくる。
／可以聽到那邊有人敲擊太鼓的咚咚聲響。

たたむ～だます

0819 □□□

たたむ【畳む】

㊀他五 疊，折；關，闔上；關閉，結束；藏在心裡

類 折る（おる）

例 布団を畳んで、押入れに上げる。

／疊起被子收進壁櫥裡。

0820 □□□

たつ【経つ】

自五 經，過；（炭火等）燒盡

類 過ぎる

例 あと 20 年たったら、一般の人でも月に行けるかもしれない。

／再過二十年，說不定一般民眾也能登上月球。

0821 □□□

たつ【建つ】

自五 蓋，建

類 建設する（けんせつする）

例 駅の隣に大きなビルが建った。

／在車站旁邊蓋了一棟大樓。

0822 □□□

たつ【発つ】

自五 立，站；冒，升；離開；出發；奮起；飛，飛走

類 出発する

例 夜 8 時半の夜行バスで青森を発つ。

／搭乘晚上八點半從青森發車的巴士。

0823 □□□

たてなが【縦長】

名 矩形，長形

反 横長（よこなが）

例 日本や台湾では、縦長の封筒が多く使われている。

／在日本和台灣通常使用直式信封。

0824 □□□

たてる【立てる】

他下一 立起；訂立

例 夏休みの計画を立てる。

／規劃暑假計畫。

0825 □□□ **たてる【建てる】** ㊀他下一 建造，蓋

類 建築する（けんちくする）

例 こんな家を建てたいと思います。

／我想蓋這樣的房子。

文法

たい [想要…]

▶ 表示說話者的內心想做、想要的。

0826 □□□ **たな【棚】** ㊔（放置東西的）隔板，架子，棚

例 お荷物は上の棚に置くか、前の座席の下にお入れください。

／請將隨身行李放到上方的置物櫃內，或前方旅客座椅的下方。

0827 □□□ **たのしみ【楽しみ】** ㊔ 期待，快樂

反 苦しみ

類 趣味

例 みんなに会えるのを楽しみにしています。

／我很期待與大家見面！

0828 □□□ **たのみ【頼み】** ㊔ 懇求，請求，拜託；信賴，依靠

類 願い

例 父は、とうとう私の頼みを聞いてくれなかった。

／父親終究沒有答應我的請求。

0829 □□□ **たま【球】** ㊔ 球

例 山本君の投げる球はとても速くて、僕には打てない。

／山本投擲的球速非常快，我實在打不到。

0830 □□□ **だます【騙す】** ㊀副 騙，欺騙，誆騙，矇騙；哄

類 欺く（あざむく）

例 彼の甘い言葉に騙されて、200万円も取られてしまった。

／被他的甜言蜜語欺騙，訛詐了高達兩百萬圓。

たまる～だんたい

0831 □□□

たまる【溜まる】

(自五) 事情積壓；積存，囤積，停滯

類 集まる

例 最近、ストレスが溜まっている。

／最近累積了不少壓力。

0832 □□□

だまる【黙る】

(自五) 沈默，不說話；不理，不聞不問

反 喋る

類 沈黙する（ちんもくする）

例 それを言われたら、私は黙るほかない。

／被你這麼一說，我只能無言以對。

文法

ほかない［只能…］

▶ 表示別無它法。

0833 □□□

ためる【溜める】

(他下一) 積，存，蓄；積壓，停滯

類 蓄える（たくわえる）

例 お金をためてからでないと、結婚なんてできない。

／不先存些錢怎麼能結婚。

文法

てからでないと［不…就不能…］

▶ 表示如果不先做前項，就不能做後項。

0834 □□□

たん【短】

(名·漢造) 短；不足，缺點

例 私は飽きっぽいのが短所です。

／凡事容易三分鐘熱度是我的缺點。

文法

っぽい［感覺像…］

▶ 表示有這種感覺或有這種傾向。

0835 □□□

だん【団】

(漢造) 團，圓團；團體

例 記者団は大臣に対して説明を求めた。

／記者群要求了部長做解釋。

文法

に対して［向…；對…］

▶ 表示動作、感情施予的對象。

讀書計劃：□□／□□

0836 □□□

だん
【弾】

㊥漢造 砲彈

例 彼(かれ)は弾丸(だんがん)のような速(はや)さで部屋(へや)を飛(と)び出(だ)していった。
／他快得像顆子彈似地衝出了房間。

文法
ような［像…様的］
▶為了說明後項的名詞，而在前項具體的舉出例子。

0837 □□□

たんきだいがく
【短期大学】

名（兩年或三年制的）短期大學

補 略稱：短大（たんだい）

例 姉(あね)は短期大学(たんきだいがく)で勉強(べんきょう)しています。
／姊姊在短期大學裡就讀。

0838 □□□

ダンサー
【dancer】

名 舞者；舞女；舞蹈家

類 踊り子

例 由香(ゆか)ちゃんはダンサーを目指(めざ)しているそうです。
／小由香似乎想要成為一位舞者。

0839 □□□

たんじょう
【誕生】

名·自サ 誕生，出生；成立，創立，創辦

類 出生

例 地球(ちきゅう)は46億年前(おくねんまえ)に誕生(たんじょう)した。
／地球誕生於四十六億年前。

0840 □□□

たんす

名 衣櫥，衣櫃，五斗櫃

類 押入れ

例 服(ふく)を畳(たた)んで、たんすにしまった。
／折完衣服後收入衣櫃裡。

0841 □□□

だんたい
【団体】

名 團體，集體

類 集団

例 レストランに団体(だんたい)で予約(よやく)を入(い)れた。
／我用團體的名義預約了餐廳。

ち チーズ～チケットだい

0842 □□□
Track 38

チーズ【cheese】
㊔ 起司，乳酪

例 このチーズはきっと高(たか)いに違(ちが)いない。／這種起士一定非常貴。

文法
に違(ちが)いない［一定是］
▶ 說話者根據經驗或直覺，做出非常肯定的判斷。

0843 □□□

チーム【team】
㊔ 組，團隊；(體育)隊

類 組（くみ）

例 私(わたし)たちのチームへようこそ。まず、自己紹介(じこしょうかい)をしてください。／歡迎來到我們這支隊伍，首先請自我介紹。

0844 □□□

チェック【check】
名・他サ 確認，檢查；核對，打勾；格子花紋；支票；號碼牌

類 見比べる

例 メールをチェックします。／檢查郵件。

0845 □□□

ちか【地下】
㊔ 地下；陰間；(政府或組織)地下，秘密(組織)

反 地上　類 地中

例 ワインは、地下(ちか)に貯蔵(ちょぞう)してあります。／葡萄酒儲藏在地下室。

0846 □□□

ちがい【違い】
㊔ 不同，差別，區別；差錯，錯誤

反 同じ　類 歪み（ひずみ）

例 値段(ねだん)の違(ちが)いは輸入(ゆにゅう)した時期(じき)によるもので、同(おな)じ商品(しょうひん)です。／價格的差異只是由於進口的時期不同，事實上是相同的商品。

0847 □□□

ちかづく【近づく】
自五 臨近，靠近；接近，交往；幾乎，近似

類 近寄る

例 夏休(なつやす)みも終(お)わりが近(ちか)づいてから、やっと宿題(しゅくだい)をやり始(はじ)めた。／直到暑假快要結束才終於開始寫作業了。

讀書計劃：□□／□□

0848 □□□

ちかづける【近付ける】

㊀他五 使…接近，使…靠近

類 寄せる

例 この薬品は、火を近づけると燃えるので、注意してください。

／這藥只要接近火就會燃燒，所以要小心。

0849 □□□

ちかみち【近道】

㊔ 捷徑，近路

類 抜け道（ぬけみち）

反 回り道

例 近道を知っていたら教えてほしい。

／如果知道近路請告訴我。

文法

てほしい[希望…]

▶ 表示對他人的某種要求或希望。

0850 □□□

ちきゅう【地球】

㊔ 地球

類 世界

例 地球環境を守るために、資源はリサイクルしましょう。

／為了保護地球環境，讓我們一起做資源回收吧。

0851 □□□

ちく【地区】

㊔ 地區

例 この地区は、建物の高さが制限されています。

／這個地區的建築物有高度限制。

0852 □□□

チケット【ticket】

㊔ 票，券；車票；入場券；機票

類 切符

例 パリ行きのチケットを予約しました。

／我已經預約了前往巴黎的機票。

0853 □□□

チケットだい【ticket 代】

㊔ 票錢

類 切符代

例 事前に予約しておくと、チケット代が 10 % 引きになります。

／如果採用預約的方式，票券就可以打九折。

0854 □□□

ちこく【遲刻】

名·自サ 遲到，晚到

類 遅れる

例 電話がかかってきたせいで、会社に遅刻した。

／都是因為有人打電話來，所以上班遲到了。

文法

せいで［由於］

▶ 發生壞事或會導致某種不利情況或責任的原因。

0855 □□□

ちしき【知識】

名 知識

類 学識

例 経済については、多少の知識がある。

／我對經濟方面略有所知。

0856 □□□

ちぢめる【縮める】

他下一 縮小，縮短，縮減；縮回，捲縮，起皺紋

類 圧縮（あっしゅく）

例 この亀はいきなり首を縮めます。

／這隻烏龜突然縮回脖子。

0857 □□□

チップ【chip】

名（削木所留下的）片削；洋芋片

例 ポテトチップを食べる。

／吃洋芋片。

0858 □□□

ちほう【地方】

名 地方，地區；（相對首都與大城市而言的）地方，外地

反 都会　類 田舎

例 私は東北地方の出身です。

／我的籍貫是東北地區。

0859 □□□

ちゃ【茶】

名·漢造 茶；茶樹；茶葉；茶水

例 お茶をいれて、一休みした。

／沏個茶，休息了一下。

讀書計劃：□□／□□

0860 □□□
チャイム
【chime】
㊔ 組鐘；門鈴

例 チャイムが鳴ったので玄関に行ったが、誰もいなかった。
／聽到門鈴響後，前往玄關察看，門口卻沒有任何人。

0861 □□□
ちゃいろい
【茶色い】
㊋ 茶色

例 どうして何を食べてもうんちは茶色いの。
／為什麼不管吃什麼東西，糞便都是褐色的？

0862 □□□
ちゃく
【着】
名・接尾・漢造 到達，抵達；(計算衣服的單位) 套；(記數順序或到達順序) 著，名；穿衣；黏貼；沉著；著手

類 着陸
例 2着で銀メダルだった。／第二名是獲得銀牌。

0863 □□□
ちゅうがく
【中学】
㊔ 中學，初中

類 高校
例 中学になってから塾に通い始めた。／上了國中就開始到補習班補習。

0864 □□□
ちゅうかなべ
【中華なべ】
㊔ 中華鍋 (炒菜用的中式淺底鍋)

類 なべ
例 中華なべはフライパンより重いです。
／傳統的炒菜鍋比平底鍋還要重。

0865 □□□
ちゅうこうねん
【中高年】
㊔ 中年和老年，中老年

例 あの女優は中高年に人気だそうです。
／那位女演員似乎頗受中高年齡層觀眾的喜愛。

0866 □□□
ちゅうじゅん
【中旬】
㊔ (一個月中的) 中旬

類 中頃
例 彼は、来月の中旬に帰ってくる。／他下個月中旬會回來。

ちゅうしん～ちょうし

0867 □□□

Track 39

ちゅうしん【中心】

㊔ 中心，當中；中心，重點，焦點；中心地，中心人物

反 隅 類 真ん中

例 点Aを中心とする半径5センチの円を描きなさい。

／請以A點為圓心，畫一個半徑五公分的圓形。

文法

を中心として
[以…為中心]
▶ 表示前項是後項行為、狀態的中心。

0868 □□□

ちゅうねん【中年】

㊔ 中年

類 壮年

例 もう中年だから、あまり無理はできない。

／已經是中年人了，不能太過勉強。

0869 □□□

ちゅうもく【注目】

名・他サ・自サ 注目，注視

類 注意

例 とても才能のある人なので、注目している。

／他是個很有才華的人，現在備受矚目。

0870 □□□

ちゅうもん【注文】

名・他サ 點餐，訂貨，訂購；希望，要求，願望

類 頼む

例 さんざん迷ったあげく、カレーライスを注文しました。

／再三地猶豫之後，最後竟點了個咖哩飯。

0871 □□□

ちょう【庁】

漢造 官署；行政機關的外局

例 父は県庁に勤めています。

／家父在縣政府工作。

0872 □□□

ちょう【兆】

名・漢造 徵兆；（數）兆

例 1光年は約9兆4600億キロである。

／一光年大約是九兆四千六百億公里。

0873 ちょう【町】

㊔名·漢造㊔（市街區劃單位）街，巷；鎮，街

例 永田町と言ったら、日本の政治の中心地だ。

／提到永田町，那裡可是日本的政治中樞。

0874 ちょう【長】

名·漢造 長，首領；長輩；長處

例 学級会の議長を務める。

／擔任班會的主席。

0875 ちょう【帳】

漢造 帳幕；帳本

例 銀行の預金通帳が盗まれた。

／銀行存摺被偷了。

0876 ちょうかん【朝刊】

名 早報

反 夕刊（ゆうかん）

例 毎朝、電車の中で、スマホで朝刊を読んでいる。

／每天早上在電車裡用智慧型手機看早報。

0877 ちょうさ【調査】

名·他サ 調査

類 調べる

例 年代別の人口を調査する。

／調查不同年齡層的人口。

0878 ちょうし【調子】

名（音樂）調子，音調;語調，聲調，口氣;格調，風格；情況，狀況

類 具合

例 年のせいか、体の調子が悪い。

／不知道是不是上了年紀的關係，身體健康亮起紅燈了。

文法

せいか［可能是(因為)…］

▶ 表示發生壞事或不利的原因，但這一原因也不很明確。

0879 □□□

ちょうじょ【長女】
㊔ 長女，大女兒

例 長女が生まれて以来、寝る暇もない。
／自從大女兒出生以後，忙得連睡覺的時間都沒有。

文法
て以来［自從…以來，就一直…］
▶表示自從過去發生某事以後，直到現在為止的整個階段。

0880 □□□

ちょうせん【挑戦】
（名・自サ）挑戦

類 挑む

例 その試験は、私にとっては大きな挑戦です。
／對我而言，參加那種考試是項艱鉅的挑戰。

文法
にとっては［對於…來說］
▶表示站在前面接的那個詞的立場，來進行後面的判斷或評價。

0881 □□□

ちょうなん【長男】
㊔ 長子，大兒子

例 来年、長男が小学校に上がる。
／明年大兒子要上小學了。

0882 □□□

ちょうりし【調理師】
㊔ 烹調師，廚師

例 彼は調理師の免許を持っています。
／他具有廚師執照。

0883 □□□

チョーク【chalk】
㊔ 粉筆

例 チョークで黒板に書く。
／用粉筆在黑板上寫字。

0884 □□□

ちょきん【貯金】
（名・自他サ）存款，儲蓄

類 蓄える

例 毎月決まった額を貯金する。
／每個月都定額存錢。

讀書計劃：□□／□□

0885 □□□

ちょくご
【直後】

名·副 （時間，距離）緊接著，剛…之後，…之後不久

反 直前

例 運動(うんどう)なんて無理無理(むりむり)。退院(たいいん)した直後(ちょくご)だもの。

／現在怎麼能去運動！才剛剛出院而已。

0886 □□□

ちょくせつ
【直接】

名·副·自サ 直接

反 間接

類 直に

例 関係者(かんけいしゃ)が直接(ちょくせつ)話(ばな)し合(あ)って、問題(もんだい)はやっと解決(かいけつ)した。

／和相關人士直接交涉後，終於解決了問題。

0887 □□□

ちょくぜん
【直前】

名 即將…之前，眼看就要…的時候；（時間，距離）之前，跟前，眼前

反 直後　類 寸前（すんぜん）

例 テストの直前(ちょくぜん)にしても、全然休(ぜんぜんやす)まないのは体(からだ)に悪(わる)いと思(おも)います。

／就算是考試前夕，我還是認為完全不休息對身體是不好的。

文法

にしても [就算…，也…]

▶ 表示退一步承認前項條件，並在後項中敘述跟前項矛盾的內容。

0888 □□□

ちらす
【散らす】

他五·接尾 把…分散開，驅散；吹散，灑散；散佈，傳播；消腫

例 ご飯(はん)の上(うえ)に、ごまやのりが散(ち)らしてあります。

／白米飯上，灑著芝麻和海苔。

0889 □□□

ちりょう
【治療】

名·他サ 治療，醫療，醫治

例 検査(けんさ)の結果(けっか)が出(で)てから、今後(こんご)の治療方針(ちりょうほうしん)を決(き)めます。

／等檢查結果出來以後，再決定往後的治療方針。

0890 □□□

ちりょうだい
【治療代】

名 治療費，診察費

類 医療費

例 歯(は)の治療代(ちりょうだい)は非常(ひじょう)に高(たか)いです。

／治療牙齒的費用非常昂貴。

ちる～つきあう

0891 □□□

ちる【散る】

(自五) 凋謝，散漫，落；離散，分散；遍佈；消腫；渙散

反 集まる 類 分散

例 桜の花びらがひらひらと散る。／櫻花落英繽紛。

つ

0892 □□□ Track 40

つい

(副)（表時間與距離）相隔不遠，就在眼前；不知不覺，無意中；不由得，不禁

類 うっかり

例 ついうっかりして傘を間違えてしまった。／不小心拿錯了傘。

0893 □□□

ついに【遂に】

(副) 終於；竟然；直到最後

類 とうとう

例 橋はついに完成した。／造橋終於完成了。

0894 □□□

つう【通】

(名·形動·接尾·漢造) 精通，內行，專家；通曉人情世故，通情達理；暢通；（助數詞）封，件，紙；穿過；往返；告知；貫徹始終

類 物知り

例 彼ばかりでなく彼の奥さんも日本通だ。
／不單是他，連他太太也非常通曉日本的事物。

文法
ばかりでなく[不僅…而且…]
▶ 表示除前項的情況之外，還有後項程度更甚的情況。

0895 □□□

つうきん【通勤】

(名·自サ) 通勤，上下班

類 通う

例 会社まで、バスと電車で通勤するほかない。
／上班只能搭公車和電車。

文法
ほかない[除了…之外沒有…]
▶ 表示這是唯一的辦法。

0896 □□□

つうじる・つうずる【通じる・通ずる】

(自上一·他上一) 通；通到，通往；通曉，精通；明白，理解；使…通；在整個期間內

類 通用する

例 日本では、英語が通じますか。
／在日本英語能通嗎？

文法
▶ 近 を通じて[透過…]

讀書計劃：□□／□□

0897 □□□

つうやく
【通訳】

㊔名·他サ 口頭翻譯，口譯；翻譯者，譯員

例 あの人はしゃべるのが速いので、通訳しきれなかった。
／因為那個人講很快，所以沒辦法全部翻譯出來。

0898 □□□

つかまる
【捕まる】

自五 抓住，被捉住，逮捕；抓緊，揪住

類 捕（とら）えられる

例 犯人、早く警察に捕まるといいのになあ。
／真希望警察可以早日把犯人緝捕歸案呀。

文法
といいのになあ［就好了］
▶ 前項是難以實現或是與事實相反的情況，表現說話者遺憾、不滿、感嘆的心情。

0899 □□□

つかむ
【掴む】

他五 抓，抓住，揪住，握住；掌握到，瞭解到

類 握る（にぎる）

例 誰にも頼らないで、自分で成功をつかむほかない。
／不依賴任何人，只能靠自己去掌握成功。

文法
ほかない［除了…之外沒有…］
▶ 表示這是唯一解決問題的辦法。

0900 □□□

つかれ
【疲れ】

名 疲勞，疲乏，疲倦

類 疲労（ひろう）

例 マッサージをすると、疲れが取れます。
／按摩就能解除疲勞。

0901 □□□

つき
【付き】

接尾（前接某些名詞）樣子；附屬

例 こちらの定食はデザート付きでたったの 700 円です。
／這套餐還附甜點，只要七百圓而已。

0902 □□□

つきあう
【付き合う】

自五 交際，往來；陪伴，奉陪，應酬

類 交際する（こうさいする）

例 隣近所と親しく付き合う。
／敦親睦鄰。

つきあたり～つながる

0903 □□□

つきあたり【突き当たり】

㊔（道路的）盡頭

例 うちはこの道（みち）の突（つ）き当（あ）たりです。

／我家就在這條路的盡頭。

0904 □□□

つぎつぎ・つぎつぎに・つぎつぎと【次々・次々に・次々と】

副 一個接一個，接二連三地，絡繹不絕的，紛紛；按著順序，依次

類 次から次へと

例 そんなに次々（つぎつぎ）問題（もんだい）が起（お）こるわけはない。

／不可能會這麼接二連三地發生問題的。

文法

わけはない［不可能…］

▶ 表示從道理上而言，強烈地主張不可能或沒有理由成立。

0905 □□□

つく【付く】

自五 附著，沾上；長，添增；跟隨；隨從，聽隨；偏坦；設有；連接著

類 接着する（せっちゃくする）；くっつく

例 ご飯粒（はんつぶ）が顔（かお）に付（つ）いてるよ。

／臉上黏了飯粒喔。

0906 □□□

つける【点ける】

他下一 點燃；打開（家電類）

類 スイッチを入れる；点す（ともす）

例 クーラーをつけるより、窓（まど）を開（あ）けるほうがいいでしょう。

／與其開冷氣，不如打開窗戶來得好吧！

文法

ほうがいい［最好…］

▶ 用在向對方提出建議，或忠告。

▶ 近（の）ではないかと思う［我想…吧］

0907 □□□

つける【付ける・附ける・着ける】

他下一・接尾 掛上，裝上；穿上，配戴；評定，決定；寫上，記上；定（價），出（價）；養成；分配，派；安裝；注意；抹上，塗上

例 生（う）まれた子供（こども）に名前（なまえ）をつける。

／為生下來的孩子取名字。

0908 □□□

つたえる【伝える】

(他下一) 傳達，轉告；傳導

類 知らせる

例 私(わたし)が忙(いそが)しいということを、彼(かれ)に伝(つた)えてください。
／請轉告他我很忙。

0909 □□□

つづき【続き】

(名) 接續，繼續；接續部分，下文；接連不斷

例 読(よ)めば読(よ)むほど、続(つづ)きが読(よ)みたくなります。
／越看下去，就越想繼續看下面的發展。

文法
ば…ほど [越…越…]
▶ 表示隨著前項事物的變化，後項也隨之相應地發生變化。

0910 □□□

つづく【続く】

(自五) 續續，延續，連續；接連發生，接連不斷；隨後發生，接著;連著，通到，與…接連;接得上，夠用；後繼，跟上；次於，居次位

反 絶える（たえる）

例 このところ晴天(せいてん)が続(つづ)いている。／最近一連好幾天都是晴朗的好天氣。

0911 □□□

つづける【続ける】

(接尾) (接在動詞連用形後，複合語用法) 繼續…，不斷地…

例 上手(じょうず)になるには、練習(れんしゅう)し続(つづ)けるほかはない。
／技巧要好，就只能不斷地練習。

文法
ほかはない [只好…]
▶ 表示雖然心裡不願意，但又沒有其他方法，只有這唯一的選擇，別無它法。

0912 □□□

つつむ【包む】

(他五) 包裹，打包，包上；蒙蔽，遮蔽，籠罩；藏在心中，隱瞞；包圍

類 覆う（おおう）

例 プレゼント用(よう)に包(つつ)んでください。／請包裝成送禮用的。

0913 □□□

つながる【繋がる】

(自五) 相連，連接，聯繫;(人) 排隊，排列;有 (血緣、親屬) 關係，牽連

類 結び付く（むすびつく）

例 電話(でんわ)がようやく繋(つな)がった。 ／電話終於通了。

つなぐ～つよまる

0914 □□□

つなぐ【繋ぐ】

㊙他五 拴結，繫；連起，接上；延續，維繫（生命等）

類 接続（せつぞく）；結び付ける（むすびつける）

例 テレビとビデオを繋いで録画した。／我將電視和錄影機接上來錄影。

0915 □□□

つなげる【繋げる】

他五 連接，維繫

類 繋ぐ（つなぐ）

例 インターネットは、世界の人々を繋げる。
／網路將這世上的人接繫了起來。

0916 □□□

つぶす【潰す】

他五 毀壞，弄碎；熔毀，熔化；消磨，消耗；宰殺；堵死，填滿

類 壊す（こわす）

例 会社を潰さないように、一生懸命がんばっている。
／為了不讓公司倒閉而拼命努力。

文法
ように［為了…而…］
▶ 表示為了實現前項，而做後項。

0917 □□□

つまさき【爪先】

名 腳指甲尖端

反 かかと

類 指先（ゆびさき）

例 つま先で立つことができますか。
／你能夠只以腳尖站立嗎？

0918 □□□

つまり

名・副 阻塞，困窘；到頭，盡頭；總之，說到底；也就是說，即…

類 すなわち；要するに（ようするに）

例 彼は私の父の兄の息子、つまりいとこに当たります。
／他是我爸爸的哥哥的兒子，也就是我的堂哥。

0919 □□□

つまる【詰まる】

自五 擠滿，塞滿；堵塞，不通；窘困，窘迫；縮短，緊小；停頓，擱淺

類 通じなくなる（つうじなくなる）；縮まる（ちぢまる）

例 食べ物がのどに詰まって、せきが出た。
／因食物卡在喉嚨裡而咳嗽。

0920 □□□

つむ
【積む】

(自五·他五) 累積，堆積；裝載；積蓄，積累

反 崩す（くずす） 類 重ねる（かさねる）；載せる（のせる）

例 荷物をトラックに積んだ。 ／我將貨物裝到卡車上。

0921 □□□

つめ
【爪】

(名)（人的）指甲，腳指甲；（動物的）爪；指尖；（用具的）鉤子

例 爪をきれいに見せたいなら、これを使ってください。
／想讓指甲好看，就用這個吧。

文法
たい［想要…；想讓］
▶ 表示說話者的內心想做、想要的。

0922 □□□

つめる
【詰める】

(他下一·自下一) 守候，值勤；不停的工作，緊張；塞進，裝入；緊挨著，緊靠著

類 押し込む（おしこむ）

例 スーツケースに服や本を詰めた。 ／我將衣服和書塞進行李箱。

0923 □□□

つもる
【積もる】

(自五·他五) 積，堆積；累積；估計；計算；推測

類 重なる（かさなる）

例 この辺りは、雪が積もったとしてもせいぜい3センチくらいだ。
／這一帶就算積雪，深度也頂多只有三公分左右。

文法
としても［就算…，也…］
▶ 表示假設前項是事實或成立，後項也不會起有效的作用。

0924 □□□

つゆ
【梅雨】

(名) 梅雨；梅雨季

類 梅雨（ばいう）

例 7月中旬になって、やっと梅雨が明けました。
／直到七月中旬，這才總算擺脫了梅雨季。

0925 □□□

つよまる
【強まる】

(自五) 強起來，加強，增強

類 強くなる

例 台風が近づくにつれ、徐々に雨が強まってきた。
／隨著颱風的暴風範圍逼近，雨勢亦逐漸增強。

文法
につれ［隨著…］
▶ 表示隨著前項的進展，同時後項也隨之發生相應的進展。

つよめる～ディスプレイ

0926 □□□
つよめる【強める】 （他下一）加強，增強

類 強くする

例 天ぷらを揚げるときは、最後に少し火を強めるといい。
／在炸天婦羅時，起鍋前把火力調大一點比較好。

0927 □□□
で （接續）那麼；（表示原因）所以

Track 41

例 ふーん。で、それからどうしたの。
／是哦……，那，後來怎麼樣了？

0928 □□□
であう【出会う】 （自五）遇見，碰見，偶遇；約會，幽會；（顏色等）協調，相稱

類 行き会う（いきあう）；出くわす（でくわす）

例 二人は、最初どこで出会ったのですか。
／兩人最初是在哪裡相遇的？

0929 □□□
てい【低】 （名・漢造）（位置）低；（價格等）低；變低

例 焼き芋は低温でじっくり焼くと甘くなります。
／用低溫慢慢烤蕃薯會很香甜。

0930 □□□
ていあん【提案】 （名・他サ）提案，建議

類 発案（はつあん）

例 この計画を、会議で提案しよう。
／就在會議中提出這企畫吧！

0931 □□□
ティーシャツ【T-shirt】 （名）圓領衫，T恤

例 休みの日はだいたいTシャツを着ています。
／我在假日多半穿著T恤。

讀書計劃：□□／□□

0932 □□□

DVD デッキ
【DVD tape deck】

㊔ DVD 播放機

類 ビデオデッキ

例 DVD デッキが壊(こわ)れてしまいました。
／DVD 播映機已經壞了。

0933 □□□

DVD ドライブ
【DVD drive】

㊔（電腦用的）DVD 機

例 この DVD ドライブは取(と)り外(はず)すことができます。
／這台 DVD 磁碟機可以拆下來。

0934 □□□

ていき
【定期】

㊔ 定期，一定的期限

例 再来月(さらいげつ)、うちのオーケストラの定期演奏会(ていきえんそうかい)がある。
／下下個月，我們管弦樂團將會舉行定期演奏會。

例 エレベーターは定期的(ていきてき)に調(しら)べて安全(あんぜん)を確認(かくにん)しています。
／電梯會定期維修以確保安全。

0935 □□□

ていきけん
【定期券】

㊔ 定期車票；月票

類 定期乗車券（ていきじょうしゃけん）

補 略稱：定期（ていき）

例 電車(でんしゃ)の定期券(ていきけん)を買(か)いました。
／我買了電車的月票。

0936 □□□

ディスプレイ
【display】

㊔ 陳列，展覽，顯示；（電腦的）顯示器

類 陳列（ちんれつ）

例 使(つか)わなくなったディスプレイはリサイクルに出(だ)します。
／不再使用的顯示器要送去回收。

ていでん～てくび

0937 □□□

ていでん【停電】 ㊔名・自サ 停電，停止供電

例 停電（ていでん）のたびに、懐中電灯（かいちゅうでんとう）を買（か）っておけばよかったと思（おも）う。
／每次停電時，我總是心想早知道就買一把手電筒就好了。

文法
たびに［每當…就…］
▶ 表示前項的動作、行為都伴隨後項。
ばよかった［就好了］
▶ 表示說話者對於過去事物的惋惜、感慨。

0938 □□□

ていりゅうじょ【停留所】 名 公車站；電車站

例 停留所（ていりゅうじょ）でバスを1時間（じかん）も待（ま）った。
／在站牌等了足足一個鐘頭的巴士。

0939 □□□

データ【data】 名 論據，論證的事實；材料，資料；數據

類 資料（しりょう）；情報（じょうほう）

例 データを分析（ぶんせき）すると、景気（けいき）は明（あき）らかに回復（かいふく）してきている。
／分析數據後發現景氣有明顯的復甦。

0940 □□□

デート【date】 名・自サ 日期，年月日；約會，幽會

例 明日（あした）はデートだから、思（おも）いっきりおしゃれしないと。
／明天要約會，得好好打扮一番才行。

文法
きり［全心全意地…］
▶ 表示全力做這一件事。

0941 □□□

テープ【tape】 名 窄帶，線帶，布帶；巻尺；錄音帶

例 インタビューをテープに録音（ろくおん）させてもらった。
／請對方把採訪錄製成錄音帶。

0942 □□□

テーマ【theme】 名（作品的）中心思想，主題；（論文，演說的）題目，課題

類 主題（しゅだい）

例 論文（ろんぶん）のテーマについて、説明（せつめい）してください。
／請說明一下這篇論文的主題。

讀書計劃：□□／□□

0943 □□□

てき【的】

(接尾·形動)（前接名詞）關於，對於；表示狀態或性質

例 お盆休みって、一般的には何日から何日までですか。
／中元節的連續假期，通常都是從幾號到幾號呢？

0944 □□□

できごと【出来事】

(名)（偶發的）事件，變故

類 事故（じこ）；事件（じけん）

例 今日の出来事って、なんか特にあったっけ。
／今天有發生什麼特別的事嗎？

文法

なんか［有…什麼…］
▶ 不明確的斷定，語氣婉轉。從多數事物中特舉一例類推其它。

っけ［是不是…呢］
▶ 用在想確認自己記不清，或已經忘掉的事物時。

0945 □□□

てきとう【適当】

(名·形動·自サ) 適當；適度；隨便

類 相応（そうおう）；いい加減（いいかげん）

例 適当にやっておくから、大丈夫。
／我會妥當處理的，沒關係！

0946 □□□

できる

(自上一) 完成；能夠

類 でき上がる（できあがる）

例 1週間でできるはずだ。
／一星期應該就可以完成的。

0947 □□□

てくび【手首】

(名) 手腕

例 手首をけがした以上、試合には出られません。
／既然我的手腕受傷，就沒辦法出場比賽。

デザート～てのひら

0948 □□□

デザート
【dessert】

㊔ 餐後點心，甜點（大多泛指較西式的甜點）

例 おなかいっぱいでも、デザートはいただきます。

／就算肚子已經很撐了，我還是要吃甜點喔！

0949 □□□

デザイナー
【designer】

㊔（服裝、建築等）設計師，圖案家

例 デザイナーになるために専門学校に行く。

／為了成為設計師而進入專校就讀。

0950 □□□

Track 42

デザイン
【design】

名·自他サ 設計（圖）；（製作）圖案

類 設計（せっけい）

例 今週中に新製品のデザインを決めることになっている。

／規定將於本星期內把新產品的設計定案。

文法

ことになっている［規定著］

▶ 表示安排、約定或約束人們生活行為的各種規定、法律以及一些慣例。

0951 □□□

デジカメ
【digital camera 之略】

㊔ 數位相機（「デジタルカメラ」之略稱）

例 小型のデジカメを買いたいです。

／我想要買一台小型數位相機。

文法

たい［想要…］

▶ 表示說話者的內心想做、想要的。

0952 □□□

デジタル
【digital】

㊔ 數位的，數字的，計量的

反 アナログ

例 最新のデジタル製品にはついていけません。

／我實在不會使用最新的數位電子製品。

0953 □□□

てすうりょう
【手数料】

㊔ 手續費；回扣

類 コミッション

例 外国でクレジットカードを使うと、手数料がかかります。

／在國外刷信用卡需要支付手續費。

0954 □□□ **てちょう【手帳】** ㊔ 筆記本，雜記本

類 ノート

例 手帳で予定を確認する。

／翻看隨身記事本確認行程。

0955 □□□ **てっこう【鉄鋼】** ㊔ 鋼鐵

例 ここは近くに鉱山があるので、鉄鋼業が盛んだ。

／由於這附近有一座礦場，因此鋼鐵業十分興盛。

0956 □□□ **てってい【徹底】** (名·自サ) 徹底；傳遍，普遍，落實

例 徹底した調査の結果、故障の原因はほこりでした。

／經過了徹底的調查，確定故障的原因是灰塵。

0957 □□□ **てつや【徹夜】** (名·自サ) 通宵，熬夜

類 夜通し（よどおし）

例 仕事を引き受けた以上、徹夜をしても完成させます。

／既然接下了工作，就算熬夜也要將它完成。

0958 □□□ **てのこう【手の甲】** ㊔ 手背

反 掌（てのひら）

例 蚊に手の甲を刺されました。

／手背被蚊子叮了。

0959 □□□ **てのひら【手の平・掌】** ㊔ 手掌

反 手の甲（てのこう）

例 赤ちゃんの手の平はもみじのように小さくてかわいい。

／小嬰兒的手掌如同楓葉般小巧可愛。

文法

ように［如同…般］

▶ 說話者以其他具體的人事物為例來陳述某件事物的性質。

テレビばんぐみ～でんち

0960 □□□ **テレビばんぐみ【television 番組】** ㊔ 電視節目

例 兄はテレビ番組を制作する会社に勤めています。
／家兄在電視節目製作公司上班。

0961 □□□ **てん【点】** ㊔ 點；方面；（得）分

類 ポイント

例 その点について、説明してあげよう。
／關於那一點，我來為你說明吧！

0962 □□□ **でんきスタンド【電気 stand】** ㊔ 檯燈

例 本を読むときは電気スタンドをつけなさい。
／你在看書時要把檯燈打開。

0963 □□□ **でんきだい【電気代】** ㊔ 電費

類 電気料金（でんきりょうきん）

例 冷房をつけると、電気代が高くなります。
／開了冷氣，電費就會增加。

0964 □□□ **でんきゅう【電球】** ㊔ 電燈泡

例 電球が切れてしまった。／電燈泡壞了。

0965 □□□ **でんきりょうきん【電気料金】** ㊔ 電費

類 電気代（でんきだい）

例 電気料金は年々値上がりしています。／電費年年上漲。

0966 □□□ **でんごん【伝言】** 名·自他サ 傳話，口信；帶口信

類 お知らせ（おしらせ）

例 何か部長へ伝言はありますか。
／有沒有什麼話要向經理轉達的？

讀書計劃：□□／□□

0967 □□□ **でんしゃだい【電車代】** ㊔（坐）電車費用

㊟ 電車賃（でんしゃちん）

㊞ 通勤にかかる電車代は会社が払ってくれます。
／上下班的電車費是由公司支付的。

0968 □□□ **でんしゃちん【電車賃】** ㊔（坐）電車費用

㊟ 電車代（でんしゃだい）

㊞ ここから東京駅までの電車賃は 250 円です。
／從這裡搭到東京車站的電車費是二百五十日圓。

0969 □□□ **てんじょう【天井】** ㊔ 天花板

㊞ 天井の高いホールだなあ。／這座禮堂的頂高好高啊！

0970 □□□ **でんしレンジ【電子 range】** ㊔ 電子微波爐

㊞ これは電子レンジで温めて食べたほうがいいですよ。
／這個最好先用微波爐熱過以後再吃喔。

0971 □□□ **てんすう【点数】** ㊔（評分的）分數

㊞ 読解の点数はまあまあだったが、聴解の点数は悪かった。
／閱讀和理解項目的分數還算可以，但是聽力項目的分數就很差了。

0972 □□□ **でんたく【電卓】** ㊔ 電子計算機（「電子式卓上計算機（でんししきたくじょうけいさんき）」之略稱）

㊞ 電卓で計算する。／用計算機計算。

0973 □□□ **でんち【電池】** ㊔（理）電池

㊟ バッテリー

㊞ 太陽電池時計は、電池交換は必要ですか。
／使用太陽能電池的時鐘，需要更換電池嗎？

テント～とうよう

0974 □□□

テント【tent】

㊔ 帳篷

例 夏休み、友達とキャンプ場にテントを張って泊まった。

／暑假和朋友到露營地搭了帳棚住宿。

0975 □□□

でんわだい【電話代】

㊔ 電話費

例 国際電話をかけたので、今月の電話代はいつもの倍でした。

／由於我打了國際電話，這個月的電話費變成了往常的兩倍。

と

0976 □□□

Track 43

ど【度】

名・漢造 尺度；程度；溫度；次數，回數；規則，規定；氣量，氣度

類 程度（ていど）；回数（かいすう）

例 明日の気温は、今日より５度ぐらい高いでしょう。

／明天的天氣大概會比今天高個五度。

0977 □□□

とう【等】

接尾 等等；（助數詞用法，計算階級或順位的單位）等（級）

類 など

例 イギリス、フランス、ドイツ等の EU 諸国はここです。

／英、法、德等歐盟各國的位置在這裡。

0978 □□□

とう【頭】

接尾（牛、馬等）頭

例 日本では、過去に計 36 頭の狂牛病の牛が発見されました。

／在日本，總共發現了三十六頭牛隻染上狂牛病。

0979 □□□

どう【同】

㊔ 同様，同等；（和上面的）相同

例 同社の発表によれば、既に問い合わせが来ているそうです。

／根據該公司的公告，已經有人前去洽詢了。

文法

によれば［據…說］

▶ 表示消息、信息的來源，或推測的依據。

▶ 近 をもとに［以…為根據］

0980 □□□

とうさん【倒産】

㊔名·自サ 破產，倒閉

類 破産（はさん）；潰れる（つぶれる）

例 台湾新幹線は倒産するかもしれないということだ。

／據說台灣高鐵公司或許會破產。

文法

ということだ［據說…］

▶ 表示傳聞。從某特定的人或外界獲取的傳聞。

0981 □□□

どうしても

副（後接否定）怎麼也，無論怎樣也；務必，一定，無論如何也要

類 絶対に（ぜったいに）；ぜひとも

例 どうしても東京大学に入りたいです。

／無論如何都想進入東京大學就讀。

文法

たい［想要…］

▶ 表示說話者的內心想做、想要的。

0982 □□□

どうじに【同時に】

副 同時，一次；馬上，立刻

類 一度に（いちどに）

例 ドアを開けると同時に、電話が鳴りました。

／就在我開門的同一時刻，電話響了。

0983 □□□

とうぜん【当然】

形動·副 當然，理所當然

例 妹をいじめたら、お父さんとお母さんが怒るのも当然だ。

／欺負妹妹以後，受到爸爸和媽媽的責罵也是天經地義的。

0984 □□□

どうちょう【道庁】

名 北海道的地方政府（「北海道庁」之略稱）

類 北海道庁（ほっかいどうちょう）

例 道庁は札幌市にあります。

／北海道道廳（地方政府）位於札幌市。

0985 □□□

とうよう【東洋】

名（地）亞洲；東洋，東方（亞洲東部和東南部的總稱）

反 西洋（せいよう）

例 東洋文化には、西洋文化とは違う良さがある。

／東洋文化有著和西洋文化不一樣的優點。

どうろ～とく

0986 □□□
どうろ【道路】
㊔ 道路

類 道（みち）
例 お盆や年末年始は、高速道路が混んで当たり前になっています。
／盂蘭盆節（相當於中元節）和年末年初時，高速公路壅塞是家常便飯的事。

0987 □□□
とおす【通す】
他五·接尾 穿通，貫穿；滲透，透過；連續，貫徹；（把客人）讓到裡邊；一直，連續，…到底

類 突き抜けさせる（つきぬけさせる）；導く（みちびく）
例 彼は、自分の意見を最後まで通す人だ。
／他是個貫徹自己的主張的人。

0988 □□□
トースター【toaster】
㊔ 烤麵包機

補 トースト：土司
例 トースターで焼き芋を温めました。／以烤箱加熱了烤蕃薯。

0989 □□□
とおり【通り】
接尾 種類；套，組

例 行き方は、JR、地下鉄、バスの３通りある。
／交通方式有搭乘國鐵、地鐵和巴士三種。

0990 □□□
とおり【通り】
㊔ 大街，馬路；通行，流通

例 ここをまっすぐ行くと、広い通りに出ます。
／從這裡往前直走，就會走到一條大馬路。

0991 □□□
とおりこす【通り越す】
自五 通過，越過

例 ぼんやり歩いていて、バス停を通り越してしまった。
／心不在焉地走著，都過了巴士站牌還繼續往前走。

0992 □□□
とおる【通る】
自五 經過；穿過；合格

類 通行（つうこう）
例 ときどき、あなたの家の前を通ることがあります。
／我有時會經過你家前面。

讀書計劃：□□／□□

0993 □□□ **とかす【溶かす】** 他五 溶解，化開，溶入

例 お湯に溶かすだけで、おいしいコーヒーができます。
／只要加熱水沖泡，就可以做出一杯美味的咖啡。

0994 □□□ **どきどき** 副·自サ（心臓）撲通撲通地跳，七上八下

例 告白するなんて、考えただけでも心臓がどきどきする。
／說什麼告白，光是在腦中想像，心臟就怦怦跳個不停。

文法
だけで［光…就…］
▶ 表示沒有實際體驗，就可以感受到。

0995 □□□ **ドキュメンタリー【documentary】** 名 紀錄，紀實；紀錄片

例 この監督はドキュメンタリー映画を何本も制作しています。
／這位導演已經製作了非常多部紀錄片。

0996 □□□ **とく【特】** 漢造 特，特別，與眾不同

例「ななつ星」は、日本ではじめての特別な列車だ。
／「七星號列車」是日本首度推出的特別火車。

0997 □□□ **とく【得】** 名·形動 利益；便宜

例 まとめて買うと得だ。
／一次買更划算。

0998 □□□ **とく【溶く】** 他五 溶解，化開，溶入

類 溶かす（とかす）

例 この薬は、お湯に溶いて飲んでください。
／這服藥請用熱開水沖泡開後再服用。

0999 □□□

とく【解く】

(他五) 解開；拆開（衣服）；消除，解除（禁令、條約等）；解答

(反) 結ぶ（むすぶ） (類) 解く（ほどく）

(例) もっと時間があったとしても、あんな問題は解けなかった。
／就算有更多的時間，也沒有辦法解出那麼困難的問題。

文法
としても［就算…，也…］
▶ 表示假設前項是事實或成立，後項也不會起有效的作用。

1000 □□□

とくい【得意】

(名·形動)（店家的）主顧；得意，滿意；自滿，得意洋洋；拿手

(反) 失意（しつい） (類) 有頂天（うちょうてん）

(例) 人付き合いが得意です。
／我善於跟人交際。

1001 □□□

どくしょ【読書】

(名·自サ) 讀書

(類) 閲読（えつどく）

(例) 読書が好きと言った割には、漢字が読めないね。
／說是喜歡閱讀，沒想到讀不出漢字呢。

1002 □□□

どくしん【独身】

(名) 單身

(例) 当分は独身の自由な生活を楽しみたい。
／暫時想享受一下單身生活的自由自在。

文法
み［…感］
▶ 表示該種程度上感覺到這種狀態。

1003 □□□

とくちょう【特徴】

(名) 特徵，特點

(類) 特色（とくしょく）

(例) 彼女は、特徴のある髪型をしている。／她留著一個很有特色的髮型。

1004 □□□

Track 44

とくべつきゅうこう【特別急行】

(名) 特別快車，特快車

(類) 特急（とっきゅう）

(例) まもなく、網走行き特別急行オホーツク１号が発車します。
／開往網走的鄂霍次克一號特快車即將發車。

讀書計劃：□□／□□

1005 □□□

とける【溶ける】 （自下一）溶解，融化

類 溶解（ようかい）

例 この物質（ぶっしつ）は、水（みず）に溶（と）けません。／這個物質不溶於水。

1006 □□□

とける【解ける】 （自下一）解開，鬆開（綁著的東西）；消，解消（怒氣等）；解除（職責、契約等）；解開（疑問等）

類 解ける（ほどける）

例 あと 10 分（ぷん）あったら、最後（さいご）の問題（もんだい）解（と）けたのに。
／如果再多給十分鐘，就可以解出最後一題了呀。

文法
たら［如果…］
▶ 前項是不可能實現，或是與事實、現況相反的事物，後面接上說話者的情感表現。

1007 □□□

どこか （連語）哪裡是，豈止，非但

例 どこか暖（あたた）かい国（くに）へ行（い）きたい。
／想去暖活的國家。

文法
たい［想要…］
▶ 表示說話者的內心想做、想要的。

1008 □□□

ところどころ【所々】 （名）處處，各處，到處都是

類 あちこち

例 所々（ところどころ）に間違（まちが）いがあるにしても、だいたいよく書（か）けています。
／雖說有些地方錯了，但是整體上寫得不錯。

文法
にしても［就算…，也…］
▶ 表示退一步承認前項條件，並在後項中敘述跟前項矛盾的內容。

1009 □□□

とし【都市】 （名）都市，城市

反 田舎（いなか） 類 都会（とかい）

例 今後（こんご）の都市計画（としけいかく）について説明（せつめい）いたします。／請容我說明往後的都市計畫。

1010 □□□

としうえ【年上】 （名）年長，年歲大（的人）

反 年下（としした） 類 目上（めうえ）

例 落（お）ち着（つ）いているので、年上（としうえ）かと思（おも）いました。
／由於他的個性穩重，還以為年紀比我大。

としょ～どの

1011 □□□

としょ【図書】

㊔ 圖書

例 読みたい図書が貸し出し中のときは、予約ができます。

／想看的書被其他人借走時，可以預約。

文法

たい［想要…］

▶ 表示說話者的內心想做、想要的。

1012 □□□

とじょう【途上】

㊔（文）路上；中途

例 この国は経済的発展の途上にある。

／這個國家屬於開發中國家。

1013 □□□

としより【年寄り】

㊔ 老人；（史）重臣，家老；（史）村長；（史）女管家；（相撲）退休的力士，顧問

反 若者（わかもの） 類 老人（ろうじん）

例 電車でお年寄りに席を譲った。

／在電車上讓座給長輩了。

1014 □□□

とじる【閉じる】

自上一 閉，關閉；結束

類 閉める（しめる）

比 閉じる：還原回原本的狀態。例如：五官、貝殼或書。
閉める：將空間或縫隙等關閉。例如：門、蓋子、窗。
也有兩者皆可使用的情況。
例：目を閉める（×）目を閉じる（○）

例 目を閉じて、子どものころを思い出してごらん。

／請試著閉上眼睛，回想兒時的記憶。

文法

てごらん［試著…］

▶ 是「てみなさい」較客氣說法。用來請對方試著做某件事情。

1015 □□□

とちょう【都庁】

㊔ 東京都政府（「東京都庁」之略稱）

例 都庁は何階建てですか。／請問東京都政府是幾層樓建築呢？

1016 □□□

とっきゅう【特急】

㊔ 火速；特急列車（「特別急行」之略稱）

類 大急ぎ（おおいそぎ）

例 特急で行こうと思う。／我想搭特急列車前往。

1017 □□□

とつぜん【突然】

㊓ 突然

例 会議の最中に、突然誰かの電話が鳴った。

／在開會時，突然有某個人的電話響了。

文法

最中に［正在…時］

▶表示某一行為在進行中。常用在突發什麼事的場合。

1018 □□□

トップ【top】

㊔ 尖端；（接力賽）第一棒；領頭，率先；第一位，首位，首席

類 一番（いちばん）

例 成績はクラスでトップな反面、体育は苦手だ。

／成績雖是全班第一名，但體育卻很不拿手。

文法

反面［另一方面…］

▶表示同一種事物，同時兼具兩種不同性格的兩個方面。

1019 □□□

とどく【届く】

自五 及，達到；（送東西）到達；周到；達到（希望）

類 着く（つく）

例 昨日、いなかの母から手紙が届きました。

／昨天，收到了住在鄉下的母親寫來的信。

1020 □□□

とどける【届ける】

他下一 送達；送交；報告

例 あれ、財布が落ちてる。交番に届けなくちゃ。

／咦，有人掉了錢包？得送去派出所才行。

文法

なくちゃ［不…不行］

▶表示受限於某個條件、規定，必須要做某件事情。

1021 □□□

どの【殿】

接尾 （前接姓名等）表示尊重（書信用，多用於公文）

補 平常較常使用「様」

例 山田太郎殿、お問い合わせの資料をお送りします。ご査収ください。

／山田太郎先生，茲檢附您所查詢的資料，敬請查收。

とばす～どんぶり

1022 □□□

とばす 【飛ばす】

他五・接尾 使…飛，使飛起；（風等）吹起，吹跑；飛濺，濺起

類 飛散させる

例 友達(ともだち)に向(む)けて紙飛行機(かみひこうき)を飛(と)ばしたら、先生(せんせい)にぶつかっちゃった。

／把紙飛機射向同學，結果射中了老師。

1023 □□□

とぶ 【跳ぶ】

自五 跳，跳起；跳過（順序、號碼等）

例 お母(かあ)さん、今日(きょう)ね、はじめて跳(と)び箱(ばこ)8段(だん)跳(と)べたよ。

／媽媽，我今天練習跳箱，第一次成功跳過八層喔！

1024 □□□

ドライブ 【drive】

名・自サ 開車遊玩；兜風

例 気分転換(きぶんてんかん)にドライブに出(で)かけた。

／開車去兜了風以轉換心情。

1025 □□□

ドライヤー 【dryer・drier】

名 乾燥機，吹風機

例 すみません、ドライヤーを貸(か)してください。

／不好意思，麻煩借用吹風機。

1026 □□□

トラック 【track】

名（操場、運動場、賽馬場的）跑道

例 競技用(きょうぎよう)トラック。

／比賽用的跑道。

1027 □□□

ドラマ 【drama】

名 劇；連戲劇；戲劇；劇本；戲劇文學；（轉）戲劇性的事件

類 芝居（しばい）

例 このドラマは、役者(やくしゃ)に加(くわ)えてストーリーもいい。

／這部影集演員好，而且故事情節也精彩。

> 文法
>
> に加(くわ)えて［而且…］
>
> ▶ 表示在現有前項的事物上，再加上後項類似的別的事物。

1028 □□□

トランプ 【trump】

名 撲克牌

例 トランプを切(き)って配(くば)る。

／撲克牌洗牌後發牌。

1029 □□□

どりょく【努力】

名·自サ 努力

類 頑張る（がんばる）

例 努力（どりょく）が実（みの）って、Ｎ３に合格（ごうかく）した。

／努力有了成果，通過了Ｎ３級的測驗。

1030 □□□

トレーニング【training】

名·他サ 訓練，練習

類 練習（れんしゅう）

例 もっと前（まえ）からトレーニングしていればよかった。

／早知道就提早訓練了。

文法

ばよかった［就好了］

▶ 表示說話者對於過去事物的惋惜、感慨。

▶ 近 よかった［如果…的話就好了］

1031 □□□

ドレッシング【dressing】

名 調味料，醬汁；服裝，裝飾

類 ソース；調味料（ちょうみりょう）

例 さっぱりしたドレッシングを探（さが）しています。

／我正在找口感清爽的調味醬汁。

1032 □□□

トン【ton】

名（重量單位）噸，公噸，一千公斤

例 一万（いちまん）トンもある船（ふね）だから、そんなに揺（ゆ）れないよ。

／這可是重達一萬噸的船，不會那麼晃啦。

1033 □□□

どんなに

副 怎樣，多麼，如何；無論如何…也

類 どれほど

例 どんなにがんばっても、うまくいかない。

／不管怎麼努力，事情還是無法順利發展。

1034 □□□

どんぶり【丼】

名 大碗公；大碗蓋飯

類 茶碗（ちゃわん）

例 どんぶりにご飯（はん）を盛（も）った。

／我盛飯到大碗公裡。

な ない～なぐる

1035 □□□

Track 45

ない【内】

漢造 內，裡頭；家裡；內部

例 お降りの際は、車内にお忘れ物のないようご注意ください。
／下車時，請別忘了您隨身攜帶的物品。

文法
際は［在…時］
▶ 表示動作、行為進行的時候。

1036 □□□

ないよう【内容】

名 內容

類 中身（なかみ）

例 この本の内容は、子どもっぽすぎる。
／這本書的內容，感覺實在是太幼稚了。

1037 □□□

なおす【直す】

接尾（前接動詞連用形）重做…

例 私は英語をやり直したい。
／我想從頭學英語。

文法
たい［想要…］
▶ 表示説話者的內心想做、想要的。

1038 □□□

なおす【直す】

他五 修理；改正；治療

類 改める（あらためる）

例 自転車を直してやるから、持ってきなさい。
／我幫你修理腳踏車，去把它騎過來。

1039 □□□

なおす【治す】

他五 醫治，治療

類 治療（ちりょう）

例 早く病気を治して働きたい。
／我真希望早日把病治好，快點去工作。

文法
たい［想要…］
▶ 表示説話者的內心想做、想要的。

1040 □□□

なか【仲】

名 交情；（人和人之間的）聯繫

例 あの二人、仲がいいですね。
／他們兩人感情可真好啊！

讀書計劃：□□／□□

1041 □□□

ながす【流す】

他五 使流動，沖走；使漂走；流（出）；放逐；使流產；傳播；洗掉（汙垢）；不放在心上

類 流出（りゅうしゅつ）；流れるようにする

例 トイレットペーパー以外（いがい）は流（なが）さないでください。

／請勿將廁紙以外的物品丟入馬桶內沖掉。

1042 □□□

なかみ【中身】

名 裝在容器裡的內容物，內容；刀身

類 內容（ないよう）

例 そのおにぎり、中身（なかみ）なに？

／那種飯糰裡面包的是什麼餡料？

1043 □□□

なかゆび【中指】

名 中指

例 中指（なかゆび）にけがをしてしまった。

／我的中指受了傷。

1044 □□□

ながれる【流れる】

自下一 流動；漂流；飄動；傳布；流逝；流浪；（壞的）傾向；流產；作罷；偏離目標；瀰漫；降落

類 流動する（りゅうどうする）

例 日本（にほん）で一番長（いちばんなが）い信濃川（しなのがわ）は、長野県（ながのけん）から新潟県（にいがたけん）へと流（なが）れている。

／日本最長的河流信濃川，是從長野縣流到新潟縣的。

1045 □□□

なくなる【亡くなる】

自五 去世，死亡

類 死ぬ（しぬ）

例 おじいちゃんが亡（な）くなって、みんな悲（かな）しんでいる。

／爺爺過世了，大家都很哀傷。

1046 □□□

なぐる【殴る】

他五 毆打，揍；草草了事

類 打つ（うつ）

例 彼（かれ）が人（ひと）を殴（なぐ）るわけがない。

／他不可能會打人。

文法

わけがない［不可能…］

▶ 表示從道理上而言，強烈地主張不可能或沒有理由成立。

なぜなら（ば）～にあう

1047 □□□

なぜなら（ば）【何故なら（ば）】 （接續）因為，原因是

例 どんなに危険でも私は行く。なぜなら、そこには助けを求めている人がいるからだ。
／不管有多麼危險我都非去不可，因為那裡有人正在求救。

1048 □□□

なっとく【納得】 （名・他サ）理解，領會；同意，信服

類 理解（りかい）

例 なんで怒られたんだか、全然納得がいかない。
／完全不懂自己為何挨罵了。

1049 □□□

ななめ【斜め】 （名・形動）斜，傾斜；不一般，不同往常

類 傾斜（けいしゃ）

例 絵が斜めになっていたので直した。
／因為畫歪了，所以將它調正。

1050 □□□

なにか【何か】 （連語・副）什麼；總覺得

例 内容をご確認の上、何か問題があればご連絡ください。
／內容確認後，如有問題請跟我聯絡。

1051 □□□

なべ【鍋】 （名）鍋子；火鍋

例 お鍋に肉じゃがを作っておいたから、あっためて食べてね。
／鍋子裡已經煮好馬鈴薯燉肉了，熱一熱再吃喔。

1052 □□□

なま【生】 （名・形動）（食物沒有煮過、烤過）生的；直接的，不加修飾的；不熟練，不到火候

類 未熟（みじゅく）

例 この肉、生っぽいから、もう一度焼いて。
／這塊肉看起來還有點生，幫我再煎一次吧。

文法

っぽい［看起來好像…］

▶ 表示有這種感覺或有這種傾向。語氣帶有否定的意味。

1053 □□□ **なみだ【涙】**

㊔ 涙，眼淚；哭泣；同情

例 指をドアに挟んでしまって、あんまり痛くて涙が出てきた。

／手指被門夾住了，痛得眼淚都掉下來了。

1054 □□□ **なやむ【悩む】**

自五 煩惱，苦惱，憂愁；感到痛苦

類 苦悩（くのう）；困る（こまる）

例 あんなひどい女のことで、悩むことはないですよ。

／用不著為了那種壞女人煩惱啊！

文法

ことはない［用不著…］

▶表示鼓勵或勸告別人，沒有做某一行為的必要。

1055 □□□ **ならす【鳴らす】**

他五 鳴，啼，叫；（使）出名；嘮叨；放響屁

例 日本では、大晦日には除夜の鐘を 108 回鳴らす。

／在日本，除夕夜要敲鐘一百零八回。

1056 □□□ **なる【鳴る】**

自五 響，叫；聞名

類 音が出る（おとがでる）

例 ベルが鳴ったら、書くのをやめてください。

／鈴聲一響起，就請停筆。

1057 □□□ **ナンバー【number】**

㊔ 數字，號碼；（汽車等的）牌照

例 犯人の車は、ナンバーを隠していました。

／嫌犯作案的車輛把車號遮起來了。

に

1058 □□□ **にあう【似合う】**

Track 46

自五 合適，相稱，調和

類 相応しい（そうおうしい）；釣り合う（つりあう）

例 福井さん、黄色が似合いますね。

／福井小姐真適合穿黃色的衣服呀！

にえる～ぬける

1059 □□□

にえる【煮える】

自下一 煮熟，煮爛；水燒開；固體融化（成泥狀）；發怒，非常氣憤

類 沸騰する（ふっとうする）

例 もう芋は煮えましたか。

／芋頭已經煮熟了嗎？

1060 □□□

にがて【苦手】

名・形動 棘手的人或事；不擅長的事物

類 不得意（ふとくい）

例 あいつはどうも苦手だ。

／我對那傢伙實在是很感冒。

1061 □□□

にぎる【握る】

他五 握，抓；握飯團或壽司；掌握，抓住；（圍棋中決定誰先下）抓棋子

類 掴む（つかむ）

例 運転中は、車のハンドルを両手でしっかり握ってください。

／開車時請雙手緊握方向盤。

1062 □□□

にくらしい【憎らしい】

形 可憎的，討厭的，令人憎恨的

反 可愛らしい（かわいらしい）

例 うちの子、反抗期で、憎らしいことばっかり言う。

／我家孩子正值反抗期，老是說些惹人討厭的話。

1063 □□□

にせ【偽】

名 假，假冒；贗品

類 偽物（にせもの）

例 レジから偽の1万円札が5枚見つかりました。

／收銀機裡發現了五張萬圓偽鈔。

1064 □□□

にせる【似せる】

他下一 模仿，仿效；偽造

類 まねる

例 本物に似せて作ってありますが、色が少し違います。

／雖然做得與真物非常相似，但是顏色有些微不同。

1065 □□□ にゅうこくかんりきょく【入国管理局】 ㊔ 入國管理局

例 入国管理局に行って、在留カードを申請した。
／到入境管理局申請了居留證。

1066 □□□ にゅうじょうりょう【入場料】 ㊔ 入場費，進場費

例 動物園の入場料はそんなに高くないですよ。
／動物園的門票並沒有很貴呀。

1067 □□□ にる【煮る】 自五 煮，燉，熬

例 醤油を入れて、もう少し煮ましょう。
／加醬油再煮一下吧！

1068 □□□ にんき【人気】 ㊔ 人緣，人望

例 あのタレントは人気がある。／那位藝人很受歡迎。

ぬ

1069 □□□ ぬう【縫う】 他五 縫，縫補；刺繡；穿過，穿行；（醫）縫合（傷口）

Track 47

類 裁縫（さいほう）

例 母親は、子どものために思いをこめて服を縫った。／母親滿懷愛心地為孩子縫衣服。

文法
をこめて［傾注…］
▶ 表示對某事傾注思念或愛等的感情。

1070 □□□ ぬく【抜く】 自他五·接尾 抽出，拔去；選出，摘引；消除，排除；省去，減少；超越

例 この虫歯は、もう抜くしかありません。／這顆蛀牙已經非拔不可了。

1071 □□□ ぬける【抜ける】 自下一 脫落，掉落；遺漏；脫；離，離開，消失，散掉；溜走，逃脫

類 落ちる（おちる）

例 自転車のタイヤの空気が抜けたので、空気入れで入れた。
／腳踏車的輪胎已經扁了，用打氣筒灌了空氣。

ぬらす～ねんまつねんし

1072 □□□

ぬらす【濡らす】 他五 浸濕，淋濕，沾濕

反 乾かす（かわかす）
類 濡れる
例 この機械は、濡らすと壊れるおそれがある。
／這機器一碰水，就有可能故障。

文法
恐れがある［恐怕會…］
▶ 表示有發生某種消極事件的可能性。只限於用在不利的事件。

1073 □□□

ぬるい【温い】 形 微溫，不冷不熱，不夠熱

類 温かい（あたたかい）
例 電話がかかってきたせいで、お茶がぬるくなってしまった。
／由於接了通電話，結果茶都涼了。

文法
せいで［由於］
▶ 發生壞事或會導致某種不利情況或責任的原因。

ね

1074 □□□

Track 48

ねあがり【値上がり】 名・自サ 價格上漲，漲價

反 値下がり（ねさがり）
類 高くなる
例 近頃、土地の値上がりが激しい。
／最近地價猛漲。

1075 □□□

ねあげ【値上げ】 名・他サ 提高價格，漲價

反 値下げ（ねさげ）
例 たばこ、来月から値上げになるんだって。
／聽說香菸下個月起要漲價。

文法
んだって［聽說…呢］
▶ 表示說話者聽說了某件事，並轉述給聽話者。

1076 □□□

ネックレス【necklace】 名 項鍊

例 ネックレスをすると肩がこる。
／每次戴上項鍊，肩膀就酸痛。

1077 □□□ **ねっちゅう**
【熱中】

名·自サ 熱中，專心；酷愛，著迷於

類 夢中になる（むちゅうになる）

例 子どもは、ゲームに熱中しがちです。

／小孩子容易沈迷於電玩。

1078 □□□ **ねむる**
【眠る】

自五 睡覺；埋藏

反 目覚める（めざめる）

類 睡眠（すいみん）

例 薬を使って、眠らせた。

／用藥讓他入睡。

1079 □□□ **ねらい**
【狙い】

名 目標，目的；瞄準，對準

類 目当て（めあて）

例 家庭での勉強の習慣をつけるのが、宿題を出すねらいです。

／讓學童在家裡養成用功的習慣是老師出作業的目的。

1080 □□□ **ねんし**
【年始】

名 年初；賀年，拜年

反 年末（ねんまつ）

類 年初（ねんしょ）

例 お世話になっている人に、年始の挨拶をする。

／向承蒙關照的人拜年。

1081 □□□ **ねんせい**
【年生】

接尾 …年級生

例 出席日数が足りなくて、3年生に上がれなかった。

／由於到校日數不足，以致於無法升上三年級。

1082 □□□ **ねんまつねんし**
【年末年始】

名 年底與新年

例 年末年始は、ハワイに行く予定だ。

／預定去夏威夷跨年。

の のうか～のばす

1083 □□□

のうか【農家】 ㊔ 農民，農戶；農民的家

Track 49

例 農林水産省によると、日本の農家は年々減っている。
／根據農林水產部的統計，日本的農戶正逐年遞減。

文法
によると［據…說］
▶ 表示消息、信息的來源，或推測的依據。

1084 □□□

のうぎょう【農業】 ㊔ 農耕；農業

例 10 年前に比べて、農業の機械化はずいぶん進んだ。
／和十年前相較，農業機械化有長足的進步。

文法
に比べて［與…相比］
▶ 表示比較、對照。

1085 □□□

のうど【濃度】 ㊔ 濃度

例 空気中の酸素の濃度を測定する。
／測量空氣中的氧氣濃度。

1086 □□□

のうりょく【能力】 ㊔ 能力；（法）行為能力

類 腕前（うでまえ）

例 能力とは、試験で測れるものだけではない。
／能力這東西，並不是只有透過考試才能被檢驗出來。

文法
だけ［只有］
▶ 表示除此之外，別無其他。

1087 □□□

のこぎり【鋸】 ㊔ 鋸子

例 のこぎりで板を切る。
／用鋸子鋸木板。

1088 □□□

のこす【残す】 他五 留下，剩下；存留；遺留；（相撲頂住對方的進攻）開腳站穩

類 余す（あます）

例 好き嫌いはいけません。残さずに全部食べなさい。
／不可以偏食，要把飯菜全部吃完。

讀書計劃：□□／□□

1089 □□□

のせる【乗せる】

(他下一) 放在高處，放到…；裝載；使搭乘；使參加；騙人，誘拐；記載，刊登；合著音樂的拍子或節奏

例 子どもを電車に乗せる。

／送孩子上電車。

1090 □□□

のせる【載せる】

(他下一) 放在…上，放在高處；裝載，裝運；納入，使參加；欺騙；刊登，刊載

類 積む（つむ）；上に置く

例 新聞に広告を載せたところ、注文がたくさん来た。

／在報上刊登廣告以後，結果訂單就如雪片般飛來了。

文法

たところ［結果…］

▶ 表示因某種目的去作某一動作，在契機下得到後項的結果。

1091 □□□

のぞむ【望む】

(他五) 遠望，眺望；指望，希望；仰慕，景仰

類 求める（もとめる）

例 あなたが望む結婚相手の条件は何ですか。

／你希望的結婚對象，條件為何？

1092 □□□

のち【後】

(名) 後，之後；今後，未來；死後，身後

例 今日は晴れのち曇りだって。

／聽說今天的天氣是晴時多雲。

文法

って［聽說…］

▶ 引用自己從別人那裡聽說了某信息。

1093 □□□

ノック【knock】

(名·他サ) 敲打；（來訪者）敲門；打球

例 ノックの音が聞こえたが、出てみると誰もいなかった。

／雖然聽到了敲門聲，但是開門一看，外面根本沒人。

1094 □□□

のばす【伸ばす】

(他五) 伸展，擴展，放長；延緩（日期），推遲；發展，發揮；擴大，增加；稀釋；打倒

類 伸長（しんちょう）

例 手を伸ばしてみたところ、木の枝に手が届きました。

／我一伸手，結果就碰到了樹枝。

文法

たところ［結果…］

▶ 表示因某種目的去作某一動作，在契機下得到後項的結果。

のびる～ばい

1095 □□□

のびる【伸びる】

自上一 (長度等)變長，伸長；(皺摺等)伸展；擴展，到達；(勢力、才能等)擴大，增加，發展

例 中学生(ちゅうがくせい)になって、急(きゅう)に背(せ)が伸(の)びた。／上了中學以後突然長高不少。

1096 □□□

のぼり【上り】

名 (「のぼる」的名詞形)登上，攀登；上坡(路)；上行列車(從地方往首都方向的列車)；進京

反 下り（くだり）

例 まもなく、上(のぼ)りの急行電車(きゅうこうでんしゃ)が通過(つうか)いたします。／上行快車即將通過月台。

1097 □□□

のぼる【上る】

自五 進京；晉級，高昇；(數量)達到，高達

類 上がる（あがる） 反 下る（くだる）

比 有意圖的往上升、移動。

例 足(あし)が悪(わる)くなって階段(かいだん)を上(のぼ)るのが大変(たいへん)です。／腳不好爬樓梯很辛苦。

1098 □□□

のぼる【昇る】

自五 上升

比 自然性的往上方移動。

例 太陽(たいよう)が昇(のぼ)るにつれて、気温(きおん)も上(あ)がってきた。
／隨著日出，氣溫也跟著上升了。

文法

につれて［隨著…］

▶ 表示隨著前項的進展，同時後項也隨之發生相應的進展。

1099 □□□

のりかえ【乗り換え】

名 換乘，改乘，改搭

例 電車(でんしゃ)の乗(の)り換(か)えで意外(いがい)と迷(まよ)った。
／電車轉乘時居然一時不知道該搭哪一條路線。

1100 □□□

のりこし【乗り越し】

名·自サ (車)坐過站

例 乗(の)り越(こ)しの方(かた)は精算(せいさん)してください。／請坐過站的乘客補票。

1101 □□□

のんびり

副·自サ 舒適，逍遙，悠然自得

反 くよくよ

類 ゆったり；呑気（のんき）

例 平日(へいじつ)はともかく、週末(しゅうまつ)はのんびりしたい。
／先不說平日是如何，我週末想悠哉地休息一下。

文法

たい［想要…］

▶ 表示說話者的內心想做、想要的。

1102 □□□ **バーゲンセール【bargain sale】** ㊔ 廉價出售，大拍賣

Track 50

類 安売り（やすうり）；特売（とくばい）
補 略稱：バーゲン

例 デパートでバーゲンセールが始（はじ）まったよ。
／百貨公司已經開始進入大拍賣囉。

1103 □□□ **パーセント【percent】** ㊔ 百分率

例 手数料（てすうりょう）が３パーセントかかる。／手續費要三個百分比。

1104 □□□ **パート【part time 之略】** ㊔（按時計酬）打零工

例 母（はは）はスーパーでレジのパートをしている。
／家母在超市兼差當結帳人員。

1105 □□□ **ハードディスク【hard disk】** ㊔（電腦）硬碟

例 ハードディスクはパソコンコーナーのそばに置（お）いてあります。
／硬碟就放在電腦展示區的旁邊。

1106 □□□ **パートナー【partner】** ㊔ 伙伴，合作者，合夥人；舞伴

類 相棒（あいぼう）

例 彼（かれ）はいいパートナーでした。
／他是一個很好的工作伙伴。

1107 □□□ **はい【灰】** ㊔ 灰

例 前（まえ）を歩（ある）いている人（ひと）のたばこの灰（はい）が飛（と）んできた。
／走在前方那個人抽菸的菸灰飄過來了。

1108 □□□ **ばい【倍】** （名・漢造・接尾）倍，加倍；（數助詞的用法）倍

例 今年（ことし）から、倍（ばい）の給料（きゅうりょう）をもらえるようになりました。
／今年起可以領到雙倍的薪資了。

はいいろ～はくぶつかん

1109 □□□
はいいろ
【灰色】
㊔ 灰色

例 空(そら)が灰色(はいいろ)だ。雨(あめ)になるかもしれない。
／天空是灰色的，說不定會下雨。

1110 □□□
バイオリン
【violin】
㊔（樂）小提琴

例 彼(かれ)は、ピアノをはじめとして、バイオリン、ギターも弾(ひ)ける。
／不單是彈鋼琴，他還會拉小提琴和彈吉他。

文法
をはじめ［以及…］
▶ 表示由核心的人或物擴展到很廣的範圍。

1111 □□□
ハイキング
【hiking】
㊔ 健行，遠足

例 鎌倉(かまくら)へハイキングに行(い)く。
／到鎌倉去健行。

1112 □□□
バイク
【bike】
㊔ 腳踏車；摩托車（「モーターバイク」之略稱）

例 バイクで日本(にほん)のいろいろなところを旅行(りょこう)したい。
／我想要騎機車到日本各地旅行。

文法
たい［想要…］
▶ 表示說話者的內心想做、想要的。

1113 □□□
ばいてん
【売店】
㊔（車站等）小賣店

例 駅(えき)の売店(ばいてん)で新聞(しんぶん)を買う。
／在車站的販賣部買報紙。

1114 □□□
バイバイ
【bye-bye】
寒暄 再見，拜拜

例 バイバイ、またね。
／掰掰，再見。

1115 □□□
ハイヒール
【high heel】
㊔ 高跟鞋

例 会社(かいしゃ)に入(はい)ってから、ハイヒールをはくようになりました。
／進到公司以後，才開始穿上了高跟鞋。

讀書計劃：□□／□□

1116 □□□

はいゆう
【俳優】

㊔（男）演員

例 俳優といっても、まだせりふのある役をやったことがない。
／雖說是演員，但還不曾演過有台詞的角色。

文法
といっても[雖說…，但…]
▶表示承認前項的說法，但同時在後項做部分的修正。

1117 □□□

パイロット
【pilot】

㊔ 領航員；飛行駕駛員；實驗性的

類 運転手（うんてんしゅ）

例 飛行機のパイロットを目指して、訓練を続けている。
／以飛機的飛行員為目標，持續地接受訓練。

1118 □□□

はえる
【生える】

自下一（草，木）等生長

例 雑草が生えてきたので、全部抜いてもらえますか。
／雜草長出來了，可以幫我全部拔掉嗎？

1119 □□□

ばか
【馬鹿】

名·接頭 愚蠢，糊塗

例 ばかなまねはするな。／別做傻事。

1120 □□□

はく・ぱく
【泊】

接尾 宿，過夜；停泊

例 3泊4日の旅行で、京都に1泊、大阪に2泊する。
／這趟四天三夜的旅行將在京都住一晚、大阪住兩晚。

1121 □□□

はくしゅ
【拍手】

名·自サ 拍手，鼓掌

類 喝采（かっさい）

例 演奏が終わってから、しばらく拍手が鳴り止まなかった。
／演奏一結束，鼓掌聲持續了好一段時間。

1122 □□□

はくぶつかん
【博物館】

㊔ 博物館，博物院

例 上野には大きな博物館がたくさんある。
／很多大型博物館都座落於上野。

はぐるま～バスりょうきん

1123 □□□ **はぐるま【歯車】** ㊔ 歯輪

例 機械の調子が悪いので、歯車に油を差した。
／機器的狀況不太好，因此往齒輪裡注了油。

1124 □□□ **はげしい【激しい】** ㊪ 激烈，劇烈；（程度上）很高，厲害；熱烈

類 甚だしい（はなはだしい）；ひどい
例 その会社は、激しい価格競争に負けて倒産した。
／那家公司在激烈的價格戰裡落敗而倒閉了。

1125 □□□ **はさみ【鋏】** ㊔ 剪刀；剪票鉗

例 体育の授業の間に、制服をはさみでずたずたに切られた。
／在上體育課的時間，制服被人用剪刀剪成了破破爛爛的。

1126 □□□ **はし【端】** ㊔ 開端，開始；邊緣；零頭，片段；開始，盡頭

反 中
類 縁（ふち）
例 道の端を歩いてください。
／請走路的兩旁。

1127 □□□ **はじまり【始まり】** ㊔ 開始，開端；起源

例 宇宙の始まりは約 137 億年前と考えられています。
／一般認為，宇宙大約起源於一百三十七億年前。

1128 □□□ **はじめ【始め】** (名·接尾) 開始，開頭；起因，起源；以…為首

反 終わり
類 起こり
例 こんな厚い本、始めから終わりまで全部読まなきゃなんないの？
／這麼厚的書，真的非得從頭到尾全部讀完才行嗎？

1129 □□□
はしら
【柱】

㊔・接尾（建）柱子；支柱；（轉）靠山

例 この柱(はしら)は、地震(じしん)が来(き)たら倒(たお)れるおそれがある。
／萬一遇到了地震，這根柱子有可能會倒塌。

文法
恐(おそ)れがある［恐怕會…］
▶ 表示有發生某種消極事件的可能性。只限於用在不利的事件。

1130 □□□
はずす
【外す】

他五 摘下，解開，取下；錯過，錯開；落後，失掉；避開，躲過

類 とりのける

例 マンガでは、眼鏡(めがね)を外(はず)したら実(じつ)は美人(びじん)、ということがよくある。
／在漫畫中，經常出現女孩拿下眼鏡後其實是個美女的情節。

1131 □□□
バスだい
【bus 代】

㊔ 公車（乘坐）費

類 バス料金

例 鈴木(すずき)さんが私(わたし)のバス代(だい)を払(はら)ってくれました。
／鈴木小姐幫我代付了公車費。

1132 □□□
パスポート
【passport】

㊔ 護照；身分證

例 パスポートと搭乗券(とうじょうけん)を出(だ)してください。
／請出示護照和登機證。

1133 □□□
バスりょうきん
【bus 料金】

㊔ 公車（乘坐）費

類 バス代

例 大阪(おおさか)までのバス料金(りょうきん)は10年間同(ねんかんおな)じままです。
／搭到大阪的公車費用，這十年來都沒有漲價。

はずれる～はながら

1134 □□□

はずれる【外れる】

自下一 脫落，掉下；(希望) 落空，不合 (道理)；離開 (某一範圍)

反 当たる　類 離れる (はなれる)；逸れる (それる)

例 機械の部品が、外れるわけがない。
／機器的零件，是不可能會脫落的。

文法
わけがない [不可能…]
▶ 表示從道理上而言，強烈地主張不可能或沒有理由成立。

1135 □□□

はた【旗】

名 旗，旗幟；(佛) 幡

例 会場の入り口には、参加する各国の旗が揚がっていた。
／與會各國的國旗在會場的入口處飄揚。

1136 □□□

はたけ【畑】

名 田地，旱田；專業的領域

例 畑を耕して、野菜を植える。
／耕田種菜。

1137 □□□

はたらき【働き】

名 勞動，工作；作用，功效；功勞，功績；功能，機能

類 才能 (さいのう)

例 朝ご飯を食べないと、頭の働きが悪くなる。
／如果不吃早餐，腦筋就不靈活。

文法
ないと [不…不行]
▶ 表示受限於某個條件、規定，必須要做某件事情。

1138 □□□

はっきり

副·自サ 清楚；直接了當

類 明らか (あきらか)

例 君ははっきり言いすぎる。
／你說得太露骨了。

1139 □□□

バッグ【bag】

名 手提包

例 バッグに財布を入れる。
／把錢包放入包包裡。

1140 □□□

はっけん【発見】

名・他サ 發現

類 見つける；見つけ出す

例 博物館に行くと、子どもたちにとっていろいろな発見があります。

／孩子們去到博物館會有很多新發現。

文法

にとって［對於…來說］

▶ 表示站在前面接的那個詞的立場，來進行後面的判斷或評價。

1141 □□□

はったつ【発達】

名・自サ（身心）成熟，發達；擴展，進步；（機能）發達，發展

例 子どもの発達に応じて、おもちゃを与えよう。

／依小孩的成熟程度給玩具。

1142 □□□

はつめい【発明】

名・他サ 發明

類 発案（はつあん）

例 社長は、新しい機械を発明するたびにお金をもうけています。

／每逢社長研發出新型機器，就會賺大錢。

文法

たびに［每當…就…］

▶ 表示前項的動作、行為都伴隨後項。

1143 □□□

はで【派手】

名・形動（服裝等）鮮艷的，華麗的；（為引人注目而動作）誇張，做作

反 地味（じみ） 類 艶やか（あでやか）

例 いくらパーティーでも、そんな派手な服を着ることはないでしょう。

／就算是派對，也不用穿得那麼華麗吧。

文法

ことはない［用不著…］

▶ 表示鼓勵或勸告別人，沒有做某一行為的必要。

1144 □□□

はながら【花柄】

名 花的圖樣

類 花模様（はなもよう）

例 花柄のワンピースを着ているのが娘です。

／身穿有花紋圖樣的連身洋裝的，就是小女。

はなしあう～ばらばら（な）

1145 □□□
はなしあう【話し合う】
自五 對話，談話；商量，協商，談判

例 今後の計画を話し合って決めた。
／討論決定了往後的計畫。

1146 □□□
はなす【離す】
他五 使…離開，使…分開；隔開，拉開距離

反 合わせる
類 分離（ぶんり）
例 混雑しているので、お子さんの手を離さないでください。
／目前人多擁擠，請牢牢牽住孩童的手。

1147 □□□
はなもよう【花模様】
名 花的圖樣

類 花柄（はながら）
例 彼女はいつも花模様のハンカチを持っています。
／她總是帶著綴有花樣的手帕。

1148 □□□
はなれる【離れる】
自下一 離開，分開;離去;距離，相隔;脫離（關係），背離

反 合う　類 別れる
例 故郷を離れる前に、みんなに挨拶をして回りました。
／在離開故鄉之前，和大家逐一話別了。

1149 □□□
はば【幅】
名 寬度，幅面；幅度，範圍；勢力；伸縮空間

類 広狭（こうきょう）
道路の幅を広げる工事をしている。
／正在進行拓展道路的工程。

1150 □□□
はみがき【歯磨き】
名 刷牙；牙膏，牙膏粉；牙刷

例 毎食後に歯磨きをする。
／每餐飯後刷牙。

1151 □□□ ばめん【場面】 ㊔ 場面，場所；情景，（戲劇、電影等）場景，鏡頭；市場的情況，行情

類 光景（こうけい）；シーン

例 とてもよい映画で、特に最後の場面に感動した。

／這是一部非常好看的電影，尤其是最後一幕更是感人肺腑。

1152 □□□ はやす【生やす】 他五 使生長；留（鬍子）

例 恋人にいくら文句を言われても、彼はひげを生やしている。

／就算被女友抱怨，他依然堅持蓄鬍。

1153 □□□ はやる【流行る】 自五 流行，時興；興旺，時運佳

類 広まる（ひろまる）；流行する（りゅうこうする）

例 こんな商品がはやるとは思えません。

／我不認為這種商品會流行。

1154 □□□ はら【腹】 ㊔ 肚子；心思，內心活動；心情，情緒；心胸，度量；胎內，母體內

反 背（せ） 類 腹部（ふくぶ）；お腹（おなか）

例 あー、腹減った。飯、まだ？

／啊，肚子餓了……。飯還沒煮好哦？（較為男性口吻）

1155 □□□ バラエティー【variety】 ㊔ 多樣化，豐富多變；綜藝節目（「バラエティーショー」之略稱）

類 多様性（たようせい）

例 彼女はよくバラエティー番組に出ていますよ。

／她經常上綜藝節目唷。

1156 □□□ ばらばら（な） ㊓ 分散貌；凌亂，支離破碎的

類 散り散り（ちりぢり）

例 風で書類が飛んで、ばらばらになってしまった。

／文件被風吹得散落一地了。

バランス～パンフレット

1157 □□□

バランス
【balance】

名 平衡，均衡，均等

類 釣り合い（つりあい）

例 この食事（しょくじ）では、栄養（えいよう）のバランスが悪（わる）い。
／這種餐食的營養並不均衡。

1158 □□□

はる
【張る】

自五·他五 延伸，伸展；覆蓋；膨脹，負擔過重；展平，擴張；設置，布置

類 覆う（おおう）；太る（ふとる）

例 今朝（けさ）は寒（さむ）くて、池（いけ）に氷（こおり）が張（は）るほどだった。
／今早好冷，冷到池塘都結了一層薄冰。

文法
ほど[…得]
▶ 用在比喻或舉出具體的例子，來表示動作或狀態處於某種程度。

1159 □□□

バレエ
【ballet】

名 芭蕾舞

類 踊り（おどり）

例 幼稚園（ようちえん）のときからバレエを習（なら）っています。
／我從讀幼稚園起，就一直學習芭蕾舞。

1160 □□□

バン
【van】

名 大篷貨車

例 新型（しんがた）のバンがほしい。
／想要有一台新型貨車。

文法
がほしい[想要…]
▶ 表示說話者希望得到某物。

1161 □□□

ばん
【番】

名·接尾·漢造 輪班；看守，守衛；（表順序與號碼）第…號；（交替）順序，次序

類 順序（じゅんじょ）、順番（じゅんばん）

例 30分並（ぶんなら）んで、やっと私（わたし）の番（ばん）が来（き）た。
／排隊等了三十分鐘，終於輪到我了。

1162 □□□

はんい
【範囲】

名 範圍，界線

類 区域（くいき）

例 次（つぎ）の試験（しけん）の範囲（はんい）は、32ページから60ページまでです。
／這次考試範圍是從第三十二頁到六十頁。

讀書計劃：□□／□□

1163 □□□ **はんせい【反省】**

名·他サ 反省，自省（思想與行為）；重新考慮

類 省みる（かえりみる）

例 彼は反省して、すっかり元気がなくなってしまった。

／他反省過了頭，以致於整個人都提不起勁。

1164 □□□ **はんたい【反対】**

名·自サ 相反；反對

反 賛成（さんせい）

類 あべこべ；否（いな）

例 あなたが社長に反対しちゃ、困りますよ。

／你要是跟社長作對，我會很頭痛的。

1165 □□□ **パンツ【pants】**

名 內褲；短褲；運動短褲

類 ズボン

例 子どものパンツと靴下を買いました。

／我買了小孩子的內褲和襪子。

1166 □□□ **はんにん【犯人】**

名 犯人

類 犯罪者（はんざいしゃ）

例 犯人はあいつとしか考えられない。

／犯案人非他莫屬。

1167 □□□ **パンプス【pumps】**

名 女用的高跟皮鞋，淑女包鞋

例 入社式にはパンプスをはいていきます。

／我穿淑女包鞋參加新進人員入社典禮。

1168 □□□ **パンフレット【pamphlet】**

名 小冊子

補 略稱：パンフ

類 案內書（あんないしょ）

例 社に戻りましたら、詳しいパンフレットをお送りいたします。

／我一回公司，會馬上寄給您更詳細的小冊子。

ひ ひ～ひじ

1169 □□□

Track 52

ひ【非】

㊔名・接頭 非，不是

例 そんなかっこうで会社(かいしゃ)に来(く)るなんて、非常識(ひじょうしき)だよ。

／居然穿這樣來公司上班，簡直沒有常識！

1170 □□□

ひ【費】

漢造 消費，花費；費用

例 大学(だいがく)の学費(がくひ)は親(おや)が出(だ)してくれている。

／大學的學費是由父母支付的。

1171 □□□

ピアニスト【pianist】

㊔名 鋼琴師，鋼琴家

類 ピアノの演奏家（ピアノのえんそうか）

例 知(し)り合(あ)いにピアニストの方(かた)はいますか。

／請問你的朋友中有沒有人是鋼琴家呢？

1172 □□□

ヒーター【heater】

名 電熱器，電爐；暖氣裝置

類 暖房（だんぼう）

例 ヒーターをつけたまま、寝(ね)てしまいました。

／我沒有關掉暖爐就睡著了。

1173 □□□

ビール【(荷)bier】

名 啤酒

例 ビールが好(す)きなせいか、おなかの周(まわ)りに肉(にく)がついてきた。

／可能是喜歡喝啤酒的緣故，肚子長了一圈肥油。

文法

せいか［可能是（因為）…］

▶ 表示發生壞事或不利的原因，但這一原因也不很明確。

1174 □□□

ひがい【被害】

名 受害，損失

反 加害（かがい）

類 損害（そんがい）

例 悲(かな)しいことに、被害(ひがい)は拡大(かくだい)している。

／令人感到難過的是，災情還在持續擴大中。

1175 □□□ **ひきうける【引き受ける】** 他下一 承擔，負責；照應，照料；應付，對付；繼承

類 受け入れる

例 引き受けたからには、途中でやめるわけにはいかない。

／既然已經接下了這份任務，就不能中途放棄。

文法

からには[既然…，就…]

▶表示既然到了這種情況，後面就要「貫徹到底」的說法

わけにはいかない[不能…]

▶表示由於一般常識、社會道德或經驗等，那樣做是不可能的、不能做的。

1176 □□□ **ひきざん【引き算】** 名 減法

反 足し算（たしざん）

類 減法（げんぽう）

例 子どもに引き算の練習をさせた。

／我叫小孩演練減法。

1177 □□□ **ピクニック【picnic】** 名 郊遊，野餐

例 子供が大きくなるにつれて、ピクニックに行かなくなった。

／隨著孩子愈來愈大，也就不再去野餐了。

文法

につれて[隨著…]

▶表示隨著前項的進展，同時後項也隨之發生相應的進展。

1178 □□□ **ひざ【膝】** 名 膝，膝蓋

補 一般指膝蓋，但跪坐時是指大腿上側。例：「膝枕（ひざまくら）」枕在大腿上。

例 膝を曲げたり伸ばしたりすると痛い。

／膝蓋彎曲和伸直時會痛。

1179 □□□ **ひじ【肘】** 名 肘，手肘

例 テニスで肘を痛めた。

／打網球造成手肘疼痛。

1180 □□□

びじゅつ【美術】　㊔ 美術

類 芸術（げいじゅつ）、アート

例 中国を中心として、東洋の美術を研究しています。

／目前正在研究以中國為主的東洋美術。

文法 を中心として［以…為中心］
▶ 表示前項是後項行為、狀態的中心。

1181 □□□

ひじょう【非常】　名・形動 非常，很，特別；緊急，緊迫

類 特別

例 そのニュースを聞いて、彼は非常に喜んだに違いない。

／聽到那個消息，他一定會非常的高興。

文法 に違いない［一定是］
▶ 說話者根據經驗或直覺，做出非常肯定的判斷。

1182 □□□

びじん【美人】　㊔ 美人，美女

例 やっぱり美人は得だね。

／果然美女就是佔便宜。

1183 □□□

ひたい【額】　㊔ 前額，額頭；物體突出部分

類 おでこ（口語用，並只能用在人體）

例 畑仕事をしたら、額が汗びっしょりになった。

／下田做農活，忙得滿頭大汗。

1184 □□□

ひっこし【引っ越し】　㊔ 搬家，遷居

例 3月は引っ越しをする人が多い。

／有很多人都在三月份搬家。

1185 □□□

ぴったり　副・自サ 緊緊地，嚴實地；恰好，正適合；說中，猜中

類 ちょうど

例 そのドレス、あなたにぴったりですよ。

／那件禮服，真適合你穿啊！

1186 □□□

ヒット
【hit】

(名·自サ) 大受歡迎，最暢銷；（棒球）安打

類 大当たり（おおあたり）

例 90年代にヒットした曲を集めました。
／這裡面彙集了九〇年代的暢銷金曲。

1187 □□□

ビデオ
【video】

(名) 影像，錄影；錄影機；錄影帶

例 録画したけど見ていないビデオがたまる一方だ。
／雖然錄下來了但是還沒看的錄影帶愈堆愈多。

文法
一方だ［不斷地…；越來越…］
▶ 某狀況一直朝一個方向不斷發展。多用於消極的、不利的傾向。

1188 □□□

ひとさしゆび
【人差し指】

(名) 食指

類 食指（しょくし）

例 彼女は、人差し指に指輪をしている。
／她的食指上帶著戒指。

1189 □□□

Track 53

ビニール
【vinyl】

(名)（化）乙烯基；乙烯基樹脂；塑膠

例 本当はビニール袋より紙袋のほうが環境に悪い。
／其實紙袋比塑膠袋更容易造成環境污染。

1190 □□□

ひふ
【皮膚】

(名) 皮膚

例 冬は皮膚が乾燥しやすい。
／皮膚在冬天容易乾燥。

1191 □□□

ひみつ
【秘密】

(名·形動) 秘密，機密

例 これは二人だけの秘密だよ。
／這是只屬於我們兩個的秘密喔。

文法
だけ［只有］
▶ 表示除此之外，別無其他。

ひも～ひろがる

1192 □□□

ひも【紐】

㊔（布、皮革等的）細繩，帶

例 靴のひもがほどけてしまったので、結び直した。
／鞋子的綁帶鬆了，於是重新綁了一次。

1193 □□□

ひやす【冷やす】

他五 使變涼，冰鎮；（喻）使冷靜

例 冷蔵庫に麦茶が冷やしてあります。
／冰箱裡冰著麥茶。

1194 □□□

びょう【秒】

名·漢造（時間單位）秒

例 僕は 100 mを 12 秒で走れる。
／我一百公尺能跑十二秒。

文法

れる［會…］

▶ 表示技術上、身體的能力上，是具有某種能力的。

1195 □□□

ひょうご【標語】

㊔ 標語

例 交通安全の標語を考える。
／正在思索交通安全的標語。

1196 □□□

びようし【美容師】

㊔ 美容師

例 人気の美容師さんに髪を切ってもらいました。
／我找了極受歡迎的美髮設計師幫我剪了頭髮。

1197 □□□

ひょうじょう【表情】

㊔ 表情

例 表情が明るく見えるお化粧のしかたが知りたい。
／我想知道怎麼樣化妝能讓表情看起來比較開朗。

文法

たい［想要…］

▶ 表示說話者的內心想做、想要的。

1198 □□□ ひょうほん【標本】 ㊔ 標本；（統計）樣本；典型

例 ここには珍しい動物の標本が集められています。
／這裡蒐集了一些罕見動物的標本。

1199 □□□ ひょうめん【表面】 ㊔ 表面

類 表（おもて）
例 地球の表面は約7割が水で覆われている。
／地球表面約有百分之七十的覆蓋面積是水。

1200 □□□ ひょうろん【評論】 名・他サ 評論，批評

類 批評（ひひょう）
例 雑誌に映画の評論を書いている。
／為雜誌撰寫影評。

1201 □□□ びら ㊔（宣傳、廣告用的）傳單

例 駅前で店の宣伝のびらをまいた。
／在車站前分發了商店的廣告單。

1202 □□□ ひらく【開く】 自五・他五 綻放；開，拉開

類 開ける
例 ばらの花が開きだした。
／玫瑰花綻放開來了。

1203 □□□ ひろがる【広がる】 自五 開放，展開；（面積、規模、範圍）擴大，蔓延，傳播

反 挟まる（はさまる）
類 拡大（かくだい）
例 悪い噂が広がる一方だ。
／負面的傳聞，越傳越開了。

文法
一方だ［越來越…］
▶ 狀況一直朝著一個方向不斷發展。多用於消極、不利的傾向。

ひろげる～ファスナー

1204 □□□
ひろげる【広げる】 他下一 打開，展開；（面積、規模、範圍）擴張，發展

反 狭まる（せばまる） 類 拡大

例 犯人が見つからないので、捜査の範囲を広げるほかはない。
／因為抓不到犯人，所以只好擴大搜查範圍了。

文法
ほかはない［只好…］
▶ 表示雖然心裡不願意，但又沒有其他方法，只有這唯一的選擇，別無它法。

1205 □□□
ひろさ【広さ】 名 寬度，幅度，廣度

例 その森の広さは３万坪ある。
／那座森林有三萬坪。

1206 □□□
ひろまる【広まる】 自五（範圍）擴大；傳播，遍及

類 広がる

例 おしゃべりな友人のせいで、うわさが広まってしまった。
／由於一個朋友的多嘴，使得謠言散播開來了。

文法
せいで［由於］
▶ 發生壞事或會導致某種不利情況或責任的原因。

1207 □□□
ひろめる【広める】 他下一 擴大，增廣；普及，推廣；披漏，宣揚

類 普及させる（ふきゅうさせる）

例 祖母は日本舞踊を広める活動をしています。
／祖母正在從事推廣日本舞踊的活動。

1208 □□□
びん【瓶】 名 瓶，瓶子

例 缶ビールより瓶ビールの方が好きだ。
／比起罐裝啤酒，我更喜歡瓶裝啤酒。

1209 □□□
ピンク【pink】 名 桃紅色，粉紅色；桃色

例 こんなピンク色のセーターは、若い人向きじゃない？
／這種粉紅色的毛衣，不是適合年輕人穿嗎？

1210 □□□

びんせん
【便箋】

㊔ 信紙，便箋

類 レターペーパー

例 便箋と封筒を買ってきた。

／我買來了信紙和信封。

ふ

1211 □□□

ふ
【不】

(接頭・漢造) 不；壞；醜；笨

例 不老不死の薬なんて、あるわけがない。

／這世上怎麼可能會有長生不老的藥。

文法
わけがない［不可能…］
▶ 表示從道理上而言，強烈地主張不可能或沒有理由成立。

1212 □□□

ぶ
【部】

(名・漢造) 部分；部門；冊

例 君はいつもにこにこしているから営業部向きだよ。

／你總是笑咪咪的，所以很適合業務部的工作喔！

1213 □□□

ぶ
【無】

(接頭・漢造) 無，沒有，缺乏

例 無遠慮な質問をされて、腹が立った。

／被問了一個沒有禮貌的問題，讓人生氣。

1214 □□□

ファストフード
【fast food】

㊔ 速食

例 ファストフードの食べすぎは体によくないです。

／吃太多速食有害身體健康。

1215 □□□

ファスナー
【fastener】

㊔（提包、皮包與衣服上的）拉鍊

類 チャック；ジッパー

例 このバッグにはファスナーがついています。

／這個皮包有附拉鍊。

1216 □□□
ファックス【fax】
㊔名・サ変 傳真

例 地図（ちず）をファックスしてください。
／請傳真地圖給我。

1217 □□□
ふあん【不安】
名・形動 不安，不放心，擔心；不穩定

類 心配
例 不安（ふあん）のあまり、友達（ともだち）に相談（そうだん）に行（い）った。
／因為實在是放不下心，所以找朋友來聊聊。

1218 □□□
ふうぞく【風俗】
名 風俗；服裝，打扮；社會道德

例 日本各地（にほんかくち）には、それぞれ土地風俗（とちふうぞく）がある。
／日本各地有不同的風俗習慣。

1219 □□□
ふうふ【夫婦】
名 夫婦，夫妻

例 夫婦（ふうふ）になったからには、一生（いっしょう）助（たす）け合（あ）って生（い）きていきたい。
／既然成為夫妻了，希望一輩子同心協力走下去。

文法
からには[既然…，就…]
▶ 表示既然到了這種情況，後面就要「貫徹到底」的說法

たい［想要…］
▶ 表示說話者的內心想做、想要的。

1220 □□□
ふかのう（な）【不可能（な）】
形動 不可能的，做不到的

類 できない
反 できる
例 1週間（しゅうかん）でこれをやるのは、経験（けいけん）からいって不可能（ふかのう）だ。
／要在一星期內完成這個，按照經驗來說是不可能的。

文法
からいって［從…來說］
▶ 表示站在某一立場上來進行判斷。相當於「…から考えると」。

1221 □□□

ふかまる【深まる】 自五 加深，變深

例 このままでは、両国の対立は深まる一方だ。

／再這樣下去，兩國的對立會愈來愈嚴重。

文法 一方だ［越來越…］
▶ 狀況一直朝著一個方向不斷發展。多用於消極、不利的傾向。

1222 □□□

ふかめる【深める】 他下一 加深，加強

例 日本に留学して、知識を深めたい。

／我想去日本留學，研修更多學識。

文法 たい［想要…］
▶ 表示說話者的內心想做、想要的。

1223 □□□

ふきゅう【普及】 名·自サ 普及

例 当時は、テレビが普及しかけた頃でした。

／當時正是電視開始普及的時候。

1224 □□□

ふく【拭く】 他五 擦，抹

類 拭う（ぬぐう）

例 教室と廊下の床は雑巾で拭きます。

／用抹布擦拭教室和走廊的地板。

1225 □□□

ふく【副】 名·漢造 副本，抄件；副；附帶

例 町長にかわって副町長が式に出席した。

／由副鎮長代替鎮長出席了典禮。

文法 にかわって［代替…］
▶ 表示應該由某人做的事，改由其他的人來做。

1226 □□□

ふくむ【含む】 他五·自四 含（在嘴裡）；帶有，包含；瞭解，知道；含蓄；懷（恨）；鼓起；（花）含苞

類 包む（つつむ）

例 料金は、税・サービス料を含んでいます。

／費用含稅和服務費。

ふくめる～ふたたび

1227 □□□

ふくめる【含める】 (他下一) 包含，含括；囑咐，告知，指導

類 入れる

例 東京駅での乗り換えも含めて、片道約３時間かかります。
／包括在東京車站換車的時間在內，單程大約要花三個小時。

1228 □□□

ふくろ・ぶくろ【袋】 (名) 袋子；口袋；囊

例 買ったものを袋に入れる。
／把買到的東西裝進袋子裡。

1229 □□□

ふける【更ける】 (自下一) （秋）深；（夜）闌

例 夜が更けるにつれて、気温は一段と下がってきた。
／隨著夜色漸濃，氣溫也降得更低了。

文法
につれて［隨著…］
▶ 表示隨著前項的進展，同時後項也隨之發生相應的進展。

1230 □□□

ふこう【不幸】 (名) 不幸，倒楣；死亡，喪事

例 夫にも子供にも死なれて、私くらい不幸な女はいない。
／死了丈夫又死了孩子，天底下再沒有像我這樣不幸的女人了。

文法
くらい…はない［沒有…比…的了］
▶ 表示前項程度極高，別的事物都比不上。

1231 □□□

ふごう【符号】 (名) 符號，記號；（數）符號

例 移項すると符号が変わる。
／移項以後正負號要相反。

1232 □□□

ふしぎ【不思議】 (名・形動) 奇怪，難以想像，不可思議

類 神秘（しんぴ）

例 ひどい事故だったので、助かったのが不思議なくらいです。
／因為是很嚴重的事故，所以能得救還真是令人覺得不可思議。

1233 □□□

ふじゆう【不自由】

名·形動·自サ 不自由，不如意，不充裕；(手腳)不聽使喚；不方便

類 不便（ふべん）

例 学校生活が、不自由でしょうがない。

／學校的生活令人感到極不自在。

1234 □□□

ふそく【不足】

名·形動·自サ 不足，不夠，短缺；缺乏，不充分；不滿意，不平

反 過剰（かじょう） 類 足りない（たりない）

例 ダイエット中は栄養が不足しがちだ。

／減重時容易營養不良。

文法

がちだ[容易…]

▶表示即使是無意的，也容易出現某種傾向。一般多用於負面。

1235 □□□

ふた【蓋】

名 (瓶、箱、鍋等)的蓋子；(貝類的)蓋

反 身

類 覆い（おおい）

例 ふたを取ったら、いい匂いがした。

／打開蓋子後，聞到了香味。

1236 □□□

ぶたい【舞台】

名 舞台；大顯身手的地方

類 ステージ

例 舞台に立つからには、いい演技をしたい。

／既然要站上舞台，就想要展露出好的表演。

文法

からには[既然…，就…]

▶表示既然到了這種情況，後面就要「貫徹到底」的說法

たい[想要…]

▶表示說話者的內心想做、想要的。

1237 □□□

ふたたび【再び】

副 再一次，又，重新

類 また

例 この地を再び訪れることができるとは、夢にも思わなかった。

／作夢都沒有想過自己竟然能重返這裡。

ふたて～ふやす

1238 □□□
ふたて【二手】
㊔ 兩路

例 道が二手に分かれている。
／道路分成兩條。

1239 □□□
ふちゅうい（な）【不注意（な）】
形動 不注意，疏忽，大意

類 不用意（ふようい）
例 不注意な言葉で妻を傷つけてしまった。
／我脫口而出的話傷了妻子的心。

1240 □□□
ふちょう【府庁】
㊔ 府辦公室

例 府庁へはどのように行けばいいですか。
／請問該怎麼去府廳（府辦公室）呢？

1241 □□□
ぶつ【物】
名・漢造 大人物；物，東西

例 飛行機への危険物の持ち込みは制限されている。
／禁止攜帶危險物品上飛機。

1242 □□□
ぶっか【物価】
㊔ 物價

類 値段
例 物価が上がったせいか、生活が苦しいです。
／或許是物價上漲的關係，生活很辛苦。

文法
せいか［可能是（因為）…］
▶ 表示發生壞事或不利的原因，但這一原因也不很明確。

1243 □□□
ぶつける
他下一 扔，投；碰，撞，（偶然）碰上，遇上；正當，恰逢；衝突，矛盾

類 打ち当てる（うちあてる）
例 車をぶつけて、修理代を請求された。
／撞上了車，被對方要求求償修理費。

1244 □□□

ぶつり【物理】

㊔（文）事物的道理；物理（學）

Track 55

例 物理の点が悪かったわりには、化学はまあまあだった。

／物理的成績不好，但比較起來化學是算好的了。

文法

わりには［但是相對之下還算…］

▶ 表示結果跟前項條件不成比例、有出入，或不相稱。

1245 □□□

ふなびん【船便】

㊔ 船運

例 船便だと一ヶ月以上かかります。

／船運需花一個月以上的時間。

1246 □□□

ふまん【不満】

名·形動 不滿足，不滿，不平

反 満足（まんぞく）

類 不平（ふへい）

例 不満そうだな。文句があるなら言えよ。

／你好像不太服氣哦？有意見就說出來啊！

1247 □□□

ふみきり【踏切】

㊔（鐵路的）平交道，道口；（轉）決心

例 車で踏切を渡るときは、手前で必ず一時停止する。

／開車穿越平交道時，一定要先在軌道前停看聽。

1248 □□□

ふもと【麓】

㊔ 山腳

例 青木ヶ原樹海は富士山の麓に広がる森林である。

／青木原樹海是位於富士山山麓的一大片森林。

1249 □□□

ふやす【増やす】

他五 繁殖；增加，添加

反 減らす（へらす）

類 増す（ます）

例 LINE の友達を増やしたい。

／我希望增加 LINE 裡面的好友。

文法

たい［想要…］

▶ 表示說話者的內心想做、想要的。

フライがえし～プリペイドカード

1250 □□□

フライがえし【fry 返し】

名（把平底鍋裡煎的東西翻面的用具）鍋鏟

類 ターナー

例 このフライ返しはとても使いやすい。

／這把鍋鏟用起來非常順手。

1251 □□□

フライトアテンダント【flight attendant】

名 空服員

例 フライトアテンダントを目指して、英語を勉強している。

／為了當上空服員而努力學習英文。

1252 □□□

プライバシー【privacy】

名 私生活，個人私密

類 私生活（しせいかつ）

例 自分のプライバシーは自分で守る。

／自己的隱私自己保護。

1253 □□□

フライパン【frypan】

名 平底鍋

例 フライパンで、目玉焼きを作った。／我用平底鍋煎了荷包蛋。

1254 □□□

ブラインド【blind】

名 百葉窗，窗簾，遮光物

例 姉の部屋はカーテンではなく、ブラインドを掛けています。

／姊姊的房間裡掛的不是窗簾，而是百葉窗。

1255 □□□

ブラウス【blouse】

名（多半為女性穿的）罩衫，襯衫

例 お姉ちゃん、ピンクのブラウス貸してよ。

／姊姊，那件粉紅色的襯衫借我穿啦！

1256 □□□

プラス【plus】

名・他サ（數）加號，正號；正數；有好處，利益；加（法）；陽性

反 マイナス　類 加算（かさん）

例 アルバイトの経験は、社会に出てからきっとプラスになる。

／打工時累積的經驗，在進入社會以後一定會有所助益。

1257 □□□
プラスチック【plastic•plastics】 ㊔（化）塑膠，塑料

例 これはプラスチックをリサイクルして作った服です。
／這是用回收塑膠製成的衣服。

1258 □□□
プラットホーム【platform】 ㊔ 月台

補 略稱：ホーム

例 プラットホームでは、黄色い線の内側を歩いてください。
／在月台上行走時請勿超越黃線。

1259 □□□
ブランド【brand】 ㊔（商品的）牌子；商標

類 銘柄（めいがら）

例 ブランド品はネットでもたくさん販売されています。
／有很多名牌商品也在網購或郵購通路上販售。

1260 □□□
ぶり【振り】 造語 樣子，狀態

例 彼は、勉強ぶりの割には大した成績ではない。
／他儘管很用功，可是成績卻不怎麼樣。

1261 □□□
ぶり【振り】 造語 相隔

例 人気俳優のブルース・チェンが５年ぶりに来日した。
／當紅演員布魯斯·陳時隔五年再度訪日。

1262 □□□
プリペイドカード【prepaid card】 ㊔ 預先付款的卡片（電話卡、影印卡等）

例 これは国際電話用のプリペイドカードです。
／這是可撥打國際電話的預付卡。

1263 □□□
プリンター
【printer】
㊔ 印表機；印相片機

例 新しいプリンターがほしいです。
／我想要一台新的印表機。

文法
がほしい［想要…］
▶ 表示説話者希望得到某物。

1264 □□□
ふる
【古】
名·漢造 舊東西；舊，舊的

例 古新聞をリサイクルに出す。
／把舊報紙拿去回收。

1265 □□□
ふる
【振る】
他五 揮，搖；撒，丟；（俗）放棄，犧牲（地位等）；謝絕，拒絕；派分；在漢字上註假名；（使方向）偏於

類 振るう
例 バスが見えなくなるまで手を振って見送った。
／不停揮手目送巴士駛離，直到車影消失了為止。

1266 □□□
フルーツ
【fruits】
㊔ 水果

類 果物（くだもの）
例 10年近く、毎朝フルーツジュースを飲んでいます。
／近十年來，每天早上都會喝果汁。

1267 □□□
ブレーキ
【brake】
㊔ 煞車；制止，控制，潑冷水

類 制動機（せいどうき）
例 何かが飛び出してきたので、慌ててブレーキを踏んだ。
／突然有東西跑出來，我便緊急地踩了煞車。

1268 □□□
ふろ（ば）
【風呂（場）】
㊔ 浴室，洗澡間，浴池

類 バス
補 風呂（ふろ）：澡堂；浴池；洗澡用熱水。
例 風呂に入りながら音楽を聴くのが好きです。
／我喜歡一邊泡澡一邊聽音樂。

1269 □□□

ふろや
【風呂屋】

㊔ 浴池，澡堂

例 家の風呂が壊れたので、生まれてはじめて風呂屋に行った。
／由於家裡的浴室故障了，我有生以來第一次上了大眾澡堂。

1270 □□□

ブログ
【blog】

㊔ 部落格

例 このごろ、ブログの更新が遅れがちです。
／最近部落格似乎隔比較久才發新文。

1271 □□□

プロ
【professional 之略】

㊔ 職業選手，專家

反 アマ
類 玄人（くろうと）

例 この店の商品はプロ向けです。
／這家店的商品適合專業人士使用。

1272 □□□

ぶん
【分】

名·漢造 部分；份；本分；地位

例 わーん！お兄ちゃんが僕の分も食べたー！
／哇！哥哥把我的那一份也吃掉了啦！

1273 □□□

ぶんすう
【分数】

㊔（數學的）分數

例 小学４年生のときに分数を習いました。
／我在小學四年級時已經學過「分數」了。

1274 □□□

ぶんたい
【文体】

㊔（某時代特有的）文體；（某作家特有的）風格

例 漱石の文体をまねる。
／模仿夏目漱石的文章風格。

1275 □□□

ぶんぼうぐ
【文房具】

㊔ 文具，文房四寶

例 文房具屋さんで、消せるボールペンを買ってきた。
／去文具店買了可擦拭鋼珠筆。

へ へいき～へやだい

1276 □□□ Track 56

へいき【平気】 (名·形動) 鎮定，冷靜；不在乎，不介意，無動於衷

類 平静（へいせい）

例 たとえ何を言われても、私は平気だ。
／不管別人怎麼說，我都無所謂。

文法
たとえ…ても[即使…也…]
▶ 表示讓步關係，即使是在前項極端的條件下，後項結果仍然成立。

1277 □□□

へいきん【平均】 (名·自サ·他サ) 平均；(數) 平均值；平衡，均衡

類 均等（きんとう）

例 集めたデータの平均を計算しました。／計算了彙整數據的平均值。

1278 □□□

へいじつ【平日】 (名) (星期日、節假日以外) 平日；平常，平素

反 休日（きゅうじつ） 類 普段（ふだん）

例 デパートは平日でさえこんなに込んでいるのだから、日曜日はすごいだろう。
／百貨公司連平日都那麼擁擠，禮拜日肯定就更多吧。

文法
でさえ[連；甚至]
▶ 用在理所當然的是都不能了，其他的是就更不用說了。

1279 □□□

へいたい【兵隊】 (名) 士兵，軍人；軍隊

例 祖父は兵隊に行っていたとき死にかけたそうです。
／聽說爺爺去當兵時差點死了。

1280 □□□

へいわ【平和】 (名·形動) 和平，和睦

反 戦争（せんそう） 類 太平（たいへい）；ピース

例 広島で、原爆ドームを見て、心から世界の平和を願った。
／在廣島參觀了原爆圓頂館，由衷祈求世界和平。

1281 □□□

へそ【臍】 (名) 肚臍；物體中心突起部分

例 おへそを出すファッションがはやっている。
／現在流行將肚臍外露的造型。

1282 □□□

べつ
【別】

㊔名·形動·漢造 分別，區分；分別

例 お金が足りないなら、別の方法がないこともない。
／如果錢不夠的話，也不是沒有其他辦法。

文法
ないこともない［並不是不…］
▶ 使用雙重否定，表示雖然不是全面肯定，但也有那樣的可能性。

1283 □□□

べつに
【別に】

副（後接否定）不特別

類 特に

例 別に教えてくれなくてもかまわないよ。
／不教我也沒關係。

1284 □□□

べつべつ
【別々】

形動 各自，分別

類 それぞれ

例 支払いは別々にする。／各付各的。

1285 □□□

ベテラン
【veteran】

名 老手，內行

類 達人（たつじん）

例 たとえベテランだったとしても、この機械を修理するのは難しいだろう。
／修理這台機器，即使是內行人也感到很棘手的。

文法
たとえ…ても［即使…也…］
▶ 表示讓步關係，即使是在前項極端的條件下，後項結果仍然成立。

としても［即使…，也…］
▶ 表示假設前項是事實或成立，後項也不會起有效的作用。

1286 □□□

へやだい
【部屋代】

名 房租；旅館住宿費

例 部屋代は前の月の終わりまでに払うことになっている。
／房租規定必須在上個月底前繳交。

文法
ことになっている［按規定…］
▶ 表示約定或約束人們生活行為的各種規定、法律以及一些慣例。

1287 □□□
へらす【減らす】
㊀他五 減，減少；削減，縮減；空（腹）

反 増やす（ふやす）
類 削る（けずる）
例 あまり急に体重を減らすと、体を壊すおそれがある。
／如果急速減重，有可能把身體弄壞了。

文法
恐れがある［恐怕會…］
▶ 表示有發生某種消極事件的可能性。只限於用在不利的事件。

1288 □□□
ベランダ【veranda】
名 陽台；走廊

類 バルコニー
例 母は朝晩必ずベランダの花に水をやります。
／媽媽早晚都一定會幫種在陽台上的花澆水。

1289 □□□
へる【経る】
自下一（時間、空間、事物）經過，通過

例 終戦から 70 年を経て、当時を知る人は少なくなった。
／二戰結束過了七十年，經歷過當年那段日子的人已愈來愈少了。

1290 □□□
へる【減る】
自五 減，減少；磨損；（肚子）餓

反 増える（ふえる）
類 減じる（げんじる）
例 運動しているのに、思ったほど体重が減らない。
／明明有做運動，但體重減輕的速度卻不如預期。

文法
ほど…ない［沒那麼…］
▶ 表示程度並沒有那麼高。

1291 □□□
ベルト【belt】
名 皮帶；（機）傳送帶；（地）地帶

類 帯（おび）
例 ベルトの締め方によって、感じが変わりますね。
／繫皮帶的方式一改變，整個感覺就不一樣了。

1292 □□□
ヘルメット【helmet】
名 安全帽；頭盔，鋼盔

例 自転車に乗るときもヘルメットをかぶった方がいい。
／騎自行車時最好也戴上安全帽。

讀書計劃：□□／□□

1293 □□□

へん
【偏】

㊔名·漢造㊕ 漢字的（左）偏旁；偏，偏頗

例 衣偏は、「衣」という字と形がだいぶ違います。
／衣字邊和「衣」的字形差異很大。

1294 □□□

へん
【編】

㊔名·漢造㊕ 編，編輯；（詩的）卷

例 駅には県観光協会編の無料のパンフレットが置いてある。
／車站擺放著由縣立觀光協會編寫的免費宣傳手冊。

1295 □□□

へんか
【変化】

㊔名·自サ㊕ 變化，改變；（語法）變形，活用

類 変動（へんどう）

例 街の変化はとても激しく、別の場所に来たのかと思うぐらいです。
／城裡的變化，大到幾乎讓人以為來到別處似的。

文法
ぐらい［幾乎…］
▶ 進一步說明前句的動作或狀態的程度，舉出具體事例來。相當於「…ほど」。

1296 □□□

ペンキ
【(荷)pek】

㊔名㊕ 油漆

例 ペンキが乾いてからでなければ、座れない。
／不等油漆乾就不能坐。

文法
てからでなければ［不…就不能…］
▶ 表示如果不先做前項，就不能做後項。

1297 □□□

へんこう
【変更】

㊔名·他サ㊕ 變更，更改，改變

類 変える

例 予定を変更することなく、すべての作業を終えた。
／一路上沒有更動原定計畫，就做完了所有的工作。

1298 □□□

べんごし
【弁護士】

㊔名㊕ 律師

例 将来は弁護士になりたいと考えています。
／我以後想要當律師。

文法
たい［想要…］
▶ 表示說話者的內心想做、想要的。

1299 □□□ **ベンチ【bench】**

名 長凳，長椅；（棒球）教練、選手席

類 椅子

例 公園には小さなベンチがありますよ。

／公園裡有小型的長條椅喔。

1300 □□□ **べんとう【弁当】**

名 便當，飯盒

例 外食は高いので、毎日お弁当を作っている。

／由於外食太貴了，因此每天都自己做便當。

ほ

1301 □□□ **ほ・ぽ【歩】**

Track 57

名・漢造 步，步行；（距離單位）步

例 友達以上恋人未満の関係から一歩進みたい。

／希望能由目前「是摯友但還不是情侶」的關係再更進一步。

文法

たい［想要…］

▶ 表示說話者的內心想做、想要的。

1302 □□□ **ほいくえん【保育園】**

名 幼稚園，保育園

類 保育所（ほいくしょ）

比 保育園：通稱。多指面積較大、私立。

保育所：正式名稱。多指面積較小、公立。

例 妹は2歳から保育園に行っています。

／妹妹從兩歲起就讀育幼園。

1303 □□□ **ほいくし【保育士】**

名 保育士

例 あの保育士は、いつも笑顔で元気がいいです。

／那位幼教老師的臉上總是帶著笑容、精神奕奕的。

1304 □□□ **ぼう【防】**

漢造 防備，防止；堤防

例 病気はできるだけ予防することが大切だ。

／盡可能事前預防疾病非常重要。

1305 □□□

ほうこく
【報告】

(名·他サ) 報告，匯報，告知

類 報知（ほうち）；レポート

例 忙しさのあまり、報告を忘れました。

／因為太忙了，而忘了告知您。

1306 □□□

ほうたい
【包帯】

(名·他サ)（醫）繃帶

例 傷口を消毒してガーゼを当て、包帯を巻いた。

／將傷口消毒後敷上紗布，再纏了繃帶。

1307 □□□

ほうちょう
【包丁】

(名) 菜刀；廚師；烹調手藝

類 ナイフ

例 刺身を包丁でていねいに切った。

／我用刀子謹慎地切生魚片。

1308 □□□

ほうほう
【方法】

(名) 方法，辦法

類 手段（しゅだん）

例 こうなったら、もうこの方法しかありません。

／事已至此，只能用這個辦法了。

1309 □□□

ほうもん
【訪問】

(名·他サ) 訪問，拜訪

類 訪れる（おとずれる）

例 彼の家を訪問したところ、たいそう立派な家だった。

／拜訪了他家，這才看到是一棟相當氣派的宅邸。

1310 □□□

ぼうりょく
【暴力】

(名) 暴力，武力

例 親に暴力をふるわれて育った子供は、自分も暴力をふるいがちだ。

／在成長過程中受到家暴的孩童，自己也容易有暴力傾向。

文法

がちだ［容易…］

▶ 表示即使是無意的，也容易出現某種傾向。一般多用於負面。

1311 □□□
ほお
【頬】
㊔ 頬，臉蛋

類 ほほ

例 この子はいつもほおが赤い。
／這孩子的臉蛋總是紅通通的。

1312 □□□
ボーナス
【bonus】
㊔ 特別紅利，花紅；獎金，額外津貼，紅利

例 ボーナスが出ても、使わないで貯金します。
／就算領到獎金也沒有花掉，而是存起來。

1313 □□□
ホーム
【platform 之略】
㊔ 月台

類 プラットホーム

例 ホームに入ってくる快速列車に飛び込みました。
／趁快速列車即將進站時，一躍而下（跳軌自殺）。

1314 □□□
ホームページ
【homepage】
㊔ 網站，網站首頁

例 詳しくは、ホームページをご覧ください。
／詳細內容請至網頁瀏覽。

1315 □□□
ホール
【hall】
㊔ 大廳；舞廳；（有舞台與觀眾席的）會場

例 新しい県民会館には、大ホールと小ホールがある。
／新落成的縣民會館裡有大禮堂和小禮堂。

1316 □□□
ボール
【ball】
㊔ 球；（棒球）壞球

例 東日本大震災で流されたサッカーボールが、アラスカに着いた。
／在日本三一一大地震中被沖到海裡的足球漂到了阿拉斯加。

1317 □□□
ほけんじょ
【保健所】
㊔ 保健所，衛生所

例 保健所で健康診断を受けてきた。
／在衛生所做了健康檢查。

讀書計劃：□□／□□

1318 □□□ **ほけんたいいく【保健体育】** ㊔（國高中學科之一）保健體育

例 保健体育(ほけんたいいく)の授業(じゅぎょう)が一番(いちばん)好(す)きです。
／我最喜歡上健康體育課。

1319 □□□ **ほっと** （副・自サ）嘆氣貌；放心貌

類 安心する（あんしんする）
例 父(ちち)が今日(きょう)を限(かぎ)りにたばこをやめたので、ほっとした。
／聽到父親決定從明天起要戒菸，著實鬆了一口氣。

1320 □□□ **ポップス【pops】** ㊔ 流行歌，通俗歌曲（「ポピュラーミュージック」之略稱）

例 80 年代(ねんだい)のポップスが最近(さいきん)またはやり始(はじ)めた。
／最近又開始流行起八〇年代的流行歌了。

1321 □□□ **ほね【骨】** ㊔ 骨頭；費力氣的事

例 風呂場(ふろば)で滑(すべ)って骨(ほね)が折(お)れた。
／在浴室滑倒而骨折了。

1322 □□□ **ホラー【horror】** ㊔ 恐怖，戰慄

例 ホラー映画(えいが)は好(す)きじゃありません。
／不大喜歡恐怖電影。

1323 □□□ **ボランティア【volunteer】** ㊔ 志願者，志工

例 ボランティアで、近所(きんじょ)の道路(どうろ)のごみ拾(ひろ)いをしている。
／義務撿拾附近馬路上的垃圾。

1324 □□□ **ポリエステル【polyethylene】** ㊔（化學）聚乙稀，人工纖維

例 ポリエステルの服(ふく)は汗(あせ)をほとんど吸(す)いません。
／人造纖維的衣服幾乎都不吸汗。

ぼろぼろ（な）～まかせる

1325 □□□

ぼろぼろ（な）

(名·副·形動)（衣服等）破爛不堪；（粒狀物）散落貌

例 ぼろぼろな財布（さいふ）ですが、お気（き）に入（い）りのものなので捨（す）てられません。
／我的錢包雖然已經變得破破爛爛的了，可是因為很喜歡，所以捨不得丟掉。

1326 □□□

ほんじつ【本日】

(名) 本日，今日

類 今日

例 こちらが本日（ほんじつ）のお薦（すす）めのメニューでございます。
／這是今日的推薦菜單。

1327 □□□

ほんだい【本代】

(名) 買書錢

例 一ヶ月（いっかげつ）の本代（ほんだい）は3,000円（えん）ぐらいです。
／我每個月大約花三千日圓買書。

1328 □□□

ほんにん【本人】

(名) 本人

類 当人（とうにん）

例 本人（ほんにん）であることを確認（かくにん）してからでないと、書類（しょるい）を発行（はっこう）できません。
／如尚未確認他是本人，就沒辦法發放這份文件。

文法

てからでないと［不…就不能…］

▶ 表示如果不先做前項，就不能做後項。

1329 □□□

ほんねん【本年】

(名) 本年，今年

類 今年

例 昨年（さくねん）はお世話（せわ）になりました。本年（ほんねん）もよろしくお願（ねが）いいたします。
／去年承蒙惠予照顧，今年還望您繼續關照。

1330 □□□

ほんの

(連體) 不過，僅僅，一點點

類 少し

例 お米（こめ）があとほんの少（すこ）ししかないから、買（か）ってきて。
／米只剩下一點點而已，去買回來。

1331 □□□

まい
【毎】

(接頭) 毎

Track 58

例 子どものころ毎朝牛乳を飲んだ割には、背が伸びなかった。
／儘管小時候每天早上都喝牛奶，可是還是沒長高。

1332 □□□

マイク
【mike】

(名) 麥克風

例 彼は、カラオケでマイクを握ると離さない。
／一旦他握起麥克風，就會忘我地開唱。

1333 □□□

マイナス
【minus】

(名・他サ)（數）減，減法；減號，負數；負極；（溫度）零下

反 プラス　類 差し引く（さしひく）

例 この問題は、わが社にとってマイナスになるに決まっている。
／這個問題，對我們公司而言肯定是個負面影響。

文法
に決まっている［肯定是…］
▶ 說話者根據事物的規律，覺得一定是這樣，充滿自信的推測。

1334 □□□

マウス
【mouse】

(名) 滑鼠；老鼠

類 ねずみ

例 マウスを持ってくるのを忘れました。
／我忘記把滑鼠帶來了。

1335 □□□

まえもって
【前もって】

(副) 預先，事先

例 いつ着くかは、前もって知らせます。
／會事先通知什麼時候抵達。

1336 □□□

まかせる
【任せる】

(他下一) 委託，託付；聽任，隨意；盡力，盡量

類 委託（いたく）

例 この件については、あなたに任せます。
／關於這一件事，就交給你了。

まく～マスター

1337 □□□

まく 【巻く】	自五·他五 形成漩渦；喘不上氣來；捲；纏繞；上發條；捲起；包圍；（登山）迂迴繞過險處；（連歌，俳諧）連吟

類 丸める

例 今日（きょう）は寒（さむ）いからマフラーを巻（ま）いていこう。

／今天很冷，裹上圍巾再出門吧。

1338 □□□

まくら 【枕】	名 枕頭

例 ホテルで、枕（まくら）が合（あ）わなくて、よく眠（ねむ）れなかった。

／旅館裡的枕頭睡不慣，沒能睡好。

1339 □□□

まけ 【負け】	名 輸，失敗；減價；（商店送給客戶的）贈品

反 勝ち　類 敗（はい）

例 今回（こんかい）は、私（わたし）の負（ま）けです。

／這次是我輸了。

1340 □□□

まげる 【曲げる】	他下一 彎，曲；歪，傾斜；扭曲，歪曲；改變，放棄；（當舖裡的）典當；偷，竊

類 折る

例 膝（ひざ）を曲（ま）げると痛（いた）いので、病院（びょういん）に行（い）った。

／膝蓋一彎就痛，因此去了醫院。

1341 □□□

まご 【孫】	名·造語 孫子；隔代，間接

例 孫（まご）がかわいくてしょうがない。

／孫子真是可愛極了。

1342 □□□

まさか	副（後接否定語氣）絕不…，總不會…，難道；萬一，一旦

類 いくら何でも

例 まさか彼（かれ）が来（く）るとは思（おも）わなかった。

／萬萬也沒料到他會來。

1343 □□□ **まざる【混ざる】** 自五 混雜，夾雜

類 混入（こんにゅう）

比 混合後沒辦法區分出原來的東西。例：混色、混音。

例 いろいろな絵の具が混ざって、不思議な色になった。

／裡面夾帶著多種水彩，呈現出很奇特的色彩。

1344 □□□ **まざる【交ざる】** 自五 混雜，交雜，夾雜

類 交じる（まじる）

比 混合後仍能區分出各自不同的東西。例：長白髮、卡片。

例 ハマグリのなかにアサリが一つ交ざっていました。

／在這鍋蚌的裡面摻進了一顆蛤蜊。

1345 □□□ **まし（な）** 形動（比）好些，勝過；像樣

例 もうちょっとましな番組を見たらどうですか。

／你難道不能看比較像樣一些的電視節目嗎？

1346 □□□ **まじる【混じる・交じる】** 自五 夾雜，混雜；加入，交往，交際

類 混ざる（まざる）

例 ご飯の中に石が交じっていた。

／米飯裡面摻雜著小的石子。

1347 □□□ **マスコミ【mass communication之略】** 名（透過報紙、廣告、電視或電影等向群眾進行的）大規模宣傳；媒體（「マスコミュニケーション」之略稱）

例 マスコミに追われているところを、うまく逃げ出せた。

／順利擺脫了蜂擁而上的採訪媒體。

1348 □□□ **マスター【master】** 名・他サ 老闆；精通

例 日本語をマスターしたい。

／我想精通日語。

文法

たい［想要…］

▸ 表示説話者的內心想做、想要的。

あ か さ た な は ま や ら わ ん 練習

ますます～まつり

1349 □□□

ますます【益々】

㊀ 越發，益發，更加

類 どんどん

例 若者（わかもの）向（む）けの商品（しょうひん）が、ますます増（ふ）えている。

／迎合年輕人的商品是越來越多。

文法

向（む）けの［適合於…的］

▶ 表示以前項為對象，而做後項的事物。

1350 □□□

まぜる【混ぜる】

他下一 混入；加上，加進；攙，攪拌

類 混ぜ合わせる

例 ビールとジュースを混（ま）ぜるとおいしいです。

／將啤酒和果汁加在一起很好喝。

1351 □□□

まちがい【間違い】

名 錯誤，過錯；不確實

例 試験（しけん）で時間（じかん）が余（あま）ったので、間違（まちが）いがないか見直（みなお）した。

／考試時還有多餘的時間，所以檢查了有沒有答錯的地方。

1352 □□□

まちがう【間違う】

他五・自五 做錯，搞錯；錯誤

類 誤る（あやまる）

例 緊張（きんちょう）のあまり、字（じ）を間違（まちが）ってしまいました。

／太過緊張，而寫錯了字。

1353 □□□

まちがえる【間違える】

他下一 錯；弄錯

例 先生（せんせい）は、間違（まちが）えたところを直（なお）してくださいました。

／老師幫我訂正了錯誤的地方。

1354 □□□

まっくら【真っ暗】

名・形動 漆黑；（前途）黯淡

例 日（ひ）が暮（く）れるのが早（はや）くなったねえ。もう真（ま）っ暗（くら）だよ。

／太陽愈來愈快下山了呢。已經一片漆黑了呀。

1355 □□□

まっくろ【真っ黒】

名・形動 漆黑，烏黑

例 日差（ひざ）しで真（ま）っ黒（くろ）になった。／被太陽晒得黑黑的。

1356 □□□

まつげ【まつ毛】

㊔ 睫毛

Track 59

例 まつ毛がよく抜けます。

／我常常掉睫毛。

1357 □□□

まっさお【真っ青】

名·形動 蔚藍，深藍；（臉色）蒼白

例 医者の話を聞いて、母の顔は真っ青になった。

／聽了醫師的診斷後，媽媽的臉色變得慘白。

1358 □□□

まっしろ【真っ白】

名·形動 雪白，淨白，皓白

反 真っ黒（まっくろ）

例 雪で辺り一面真っ白になりました。

／雪把這裡變成了一片純白的天地。

文法

▶ 近 ようになる[（變得）…了]

1359 □□□

まっしろい【真っ白い】

形 雪白的，淨白的，皓白的

反 真っ黒い（まっくろい）

例 真っ白い雪が降ってきた。

／下起雪白的雪來了。

1360 □□□

まったく【全く】

副 完全，全然；實在，簡直；（後接否定）絕對，完全

類 少しも

例 facebook で全く知らない人から友達申請が来た。

／有陌生人向我的臉書傳送了交友邀請。

1361 □□□

まつり【祭り】

名 祭祀；祭日，廟會祭典

例 祭りは今度の金・土・日です。

／祭典將在下週五六日舉行。

まとまる～マフラー

1362 □□□

まとまる【纏まる】

(自五) 解決，商訂，完成，談妥；湊齊，湊在一起；集中起來，概括起來，有條理

類 調う（ととのう）

例 みんなの意見がなかなかまとまらない。

／大家的意見遲遲無法整合。

1363 □□□

まとめる【纏める】

(他下一) 解決，結束；總結，概括；匯集，收集；整理，收拾

類 整える（ととのえる）

例 クラス委員を中心に、意見をまとめてください。

／請以班級委員為中心，整理一下意見。

文法

を中心に［以…為中心］

▶ 表示前項是後項行為、狀態的中心。

1364 □□□

まどり【間取り】

(名)（房子的）房間佈局，採間，平面佈局

例 このマンションは、間取りはいいが、日当たりがよくない。

／雖然這棟大廈的隔間還不錯，但是採光不太好。

1365 □□□

マナー【manner】

(名) 禮貌，規矩；態度舉止，風格

類 礼儀（れいぎ）

例 食事のマナーは国ごとに違います。

／各個國家的用餐禮儀都不同。

1366 □□□

まないた【まな板】

(名) 切菜板

例 プラスチックより木のまな板のほうが好きです。

／比起塑膠砧板，我比較喜歡木材砧板。

1367 □□□

まにあう【間に合う】

(自五) 來得及，趕得上；夠用

類 役立つ（やくだつ）

例 タクシーに乗らなくちゃ、間に合わないですよ。

／要是不搭計程車，就來不及了唷！

文法

なくちゃ［不…不行］

▶ 表示受限於某個條件而必須要做，如果不做，會有不好的結果發生。

讀書計劃：□□／□□

1368 □□□
まにあわせる【間に合わせる】
連語 臨時湊合，就將；使來得及，趕出來

例 心配(しんぱい)いりません。提出締切日(ていしゅつしめきりび)には間(ま)に合(あ)わせます。
／不必擔心，我一定會在截止期限之前繳交的。

1369 □□□
まねく【招く】
他五（搖手、點頭）招呼；招待，宴請；招聘，聘請；招惹，招致

類 迎える（むかえる）
例 大使館(たいしかん)のパーティーに招(まね)かれた。
／我受邀到大使館的派對。

1370 □□□
まねる【真似る】
他下一 模效，仿效

類 似せる
例 オウムは人(ひと)の言葉(ことば)をまねることができる。
／鸚鵡會學人說話。

1371 □□□
まぶしい【眩しい】
形 耀眼，刺眼的；華麗奪目的，鮮豔的，刺目

類 輝く（かがやく）
例 雲(くも)の間(あいだ)から、まぶしい太陽(たいよう)が出(で)てきた。
／耀眼的太陽從雲隙間探了出來。

1372 □□□
まぶた【瞼】
名 眼瞼，眼皮

例 まぶたを閉(と)じると、思(おも)い出(で)が浮(う)かんできた。
／闔上眼瞼，回憶則一一浮現。

1373 □□□
マフラー【muffler】
名 圍巾；（汽車等的）滅音器

例 暖(あたた)かいマフラーをもらった。
／我收到了暖和的圍巾。

まもる～みおくり

1374 □□□
まもる【守る】
他五 保衛，守護；遵守，保守；保持（忠貞）；（文）凝視

類 保護（ほご）
例 心配いらない。君は僕が守る。
／不必擔心，我會保護你。

1375 □□□
まゆげ【眉毛】
名 眉毛

例 息子の眉毛は主人にそっくりです。
／兒子的眉毛和他爸爸長得一模一樣。

1376 □□□
まよう【迷う】
自五 迷，迷失；困惑；迷戀；（佛）執迷；（古）（毛線、線繩等）絮亂，錯亂

反 悟る（さとる） 類 惑う（まどう）
例 山の中で道に迷う。
／在山上迷路。

1377 □□□
まよなか【真夜中】
名 三更半夜，深夜

類 夜
反 真昼
例 大きな声が聞こえて、真夜中に目が覚めました。
／我在深夜被提高嗓門說話的聲音吵醒了。

1378 □□□
マヨネーズ【mayonnaise】
名 美乃滋，蛋黃醬

例 マヨネーズはカロリーが高いです。
／美奶滋的熱量很高。

1379 □□□
まる【丸】
名・造語・接頭・接尾 圓形，球狀；句點；完全

例 テスト、丸は三つだけで、あとは全部ばつだった。
／考試只寫對了三題，其他全都是錯的。

文法
だけ［只；僅僅］
▶ 表示只限於某範圍，除此以外沒有別的了。

讀書計劃：□□／□□

1380 □□□ **まるで**

副（後接否定）簡直，全部，完全；好像，宛如，恰如

類 さながら

例 そこはまるで夢のように美しかった。
／那裡簡直和夢境一樣美麗。

文法
ように［如同…］
▶ 說話者以其他具體的人事物為例來陳述某件事物的性質。

1381 □□□ **まわり【回り】**

名・接尾 轉動；走訪，巡迴；周圍；周，圈

類 身の回り

例 日本の回りは全部海です。
／日本四面環海。

1382 □□□ **まわり【周り】**

名 周圍，周邊

類 周囲（しゅうい）

例 周りの人のことは気にしなくてもかまわない。
／不必在乎周圍的人也沒有關係！

1383 □□□ **マンション【mansion】**

名 公寓大廈；（高級）公寓

例 高級マンションに住む。／住高級大廈。

1384 □□□ **まんぞく【満足】**

名・自他サ・形動 滿足，令人滿意的，心滿意足；滿足，符合要求；完全，圓滿

反 不満　類 満悦（まんえつ）

例 社長がこれで満足するわけがない。
／總經理不可能這樣就會滿意。

文法
わけがない［不可能…］
▶ 表示從道理上而言，強烈地主張不可能或沒有理由成立。

み

1385 □□□ **みおくり【見送り】**

名 送行；靜觀，觀望；（棒球）放著好球不打

反 迎え　類 送る

例 彼の見送り人は50人以上いた。／給他送行的人有50人以上。

みおくる～みらい

1386 □□□
みおくる【見送る】
(他五) 目送；送行，送別；送終；觀望，等待（機會）

例 私は彼女を見送るために、羽田空港へ行った。
／我去羽田機場給她送行。

1387 □□□
みかける【見掛ける】
(他下一) 看到，看出，看見；開始看

例 あの赤い頭の人はよく駅で見かける。
／常在車站裡看到那個頂著一頭紅髮的人。

1388 □□□
みかた【味方】
(名・自サ) 我方，自己的這一方；夥伴

例 何があっても、僕は君の味方だ。
／無論發生什麼事，我都站在你這邊。

1389 □□□
ミシン【sewingmachine之略】
(名) 縫紉機

例 ミシンでワンピースを縫った。
／用縫紉機車縫洋裝。

1390 □□□
ミス【Miss】
(名) 小姐，姑娘

類 嬢（じょう）

例 ミス・ワールド日本代表に挑戦したいと思います。
／我想挑戰看看世界小姐選美的日本代表。

文法
たい［想要…］
▶ 表示說話者的內心想做、想要的。

1391 □□□
ミス【miss】
(名・自サ) 失敗，錯誤，差錯

類 誤り（あやまり）

例 どんなに言い訳しようとも、ミスはミスだ。
／不管如何狡辯，失誤就是失誤！

1392 □□□
みずたまもよう【水玉模様】
(名) 小圓點圖案

例 娘は水玉模様が好きです。／女兒喜歡點點的圖案。

1393 □□□

みそしる【味噌汁】 ㊔ 味噌湯

例 みそ汁は豆腐とねぎのが好きです。
／我喜歡裡面有豆腐和蔥的味噌湯。

1394 □□□

ミュージカル【musical】 ㊔ 音樂劇；音樂的，配樂的

類 芝居

例 オペラよりミュージカルの方が好きです。
／比起歌劇表演，我比較喜歡看歌舞劇。

1395 □□□

ミュージシャン【musician】 ㊔ 音樂家

類 音楽家

例 小学校の同級生がミュージシャンになりました。
／我有位小學同學成為音樂家了。

1396 □□□

みょう【明】 接頭 （相對於「今」而言的）明

例 明日はどういうご予定ですか。／請問明天有什麼預定行程嗎？

1397 □□□

みょうごにち【明後日】 ㊔ 後天

類 明後日（あさって）

例 明後日は文化の日につき、休業いたします。
／基於後天是文化日（11月3日），歇業一天。

文法
につき[因…]
▶ 接在名詞後面，表示其原因、理由。

1398 □□□

みょうじ【名字・苗字】 ㊔ 姓，姓氏

例 日本人の名字は漢字の２字のものが多い。
／很多日本人的名字是兩個漢字。

1399 □□□

みらい【未来】 ㊔ 將來，未來；（佛）來世

例 未来は若い君たちのものだ。／未來是屬於你們年輕人的。

ミリ～むける

1400 □□□

ミリ
【(法)millimetre 之略】

(造語·名) 毫，千分之一；毫米，公厘

例 1時間100ミリの雨は、怖く感じるほどだ。
／一小時下一百公釐的雨量，簡直讓人覺得可怕。

文法
ほど［得令人］
▶ 表示動作或狀態處於某種程度。

1401 □□□

みる
【診る】

(他上一) 診察

例 風邪気味なので、医者に診てもらった。
／覺得好像感冒了，所以去給醫師診察。

文法
気味［有點…；趨勢］
▶ 表示身心、情況等有這種傾向，用在主觀的判斷。多用於消極。

1402 □□□

ミルク
【milk】

(名) 牛奶；煉乳

例 紅茶にはミルクをお入れしますか。
／要為您在紅茶裡加牛奶嗎？

1403 □□□

みんかん
【民間】

(名) 民間；民營，私營

例 民間でできることは民間にまかせよう。
／人民可以完成的事就交給人民去做。

1404 □□□

みんしゅ
【民主】

(名) 民主，民主主義

例 あの国の民主主義はまだ育ちかけだ。
／那個國家的民主主義才剛開始萌芽。

文法
かけた［剛…；開始…］
▶ 表示動作，行為已經開始，正在進行途中，但還沒有結束。

む

1405 □□□

Track 61

むかい
【向かい】

(名) 正對面

類 正面（しょうめん）

例 向かいの家には、誰が住んでいますか。／誰住在對面的房子？

讀書計劃：□□／□□

1406 □□□ **むかえ【迎え】**

㊔ 迎接；去迎接的人；接，請

反 見送り（みおくり）
類 歓迎（かんげい）
例 迎えの車が、なかなか来ません。／接送的車遲遲不來。

1407 □□□ **むき【向き】**

㊔ 方向；適合，合乎；認真，慎重其事；傾向，趨向；（該方面的）人，人們

類 方向（ほうこう）
例 この雑誌は若い女性向きです。
／這本雜誌是以年輕女性為取向。

1408 □□□ **むく【向く】**

自五·他五 朝，向，面；傾向，趨向；適合；面向，著

類 対する（たいする）
例 下を向いてスマホを触りながら歩くのは事故のもとだ。
／走路時低頭滑手機是導致意外發生的原因。

1409 □□□ **むく【剝く】**

他五 剝，削

類 薄く切る（うすくきる）
例 りんごをむいてあげましょう。
／我替你削蘋果皮吧。

1410 □□□ **むける【向ける】**

自他下一 向，朝，對；差遣，派遣；撥用，用在

類 差し向ける（さしむける）
例 銀行強盗は、銃を行員に向けた。
／銀行搶匪拿槍對準了行員。

1411 □□□ **むける【剝ける】**

自下一 剝落，脫落

例 ジャガイモの皮が簡単にむける方法を知っていますか。
／你知道可以輕鬆剝除馬鈴薯皮的妙招嗎？

むじ～めい

1412 □□□

むじ【無地】 ㊔ 素色

類 地味（じみ）

例 色を問わず、無地の服が好きだ。

／不分顏色，我喜歡素面的衣服。

1413 □□□

むしあつい【蒸し暑い】 ㊒ 悶熱的

類 暑苦しい（あつくるしい）

例 昼間は蒸し暑いから、朝のうちに散歩に行った。

／因白天很悶熱，所以趁早晨去散步。

文法

うちに［趁…之內］

▶ 表示在前面的環境、狀態持續的期間，做後面的動作。

1414 □□□

むす【蒸す】 他五·自五 蒸，熱（涼的食品）；（天氣）悶熱

類 蒸かす（ふかす）

例 肉まんを蒸して食べました。

／我蒸了肉包來吃。

1415 □□□

むすう【無数】 名·形動 無數

例 砂漠では、無数の星が空に輝いていた。

／在沙漠裡看天上，有無數的星星在閃爍。

1416 □□□

むすこさん【息子さん】 ㊔（尊稱他人的）令郎

反 お嬢さん

類 令息（れいそく）

例 息子さんのお名前を教えてください。

／請教令郎的大名。

1417 □□□

むすぶ【結ぶ】 他五·自五 連結，繫結；締結關係，結合，結盟；（嘴）閉緊，（手）握緊

反 解く 類 締結する（ていけつする）

例 髪にリボンを結ぶとき、後ろだからうまくできない。

／在頭髮上綁蝴蝶結時因為是在後腦杓，所以很難綁得好看。

1418 □□□

むだ【無駄】

㊔名·形動 徒勞，無益；浪費，白費

類 無益（むえき）

例 彼を説得しようとしても無駄だよ。

／你說服他是白費口舌的。

1419 □□□

むちゅう【夢中】

㊔名·形動 夢中，在睡夢裡；不顧一切，熱中，沉醉，著迷

類 熱中（ねっちゅう）

例 ゲームに夢中になって、気がついたらもう朝だった。

／沉迷於電玩之中，等察覺時已是早上了。

1420 □□□

むね【胸】

㊔名 胸部；內心

例 あの人のことを思うと、胸が苦しくなる。

／一想到那個人，心口就難受。

1421 □□□

むらさき【紫】

㊔名 紫，紫色；醬油；紫丁香

例 腕のぶつけたところが、青っぽい紫色になった。

／手臂撞到以後變成泛青的紫色了。

> 文法
> **っぽい［看起來好像…］**
> ▶ 接在名詞後面作形容詞，表示有這種感覺或有這種傾向。

1422 □□□

Track 62

めい【名】

㊔名·接頭 知名…

例 東京の名物を教えてください。

／請告訴我東京的名產是什麼。

1423 □□□

めい【名】

㊔接尾（計算人數）名，人

例 三名一組になって作業をしてください。

／請三個人一組做作業。

めい～めんせつ

1424 □□□
めい
【姪】
㊔ 姪女，外甥女

例 今日(きょう)は姪(めい)の誕生日(たんじょうび)です。
／今天是姪子的生日。

1425 □□□
めいし
【名刺】
㊔ 名片

類 刺
例 名刺交換会(めいしこうかんかい)に出席(しゅっせき)した。
／我出席了名片交換會。

1426 □□□
めいれい
【命令】
(名·他サ) 命令，規定；（電腦）指令

類 指令（しれい）
例 プロメテウスは、ゼウスの命令(めいれい)に反(はん)して人間(にんげん)に火(ひ)を与(あた)えた。
／普羅米修斯違抗了宙斯的命令，將火送給了人類。

1427 □□□
めいわく
【迷惑】
(名·自サ) 麻煩，煩擾；為難，困窘；討厭，妨礙，打擾

類 困惑（こんわく）
例 人(ひと)に迷惑(めいわく)をかけるな。
／不要給人添麻煩。

1428 □□□
めうえ
【目上】
㊔ 上司；長輩

反 目下（めした）
類 年上
例 目上(めうえ)の人(ひと)には敬語(けいご)を使(つか)うのが普通(ふつう)です。
／一般來說對上司（長輩）講話時要用敬語。

1429 □□□
めくる
【捲る】
(他五) 翻，翻開；揭開，掀開

例 彼女(かのじょ)はさっきから、見(み)るともなしに雑誌(ざっし)をぱらぱらめくっている。
／她打從剛剛根本就沒在看雜誌，只是有一搭沒一搭地隨手翻閱。

1430 □□□ **メッセージ【message】** ㊔ 電報，消息，口信；致詞，祝詞；（美國總統）咨文

類 伝言（でんごん）

例 続きまして、卒業生からのメッセージです。

／接著是畢業生致詞。

1431 □□□ **メニュー【menu】** ㊔ 菜單

例 レストランのメニューの写真は、どれもおいしそうに見える。

／餐廳菜單上的照片，每一張看起來都好好吃。

1432 □□□ **メモリー・メモリ【memory】** ㊔ 記憶，記憶力；懷念；紀念品；（電腦）記憶體

類 思い出

例 メモリが不足しているので、写真が保存できません。

／由於記憶體空間不足，所以沒有辦法儲存照片。

1433 □□□ **めん【綿】** 名·漢造 棉，棉線；棉織品；綿長；詳盡；棉，棉花

類 木綿（もめん）

例 綿100パーセントの靴下を探しています。

／我正在找百分之百棉質的襪子。

1434 □□□ **めんきょ【免許】** 名·他サ（政府機關）批准，許可；許可證，執照；傳授秘訣

類 ライセンス

例 学生で時間があるうちに、車の免許を取っておこう。

／趁還是學生有空閒，先考個汽車駕照。

文法
うちに［趁…之內］
▶ 表示在前面的環境、狀態持續的期間，做後面的動作。

1435 □□□ **めんせつ【面接】** 名·自サ（為考察人品、能力而舉行的）面試，接見，會面

類 面会

例 優秀な人がたくさん面接に来た。

／有很多優秀的人材來接受了面試。

めんどう～もったいない

1436 □□□ **めんどう【面倒】**　㊔名·形動 麻煩，費事；繁瑣，棘手；照顧，照料

類 厄介（やっかい）

例 手伝おうとすると、彼は面倒くさげに手を振って断った。

／本來要過去幫忙，他卻一副嫌礙事般地揮手說不用了。

1437 □□□ **もうしこむ【申し込む】**　他五 提議，提出；申請；報名；訂購；預約

類 申し入れる（もうしいれる）

例 結婚を申し込んだが、断られた。

／我向他求婚，卻遭到了拒絕。

1438 □□□ **もうしわけない【申し訳ない】**　寒暄 實在抱歉，非常對不起，十分對不起

例 上司の期待を裏切ってしまい、申し訳ない気持ちでいっぱいだ。

／沒能達到上司的期待，心中滿是過意不去。

1439 □□□ **もうふ【毛布】**　名 毛毯，毯子

例 うちの子は、毛布をかけても寝ている間に蹴ってしまう。

／我家孩子就算蓋上毛毯，睡覺時也會踢掉。

1440 □□□ **もえる【燃える】**　自下一 燃燒，起火；（轉）熱情洋溢，滿懷希望；（轉）顏色鮮明

類 燃焼する（ねんしょうする）

例 ガスが燃えるとき、酸素が足りないと、一酸化炭素が出る。

／瓦斯燃燒時如果氧氣不足，就會釋放出一氧化碳。

1441 □□□ **もくてき【目的】**　名 目的，目標

類 目当て（めあて）

例 情報を集めるのが彼の目的に決まっているよ。

／他的目的一定是蒐集情報啊。

文法

に決まっている
［肯定是…］
▶ 說話者根據事物的規律，覺得一定是這樣，充滿自信的推測。

1442 □□□ **もくてきち【目的地】** ㊔ 目的地

例 タクシーで、目的地に着いたとたん料金が上がった。
／乘坐計程車抵達目的地的那一刻又跳錶了。

文法
とたん［剛一…，立刻…］
▶ 表示前項動作和變化完成的一瞬間，發生了後項的動作和變化。

1443 □□□ **もしかしたら** (連語·副) 或許，萬一，可能，說不定

類 ひょっとしたら
例 もしかしたら、貧血ぎみなのかもしれません。
／可能有一點貧血的傾向。

文法
気味［趨勢］
▶ 表示身心、情況等有這種傾向，用在主觀的判斷。多用於消極。

1444 □□□ **もしかして** (連語·副) 或許，可能

類 たぶん；ひょっとして
例 さっきの電話、もしかして伊藤さんからじゃないですか。
／剛剛那通電話，該不會是伊藤先生打來的吧？

1445 □□□ **もしかすると** ㊊ 也許，或，可能

類 もしかしたら；そうだとすると；ひょっとすると
比 もしかすると：可實現性低的假定。
ひょっとすると：同上，但含事情突發性引起的驚訝感。
例 もしかすると、手術をすることなく病気を治せるかもしれない。
／或許不用手術就能治好病情也說不定。

1446 □□□ **もち【持ち】** (接尾) 負擔，持有，持久性

例「気は優しくて力持ち」は男性の理想像です。
／我心目中理想的男性是「個性體貼又身強體壯」。

1447 □□□ **もったいない** ㊒ 可惜的，浪費的；過份的，惶恐的，不敢當

類 残念（ざんねん）
例 これ全部捨てるの？もったいない。／這個全部都要丟掉嗎？好可惜喔。

1448 □□□
もどり【戻り】
名 恢復原狀；回家；歸途

例 お戻り（もどり）は何時（なんじ）ぐらいになりますか。
／請問您大約什麼時候回來呢？

1449 □□□
もむ【揉む】
他五 搓，揉；捏，按摩；（很多人）互相推擠；爭辯；（被動式型態）錘鍊，受磨練

類 按摩する（あんまする）
例 おばあちゃん、肩（かた）もんであげようか。
／奶奶，我幫您捏一捏肩膀吧？

1450 □□□
もも【股・腿】
名 股，大腿

例 膝（ひざ）が悪（わる）い人（ひと）は、ももの筋肉（きんにく）を鍛（きた）えるとよいですよ。
／膝蓋不好的人，鍛鍊腿部肌肉有助於復健喔！

1451 □□□
もやす【燃やす】
他五 燃燒；（把某種情感）燃燒起來，激起

類 焼く（やく）
例 それを燃（も）やすと、悪（わる）いガスが出（で）るおそれがある。
／燒那個的話，有可能會產生有毒氣體。

文法
恐（おそ）れがある［恐怕會…］
▶ 表示有發生某種消極事件的可能性。只限於用在不利的事件。

1452 □□□
もん【問】
接尾 （計算問題數量）題

例 5問（もん）のうち4問（もん）は正解（せいかい）だ。
／五題中對四題。

1453 □□□
もんく【文句】
名 詞句，語句；不平或不滿的意見，異議

類 愚痴（ぐち）
例 私（わたし）は文句（もんく）を言（い）いかけたが、彼（かれ）の目（め）を見（み）て言葉（ことば）を失（うしな）った。
／我本來想抱怨，但在看到他的眼神以後，就不知道該說什麼了。

1454 □□□

やかん【夜間】

㊔ 夜間，夜晚

類 夜

例 夜間は危険なので外出しないでください。／晚上很危險不要外出。

1455 □□□

やくす【訳す】

他五 翻譯；解釋

類 翻訳する

例 今、宿題で、英語を日本語に訳している最中だ。

／現在正忙著做把英文翻譯成日文的作業。

文法

最中だ［正在…］

▶ 表示某一行為、動作正在進行中。

1456 □□□

やくだつ【役立つ】

自五 有用，有益

類 有益（ゆうえき）

例 パソコンの知識が就職に非常に役立った。

／電腦知識對就業很有幫助。

1457 □□□

やくだてる【役立てる】

他下一（供）使用，使…有用

類 利用

例 これまでに学んだことを実社会で役立ててください。

／請將過去所學到的知識技能，在真實社會裡充分展現發揮。

1458 □□□

やくにたてる【役に立てる】

慣（供）使用，使…有用

類 有用（ゆうよう）

例 少しですが、困っている人の役に立ててください。

／雖然不多，希望可以幫得上需要的人。

1459 □□□

やちん【家賃】

㊔ 房租

例 家賃があまり高くなくて学生向きのアパートを探しています。

／正在找房租不太貴、適合學生居住的公寓。

文法

向きの［適合…］

▶ 表示為適合前面所接的名詞，而做的事物。

やぬし～ゆうしゅう

1460 □□□ **やぬし【家主】** ㊔ 房東，房主；戶主

類 大家

例 うちの家主（やぬし）はとてもいい人（ひと）です。
／我們房東人很親切。

1461 □□□ **やはり・やっぱり** ㊓ 果然；還是，仍然

類 果たして（はたして）

例 やっぱり、あなたなんかと結婚（けっこん）しなければよかった。
／早知道，我當初就不該和你這種人結婚。

文法
なんか［這樣的］
▶ 表示對所提到的事物或主題，帶有輕視的語氣與態度。

ばよかった［就好了］
▶ 表示說話者對於過去事物的惋惜、感慨。

1462 □□□ **やね【屋根】** ㊔ 屋頂

例 屋根（やね）から落（お）ちて骨（ほね）を折（お）った。／從屋頂上掉下來摔斷了骨頭。

1463 □□□ **やぶる【破る】** 他五 弄破；破壞；違反；打敗；打破（記錄）

類 突破する（とっぱする）

例 警官（けいかん）はドアを破（やぶ）って入（はい）った。／警察破門而入。

1464 □□□ **やぶれる【破れる】** 自下一 破損，損傷；破壞，破裂，被打破；失敗

類 切れる（きれる）

例 上着（うわぎ）がくぎに引（ひ）っ掛（か）かって破（やぶ）れた。／上衣被釘子鉤破了。

1465 □□□ **やめる【辞める】** 他下一 辭職；休學

例 仕事（しごと）を辞（や）めて以来（いらい）、毎日（まいにち）やることがない。
／自從辭職以後，每天都無事可做。

文法
て以来（いらい）［自從…以來，就一直…］
▶ 表示自從過去發生某事以後，直到現在為止的整個階段。

1466 □□□ **やや** ㊙副 稍微，略；片刻，一會兒

㊙類 少し

㊙例 スカートがやや短すぎると思います。

／我覺得這件裙子有點太短。

1467 □□□ **やりとり【やり取り】** 名·他サ 交換，互換，授受

㊙例 高校のときの友達と今でも手紙のやり取りをしている。

／到現在仍然和高中時代的同學維持通信。

1468 □□□ **やるき【やる気】** 名 幹勁，想做的念頭

㊙例 彼はやる気はありますが、実力がありません。

／他雖然幹勁十足，但是缺乏實力。

ゆ

1469 □□□ **ゆうかん【夕刊】** 名 晚報

Track 65

㊙例 うちでは夕刊も取っています。

／我家連晚報都訂。

1470 □□□ **ゆうき【勇気】** 形動 勇敢

㊙類 度胸（どきょう）

㊙例 彼女に話しかけるなんて、彼にそんな勇気があるわけがない。

／說什麼和她攀談，他根本不可能有那麼大的勇氣。

文法

わけがない［不可能…］

▶ 表示從道理上而言，強烈地主張不可能或沒有理由成立。

1471 □□□ **ゆうしゅう【優秀】** 名·形動 優秀

㊙例 国内はもとより、国外からも優秀な人材を集める。

／別說國內了，國外也延攬優秀的人才。

文法

はもとより［當然；不用說］

▶ 表示一般程度的前項自然不用說，就連程度較高的後項也不例外。

ゆうじん～ゆのみ

1472 □□□

ゆうじん【友人】 ㊔ 友人，朋友

類 友達

例 多くの友人に助けてもらいました。

／我受到許多朋友的幫助。

1473 □□□

ゆうそう【郵送】 名・他サ 郵寄

類 送る

例 プレゼントを郵送したところ、住所が違っていて戻ってきてしまった。

／將禮物用郵寄寄出，結果地址錯了就被退了回來。

1474 □□□

ゆうそうりょう【郵送料】 ㊔ 郵費

例 速達で送ると、郵送料は高くなります。

／如果以限時急件寄送，郵資會比較貴。

1475 □□□

ゆうびん【郵便】 ㊔ 郵政；郵件

例 注文していない商品が郵便で届き、代金を請求された。

／郵寄來了根本沒訂購的商品，而且還被要求支付費用。

1476 □□□

ゆうびんきょくいん【郵便局員】 ㊔ 郵局局員

例 電話をすれば、郵便局員が小包を取りに来てくれますよ。

／只要打個電話，郵差就會來取件喔。

1477 □□□

ゆうり【有利】 形動 有利

例 英語に加えて中国語もできれば就職に有利だ。

／除了英文，如果還會中文，對於求職將非常有利。

文法

に加えて［而且…］

▶ 表示在現有前項的事物上，再加上後項類似的別的事物。

1478 □□□

ゆか
【床】

㊔ 地板

例 日本では、床に布団を敷いて寝るのは普通のことです。
／在日本，在地板鋪上墊被睡覺很常見。

1479 □□□

ゆかい
【愉快】

名·形動 愉快，暢快；令人愉快，討人喜歡；令人意想不到

類 楽しい

例 お酒なしでは、みんなと愉快に楽しめない。
／如果沒有酒，就沒辦法和大家一起愉快的享受。

1480 □□□

ゆずる
【譲る】

他五 讓給，轉讓；謙讓，讓步；出讓，賣給；改日，延期

類 与える（あたえる）

例 彼は老人じゃないから、席を譲ることはない。
／他又不是老人，沒必要讓位給他。

文法
ことはない［用不著…］
▶ 表示鼓勵或勸告別人，沒有做某一行為的必要。

1481 □□□

ゆたか
【豊か】

形動 豐富，寬裕；豐盈；十足，足夠

反 乏しい（とぼしい）
類 十分

例 小論文のテーマは「豊かな生活について」でした。
／短文寫作的題目是「關於豐裕的生活」。

1482 □□□

ゆでる
【茹でる】

他下一（用開水）煮，燙

例 この麺は3分ゆでてください。
／這種麵請煮三分鐘。

1483 □□□

ゆのみ
【湯飲み】

㊔ 茶杯，茶碗

類 湯呑み茶碗

例 お茶を飲みたいので、湯飲みを取ってください。
／我想喝茶，請幫我拿茶杯。

文法
たい［想要…］
▶ 表示說話者的內心想做、想要的。

1484 □□□

ゆめ【夢】

㊔ 夢；夢想

反 現実
類 ドリーム
例 彼は、まだ甘い夢を見続けている。／他還在做天真浪漫的美夢！

1485 □□□

ゆらす【揺らす】

他五 搖擺，搖動

類 動揺（どうよう）
例 揺りかごを揺らすと、赤ちゃんが喜びます。
／只要推晃搖籃，小嬰兒就會很開心。

1486 □□□

ゆるす【許す】

他五 允許，批准；寬恕；免除；容許；承認；委託；信賴；疏忽，放鬆；釋放

反 禁じる 類 許可する
例 私を捨てて若い女と出て行った夫を絶対に許すものか。
／丈夫拋下我，和年輕女人一起離開了，絕不會原諒他這種人！

文法
ものか［決不…］
▶ 絕不做某事的決心、強烈否定對方的意見。

1487 □□□

ゆれる【揺れる】

自下一 搖晃，搖動；躊躇

類 揺らぐ（ゆらぐ）
例 大きい船は、小さい船ほど揺れない。
／大船不像小船那麼會搖晃。

文法
ほど…ない［不像…那麼…］
▶ 表示兩者比較之下，前者沒有達到後者那種程度。

1488 □□□

Track 66

よ【夜】

㊔ 夜、夜晚

例 夜が明けて、東の空が明るくなってきた。
／天剛破曉，東方的天空泛起魚肚白了。

1489 □□□

よい【良い】

形 好的，出色的；漂亮的；（同意）可以

例 良い子の皆さんは、まねしないでください。
／各位乖寶寶不可以做這種事喔！

讀書計劃：□□／□□

1490 □□□ **よいしょ**

㊡（搬重物等吆喝聲）嘿咻

例「よいしょ」と立ち上がる。／一聲「嘿咻」就站了起來。

1491 □□□ **よう【様】**

造語・漢造 樣子，方式；風格；形狀

例Ｎ１に合格して、彼の喜び様はたいへんなものだった。
／得知通過了Ｎ１級測驗，他簡直喜不自勝。

1492 □□□ **ようじ【幼児】**

㊔ 學齡前兒童，幼兒

類 赤ん坊

例 幼児は無料で利用できます。／幼兒可免費使用。

1493 □□□ **ようび【曜日】**

㊔ 星期

例 ごみは種類によって出す曜日が決まっている。
／垃圾必須按照分類規定，於每週固定的日子幾丟棄。

文法
によって［按照…］
▶ 表示所依據的方法、方式、手段。

1494 □□□ **ようふくだい【洋服代】**

㊔ 服裝費

類 衣料費

例 子どもたちの洋服代に月２万円もかかります。
／我們每個月會花高達兩萬日圓添購小孩們的衣物。

1495 □□□ **よく【翌】**

漢造 次，翌，第二

例 酒を飲みすぎて、翌朝頭が痛かった。／喝了太多酒，隔天早上頭痛了。

1496 □□□ **よくじつ【翌日】**

㊔ 隔天，第二天

類 明日 反 昨日

例 必ず翌日の準備をしてから寝ます。
／一定會先做好隔天出門前的準備才會睡覺。

よせる～よわめる

1497 □□□

よせる【寄せる】 (自下一・他下一) 靠近，移近；聚集，匯集，集中；加；投靠，寄身

類 近づく

例 皆様のご意見をお寄せください。
／請先彙整大家的意見。

1498 □□□

よそう【予想】 (名·自サ) 預料，預測，預計

類 予測

例 こうした問題が起こることは、十分予想できた。
／完全可以想像得到會發生這種問題。

1499 □□□

よのなか【世の中】 (名) 人世間，社會；時代，時期；男女之情

類 世間（せけん）

例 世の中の動きに伴って、考え方を変えなければならない。
／隨著社會的變化，想法也得要改變才行。

文法 に伴って［隨著…］
▶ 表示隨著前項事物的變化而進展。

1500 □□□

よぼう【予防】 (名·他サ) 預防

類 予め（あらかじめ）

例 病気の予防に関しては、保健所に聞いてください。
／關於生病的預防對策，請你去問保健所。

文法 に関しては［關於…］
▶ 表示就前項有關的問題，做出「解決問題」性質的後項行為。

1501 □□□

よみ【読み】 (名) 唸，讀；訓讀；判斷，盤算

例 この字の読みは、「キョウ」「ケイ」の二つです。
／這個字的讀法有「キョウ」和「ケイ」兩種。

1502 □□□

よる【寄る】 (自五) 順道去…；接近

類 近寄る

例 彼は、会社の帰りに飲みに寄りたがります。
／他下班回家時總喜歡順道去喝兩杯。

讀書計劃：□□／□□

1503 □□□ **よろこび【喜び】**

㊔ 高興，歡喜，喜悅；喜事，喜慶事；道喜，賀喜

反 悲しみ　類 祝い事（いわいごと）

例 子育ては、大変だけれど喜びも大きい。
／養育孩子雖然辛苦，但也相對得到很多喜悅。

1504 □□□ **よわまる【弱まる】**

自五 變弱，衰弱

例 雪は、夕方から次第に弱まるでしょう。
／到了傍晚，雪勢應該會愈來愈小吧。

1505 □□□ **よわめる【弱める】**

他下一 減弱，削弱

例 水の量が多すぎると、洗剤の効果を弱めることになる。
／如果水量太多，將會減弱洗潔劑的效果。

ら ら～りか

1506 □□□

ら
【等】

(接尾)（表示複數）們；（同類型的人或物）等

Track 67

例 君(きみ)ら、まだ中学生(ちゅうがくせい)だろ？たばこなんか吸(す)っていいと思(おも)ってるの？
／你們還是中學生吧？以為自己有資格抽香菸什麼的嗎？

文法
なんか［什麼的］
▶ 表示從各種事物中例舉其一。

1507 □□□

らい
【来】

(接尾) 以來

例 彼(かれ)とは10年来(ねんらい)の付(つ)き合(あ)いだ。／我和他已經認識十年了。

1508 □□□

ライター
【lighter】

(名) 打火機

例 ライターで火(ひ)をつける。／用打火機點火。

1509 □□□

ライト
【light】

(名) 燈，光

例 このライトは暗(くら)くなると自動(じどう)でつく。
／這盞燈只要周圍暗下來就會自動點亮。

1510 □□□

らく
【楽】

(名·形動·漢造) 快樂，安樂，快活；輕鬆，簡單；富足，充裕

類 気楽（きらく）

例 生活(せいかつ)が、以前(いぜん)に比(くら)べて楽(らく)になりました。
／生活比過去快活了許多。

文法
に比(くら)べて［與…相比］
▶ 表示比較、對照。

1511 □□□

らくだい
【落第】

(名·自サ) 不及格，落榜，沒考中；留級
反 合格

類 不合格

例 彼(かれ)は落第(らくだい)したので、悲(かな)しげなようすだった。
／他因為落榜了，所以很難過的樣子。

1512 □□□

ラケット
【racket】

(名)（網球、乒乓球等的）球拍

例 ラケットを張(は)りかえた。
／重換網球拍。

讀書計劃：□□／□□

1513 □□□

ラッシュ【rush】

㊔（眾人往同一處）湧現；蜂擁，熱潮

類 混雑（こんざつ）

例 28日ごろから帰省ラッシュが始まります。
／從二十八號左右就開始湧現返鄉人潮。

1514 □□□

ラッシュアワー【rushhour】

㊔ 尖峰時刻，擁擠時段

例 ラッシュアワーに遇う。／遇上交通尖峰。

1515 □□□

ラベル【label】

㊔ 標籤，籤條

例 警告用のラベルを貼ったところで、事故は防げない。
／就算張貼警告標籤，也無法防堵意外發生。

文法
たところ［結果…］
▶ 表示因某種目的去作某一動作，在契機下得到後項的結果。

1516 □□□

ランチ【lunch】

㊔ 午餐

例 ランチタイムにはお得なセットがある。／午餐時段提供優惠套餐。

1517 □□□

らんぼう【乱暴】

(名・形動・自サ) 粗暴，粗魯；蠻橫，不講理；胡來，胡亂，亂打人

類 暴行（ぼうこう）

例 彼の言い方は乱暴で、びっくりするほどだった。／他的講話很粗魯，嚴重到令人吃驚的程度。

文法
ほど［得令人］
▶ 表示動作或狀態處於某種程度。

り

1518 □□□

Track 68

リーダー【leader】

㊔ 領袖，指導者，隊長

例 山田さんは登山隊のリーダーになった。／山田先生成為登山隊的隊長。

1519 □□□

りか【理科】

㊔ 理科（自然科學的學科總稱）

例 理科系に進むつもりだ。／準備考理科。

りかい～りょうし

1520 □□□

りかい【理解】 ㊔名・他サ 理解，領會，明白；體諒，諒解

反 誤解（ごかい） 類 了解（りょうかい）

例 彼（かれ）がなんであんなことをしたのか、全然理解（ぜんぜんりかい）できない。
／完全無法理解他為什麼會做出那種事。

1521 □□□

りこん【離婚】 名・自サ（法）離婚

例 あんな人（ひと）とは、もう離婚（りこん）するよりほかない。
／和那種人除了離婚以外，再也沒有第二條路了。

文法
よりほかない［除了…之外沒有…］
▶ 後面伴隨著否定，表示這是唯一解決問題的辦法。

1522 □□□

リサイクル【recycle】 名・サ変 回收，（廢物）再利用

例 このトイレットペパーは牛乳（ぎゅうにゅう）パックをリサイクルして作（つく）ったものです。／這種衛生紙是以牛奶盒回收再製而成的。

1523 □□□

リビング【living】 名 起居間，生活間

例 伊藤（いとう）さんのお宅（たく）のリビングには大（おお）きな絵（え）が飾（かざ）ってあります。
／伊藤先生的住家客廳掛著巨幅畫作。

1524 □□□

リボン【ribbon】 名 緞帶，絲帶；髮帶；蝴蝶結

例 こんなリボンがついた服（ふく）、子供（こども）っぽくない？
／這種綴著蝴蝶結的衣服，不覺得孩子氣嗎？

1525 □□□

りゅうがく【留学】 名・自サ 留學

例 アメリカに留学（りゅうがく）する。／去美國留學。

1526 □□□

りゅうこう【流行】 名・自サ 流行，時髦，時興；蔓延

類 はやり

例 去年（きょねん）はグレーが流行（りゅうこう）したかと思（おも）ったら、今年（ことし）はピンクですか。
／還在想去年是流行灰色，今年是粉紅色啊？

1527 □□□ **りょう【両】** (漢造) 雙，兩

例 パイプオルガンは、両手ばかりでなく両足も使って演奏する。
／管風琴不單需要雙手，還需要雙腳一起彈奏。

文法
ばかりでなく[不僅…而且…]
▶ 表示除前項的情況之外，還有後項程度更甚的情況。

1528 □□□ **りょう【料】** (接尾) 費用，代價

例 入場料が高かった割には、大したことのない展覧会だった。
／這場展覽的門票儘管很貴，但是展出內容卻不怎麼樣。

1529 □□□ **りょう【領】** (名·接尾·漢造) 領土；脖領；首領

例 プエルトリコは、1898年、スペイン領から米国領になった。
／波多黎各從一八九八年起，由西班牙領土成了美國領土。

1530 □□□ **りょうがえ【両替】** (名·他サ) 兌換，換錢，兌幣

例 円をドルに両替する。
／日圓兌換美金。

1531 □□□ **りょうがわ【両側】** (名) 兩邊，兩側，兩方面

類 両サイド
例 川の両側は崖だった。
／河川的兩側是懸崖。

1532 □□□ **りょうし【漁師】** (名) 漁夫，漁民

類 漁夫（ぎょふ）
例 漁師の仕事をしていると、家を留守にしがちだ。／如果從事漁夫工作，往往無法待在家裡。

文法
がちだ[往往會…]
▶ 表示即使是無意的，也容易出現某種傾向。一般多用於負面。

りょく～レベル

1533 □□□

りょく
【力】

(漢造) 力量

例 集中力がある反面、共同作業は苦手だ。
／雖然具有專注力，但是很不擅長通力合作。

文法
反面［另一方面…］
▶ 表示同一種事物，同時兼具兩種不同性格的兩個方面。

る

1534 □□□

Track 69

ルール
【rule】

(名) 規章，章程；尺，界尺

類 規則（きそく）

例 自転車も交通ルールを守って乗りましょう。
／騎乘自行車時也請遵守交通規則。

1535 □□□

るすばん
【留守番】

(名) 看家，看家人

例 子供が留守番の最中にマッチで遊んで火事になった。
／孩子單獨看家的時候玩火柴而引發了火災。

文法
最中に［正在…］
▶ 表示某一行為在進行中。常用在突發什麼事的場合。

れ

1536 □□□

Track 70

れい
【礼】

(名・漢造) 禮儀，禮節，禮貌；鞠躬；道謝，致謝；敬禮；禮品

類 礼儀（れいぎ）

例 いろいろしてあげたのに、礼も言わない。
／我幫他那麼多忙，他卻連句道謝的話也不說。

1537 □□□

れい
【例】

(名・漢造) 慣例；先例；例子

例 前例がないなら、作ればいい。
／如果從來沒有人做過，就由我們來當開路先鋒。

1538 □□□

れいがい
【例外】

(名) 例外

類 特別

例 これは例外中の例外です。／這屬於例外中的例外。

1539 □□□ **れいぎ【礼儀】** ㊔ 禮儀，禮節，禮法，禮貌

類 礼節（れいせつ）

例 部長のお子さんは、まだ小学生なのに礼儀正しい。
／總理的孩子儘管還是小學生，但是非常有禮貌。

1540 □□□ **レインコート【raincoat】** ㊔ 雨衣

例 レインコートを忘れた。／忘了帶雨衣。

1541 □□□ **レシート【receipt】** ㊔ 收據；發票

類 領収書（りょうしゅうしょ）

例 レシートがあれば返品できますよ。／有收據的話就可以退貨喔。

1542 □□□ **れつ【列】** （名·漢造） 列，隊列，隊；排列；行，列，級，排

類 行列（ぎょうれつ）

例 ずいぶん長い列だけれど、食べたいんだから並ぶしかない。／雖然排了長長一條人龍，但是因為很想吃，所以只能跟著排隊了。

文法
たい［想要…］
▶ 表示說話者的內心想做、想要的。
しかない［只好…］
▶ 表示只有這唯一可行的，沒有別的選擇。

1543 □□□ **れっしゃ【列車】** ㊔ 列車，火車

類 汽車

例 列車に乗ったとたんに、忘れ物に気がついた。
／一踏上火車，就赫然發現忘記帶東西了。

文法
とたんに［剛…就…］
▶ 表示前項動作和變化完成的一瞬間，發生了後項的動作和變化。

1544 □□□ **レベル【level】** ㊔ 水平，水準；水平線；水平儀

類 平均、水準（すいじゅん）

例 失業して、生活のレベルを維持できない。
／由於失業而無法維持以往的生活水準。

1545 □□□

れんあい【恋愛】 (名·自サ) 戀愛

類 恋

例 同僚(どうりょう)に隠(かく)れて社内恋愛中(しゃないれんあいちゅう)です。／目前在公司裡偷偷摸摸地和同事談戀愛。

1546 □□□

れんぞく【連続】 (名·他サ·自サ) 連續，接連

類 引き続く（ひきつづく）

例 うちのテニス部(ぶ)は、３年連続(ねんれんぞく)して全国大会(ぜんこくたいかい)に出場(しゅつじょう)している。
／我們的網球隊連續三年都參加全國大賽。

1547 □□□

レンタル【rental】 (名·サ変) 出租，出賃；租金

例 車(くるま)をレンタルして、旅行(りょこう)に行(い)くつもりです。／我打算租輛車去旅行。

1548 □□□

レンタルりょう【rental 料】 (名) 租金

類 借り賃（かりちん）

例 こちらのドレスのレンタル料(りょう)は、５万円(まんえん)です。
／擺在這邊的禮服，租用費是五萬圓。

ろ

1549 □□□

ろうじん【老人】 (名) 老人，老年人

Track 71

類 年寄り（としより）

例 老人(ろうじん)は楽(たの)しそうに、「はっはっは」と笑(わら)った。
／老人快樂地「哈哈哈」笑了出來。

1550 □□□

ローマじ【Roma 字】 (名) 羅馬字

例 ローマ字入力(じにゅうりょく)では、「を」は「wo」と打(う)つ。
／在羅馬拼音輸入法中，「を」是鍵入「wo」。

1551 □□□

ろくおん【録音】 (名·他サ) 錄音

例 彼(かれ)は録音(ろくおん)のエンジニアだ。／他是錄音工程師。

1552 □□□ **ろくが【録画】** (名·他サ) 錄影

例 大河(たいが)ドラマを録画(ろくが)しました。／我已經把大河劇錄下來了。

1553 □□□ **ロケット【rocket】** (名) 火箭發動機；(軍) 火箭彈；狼煙火箭

例 火星(かせい)にロケットを飛(と)ばす。／發射火箭到火星。

1554 □□□ **ロッカー【locker】** (名)(公司、機關用可上鎖的) 文件櫃；(公共場所用可上鎖的) 置物櫃，置物箱，櫃子

例 会社(かいしゃ)のロッカーには傘(かさ)が入(い)れてあります。／有擺傘在公司的置物櫃裡。

1555 □□□ **ロック【lock】** (名·他サ) 鎖，鎖上，閉鎖

類 鍵

例 ロックが壊(こわ)れて、事務所(じむしょ)に入(はい)れません。
／事務所的門鎖壞掉了，我們沒法進去。

1556 □□□ **ロボット【robot】** (名) 機器人；自動裝置；傀儡

例 家事(かじ)をしてくれるロボットがほしいです。
／我想要一個會幫忙做家事的機器人。

文法
がほしい [想要…]
▶ 表示說話者希望得到某物。

1557 □□□ **ろん【論】** (名·漢造·接尾) 論，議論

例 一般論(いっぱんろん)として、表現(ひょうげん)の自由(じゆう)は認(みと)められるべきだ。
／一般而言，應該要保障言論自由。

文法 として [作為…]
▶ 表示身份、地位、資格、立場、種類、作用等。有格助詞作用。

べきだ [應當…]
▶ 表示那樣做是應該的、正確的。常用在勸告、禁止及命令的場合。

1558 □□□ **ろんじる・ろんずる【論じる・論ずる】** (他上一) 論，論述，闡述

類 論争する（ろんそうする） 補 サ行変格活用

例 国(くに)のあり方(かた)を論(ろん)じる。／談論國家的理想樣貌。

わ わ～わび

1559 □□□

Track 72

わ
【羽】

(接尾)（數鳥或兔子）隻

例 {早口言葉} 裏庭には２羽、庭には２羽、鶏がいる。
／{繞口令} 後院裡有兩隻雞、院子裡有兩隻雞。

1560 □□□

わ
【和】

(名) 日本

例 伝統的な和菓子には、動物性の材料が全く入っていません。
／傳統的日式糕餅裡完全沒有摻入任何動物性的食材。

1561 □□□

ワイン
【wine】

(名) 葡萄酒；水果酒；洋酒

例 ワインをグラスにつぐ。
／將紅酒倒入杯子裡。

1562 □□□

わが
【我が】

(連體) 我的，自己的，我們的

例 何の罪もない我が子を殺すなんて、許せない。
／竟然殺死我那無辜的孩子，絕饒不了他！

1563 □□□

わがまま

(名·形動) 任性，放肆，肆意

類 自分勝手（じぶんかって）

例 わがままなんか言ってないもん。
／人家才沒有耍什麼任性呢！

文法

なんか［什麼的］
▶ 表示從各種事物中例舉其一。

もん［因為…嘛］
▶ 多用在會話。語氣帶有不滿、反抗的情緒。多用於年輕女性或小孩。

1564 □□□

わかもの
【若者】

(名) 年輕人，青年

類 青年
反 年寄り

例 最近、若者たちの間で農業の人気が高まっている。
／最近農業在年輕人間很受歡迎。

1565 □□□
わかれ
【別れ】

㊔ 別，離別，分離；分支，旁系

類 分離（ぶんり）

例 別（わか）れが悲（かな）しくて、涙（なみだ）が出（で）てきた。

／由於離別太感傷，不禁流下了眼淚。

1566 □□□
わかれる
【分かれる】

自下一 分裂；分離，分開；區分，劃分；區別

例 意見（いけん）が分（わ）かれてしまい、とうとう結論（けつろん）が出（で）なかった。

／由於意見分歧，終究沒能做出結論。

1567 □□□
わく
【沸く】

自五 煮沸，煮開；興奮

類 沸騰（ふっとう）

例 お湯（ゆ）が沸（わ）いたから、ガスをとめてください。

／水煮開了，請把瓦斯關掉。

1568 □□□
わける
【分ける】

他下一 分，分開；區分，劃分；分配，分給；分開，排開，擠開

類 分割する（ぶんかつする）

例 ５回（かい）に分（わ）けて支払（しはら）う。

／分五次支付。

1569 □□□
わずか
【僅か】

副·形動（數量、程度、價值、時間等）很少，僅僅；一點也（後加否定）

類 微か（かすか）

例 貯金（ちょきん）があるといっても、わずかなものです。

／雖說有儲蓄，但只有一點點。

1570 □□□
わび
【詫び】

㊔ 賠不是，道歉，表示歉意

類 謝罪（しゃざい）

例 丁寧（ていねい）なお詫（わ）びの言葉（ことば）をいただいて、かえって恐縮（きょうしゅく）いたしました。

／對方畢恭畢敬的賠不是，反倒讓我不好意思了。

1571 □□□

わらい
【笑い】

㊔ 笑；笑聲；嘲笑，譏笑，冷笑

類 微笑み（ほほえみ）

例 おかしくて、笑いが止まらないほどだった。
／實在是太好笑了，好笑到停不下來。

文法
ほど［得令人］
▶ 表示動作或狀態處於某種程度。

1572 □□□

わり
【割り・割】

造語 分配；（助數詞用）十分之一，一成；比例；得失

類 パーセント

例 いくら4割引きとはいえ、やはりブランド品は高い。
／即使已經打了六折，名牌商品依然非常昂貴。

1573 □□□

わりあい
【割合】

㊔ 比例；比較起來

類 比率（ひりつ）

例 一生結婚しない人の割合が増えている。
／終生未婚人口的比例愈來愈高。

1574 □□□

わりあて
【割り当て】

㊔ 分配，分擔

例 仕事の割り当てをする。
／分派工作。

1575 □□□

わりこむ
【割り込む】

自五 擠進，插隊；闖進；插嘴

例 列に割り込まないでください。
／請不要插隊。

1576 □□□

わりざん
【割り算】

㊔（算）除法

類 掛け算

例 小さな子どもに、割り算は難しいよ。
／對年幼的小朋友而言，除法很難。

1577 □□□

わる
【割る】

㊀他五 打，劈開；用除法計算

例 卵（たまご）を割（わ）って、よくかき混（ま）ぜてください。
／請打入蛋後攪拌均勻。

1578 □□□

わん
【湾】

㊔名 灣，海灣

例 東京湾（とうきょうわん）にも意外（いがい）とたくさんの魚（さかな）がいる。
／沒想到東京灣竟然也有很多魚。

1579 □□□

わん
【椀・碗】

㊔名 碗，木碗；（計算數量）碗

例 和食（わしょく）では、汁物（しるもの）はお椀（わん）を持（も）ち上（あ）げて口（くち）をつけて飲（の）む。
／享用日本料理時，湯菜類是端碗就口啜飲的。

MEMO

日檢單字

N3

新制對應！

第一回　新制日檢模擬考題　文字・語彙
第二回　新制日檢模擬考題　文字・語彙
第三回　新制日檢模擬考題　文字・語彙

＊以「國際交流基金日本國際教育支援協會」的「新しい『日本語能力試驗』ガイドブック」為基準的三回「文字・語彙　模擬考題」。

問題1　漢字讀音問題 應試訣竅

這道題型要考的是漢字讀音問題，新制日檢出題形式改變了一些，但考點與舊制是一樣的。問題預估為8題。

漢字讀音分音讀跟訓讀，預估音讀跟訓讀將各佔一半的分數。音讀中要注意的有濁音、長短音、促音、撥音…等問題。而日語固有讀法的訓讀中，也要注意特殊的讀音單字。當然，發音上有特殊變化的單字，出現比率也不低。我們歸納分析一下：

1.音讀：接近國語發音的音讀方法。如：「花」唸成「か」、「犬」唸成「けん」。

2.訓讀：日本原來就有的發音。如：「花」唸成「はな」、「犬」唸成「いぬ」。

3.熟語：由兩個以上的漢字組成的單字。如：練習、切手、毎朝、見本等。
其中還包括日本特殊的固定讀法，就是所謂的「熟字訓読み」。如：「小豆」（あずき）、「土産」（みやげ）、「海苔」（のり）等。

4.發音上的變化：字跟字結合時，產生發音上變化的單字。如：春雨（はるさめ）、反応（はんのう）、酒屋（さかや）等。

問題１　＿＿＿のことばの読み方として最もよいものを１・２・３・４から一つ選びなさい。

1　ここの景色は、いつ見ても最高です。

1　けいいろ　　2　けいしょく　　3　けしき　　4　けいしき

2　伊藤さんは非常に熱心に発音のれんしゅうをしています。

1　ひじょう　　2　ひじょお　　3　ひじょ　　4　ひしょう

3　私が納得し得る説明をしてくださいませんか。

1　なつとく　　2　のうとく　　3　なとく　　4　なっとく

4　医学に興味がありますが、医学部入るのはとてもむずかしいです。

1　きょおみ　　2　きょふみ　　3　きょうみ　　4　きょみ

5　会社の周りはちかてつもあり、交通がとても便利です。

1　まはり　　2　まわり　　3　まはあり　　4　まわあり

6　優勝を祝って、チームのみんなと乾杯しました。

1　さわって　　2　うたって　　3　あたって　　4　いわって

7　警察にもきかれましたが、あのお嬢さんとわたしは何の関係もありません。

1　おしょうさん　　2　おぼうさん　　3　おひめさん　　4　おじょうさん

8　タクシーの運転手さんに住所をいい間違えた。

1　まちかえた　　2　まてがえた　　3　まちがえた　　4　までがえた

問題2　漢字書寫問題 應試訣竅

這道題型要考的是漢字書寫問題，新制日檢出題形式改變了一些，但考點與舊制是一樣的。問題預估為6題。

這道題要考的是音讀漢字跟訓讀漢字，預估將各佔一半的分數。音讀漢字考點在識別詞的同音異字上，訓讀漢字考點在掌握詞的意義，及該詞的表記漢字上。

解答方式，首先要仔細閱讀全句，從句意上判斷出是哪個詞，浮想出這個詞的表記漢字，確定該詞的漢字寫法。也就是根據句意確定詞，根據詞意來確定字。如果只看畫線部分，很容易張冠李戴，要小心喔。

問題２　＿＿＿＿のことばを漢字で書くとき、最もよいものを１・２・３・４から一つ選びなさい。

9　われわれはしぜんの恩恵を受けて生きているのだから、感謝しなければなりません。

1　天然　　2　自然　　3　天燃　　4　自燃

10　今日からタイプをとくべつ練習することにしました。

1　得別　　2　特別　　3　侍別　　4　特另

11　夏休みのけいかくについては、あとでお父さんと相談します。

1　計画　　2　什画　　3　辻画　　4　汁画

12　陽気で誰とでもすぐに仲良くなれる子だから、ここをはなれても笑顔でやっていくでしょう。

1　遠れて　　2　別れて　　3　離れて　　4　隔れて

13　発想のゆたかな人が周りにいると、良い刺激をうけることができる。

1　豊　　2　豊な　　3　豊かな　　4　豊たかな

14　３年生の学生は２時になったら講堂にあつまってください。

1　集まって　　2　寄まって　　3　合まって　　4　群って

問題3　選擇符合文脈的詞彙問題 應試訣竅

這道題型要考的是選擇符合文脈的詞彙問題。這是延續舊制的出題方式，問題預估為11題。

這道題主要測試考生是否能正確把握詞義，如類義詞的區別運用能力，及能否掌握日語的獨特用法或固定搭配等等。預測名詞、動詞、形容詞、副詞的出題數都有一定的配分。另外，外來語也估計會出一題，要多注意。

由於我們的國字跟日本的漢字之間，同形同義字占有相當的比率，這是我們得天獨厚的地方。但相對的也存在不少的同形不同義的字，這時候就要注意，不要太拘泥於國字的含義，而混淆詞義。應該多從像「自覚が足りない」（覺悟不夠）、「絶対安静」（得多靜養）、「口が堅い」（口風很緊）等日語固定的搭配，或獨特的用法來做練習才是。這樣才能加深對詞義的理解、並達到豐富詞彙量的目的。

問題3　（　　　　　）に入れるのに最もよいものを、1・2・3・4から一つ選びなさい。

15　退職したら、田舎に帰って（　　　）した生活を送りたい。

1　のんびり　　2　のろのろ　　3　まごまご　　4　うっかり

16　おとうさんは50歳をすぎてからだんだん（　　　）だしました。

1　増え　　2　太り　　3　壊れ　　4　足り

17　教会に（　　　）つづけて、もう15年になります。

1　むかえ　　2　かよい　　3　けいけんし　　4　とおり

18　ストレスが（　　　）と、体に色々な症状が出てきます。

1　ためる　　2　とどまる　　3　たまる　　4　たくわえる

19 きょうは寒いので（　　　）にします。

1 スリッパ　　2 セーター　　3 サンダル　　4 ガソリン

20 母への（　　　）を選び終わったら、食事にしましょうか。

1 コンサート　　2 プレゼント　　3 グラム　　4 エレベーター

21 うちの猫は暗くてせまいところに入りたがりますが、（　　　）ですか。

1 りゆう　　2 げんいん　　3 なぜ　　4 わけ

22 夫婦として（　　　）やっていくにはどうすればいいのでしょうか。

1 うまく　　2 あまく　　3 ほしく　　4 すごく

23 家族で（　　　）が見えるホテルに泊まろうと思う。

1 おみやげ　　2 もめん　　3 みずうみ　　4 いっぱん

24 （　　　）を送ったのに、届いていなかったようです。

1 いいわけ　　2 でんごん　　3 でんわ　　4 でんぽう

25 半分も使わずに捨ててしまうなんて、（　　　）といったらないですよ。

1 でたらめ　　2 のろい　　3 やかましい　　4 もったいない

問題４　替換同義詞 應試訣竅

這道題型要考的是替換同義詞的問題，這是延續舊制的出題方式，問題預估為５題。

這道題的題目會給一個較難的詞彙，請考生從四個選項中，選出意思相近的詞彙來。選項中的詞彙一般比較簡單。也就是把難度較高的詞彙，改成較簡單的詞彙。

預測名詞、動詞、形容詞、副詞的出題數都有一定的配分。另外，外來語估計也會出一題，要多注意。

針對這道題，準備的方式是，將詞義相近的字一起記起來。這樣，透過聯想記憶來豐富詞彙量，並提高答題速度。

問題４　＿＿＿のことばに最も近いものを、１・２・３・４から一つ選びなさい。

26　時々寒い日があるので、まだストーブは<u>しまって</u>いません。

1　つかって　　2　もちいて　　3　かたづけて　　4　すませて

27　伊藤さんのコミュニケーションの技術は<u>大したもの</u>だ。

1　おおきい　　2　すごい　　3　じゅうぶん　　4　いだい

28　先輩として<u>アドバイス</u>するとしたら、みなさんにはぜひ柔軟性を身につけてほしいですね。

1　責任　　2　忠告　　3　指導　　4　説明

29　この広告の主な<u>狙い</u>は、若者の関心を引くことにあります。

1　役割　　2　目標　　3　役目　　4　目的

30　どういう状況でけがをしたのか、<u>おおよその</u>様子を話してください。

1　はっきりとした　　2　だいたいの　　3　ほぼの　　4　本当の

問題 5　判斷詞彙正確的用法 應試訣竅

這道題型要考的是判斷詞彙正確用法的問題，這是延續舊制的出題方式，問題預估為 5 題。

詞彙在句子中怎樣使用才是正確的，是這道題主要的考點。預測名詞、動詞、形容詞、副詞的出題數都有一定的配分。名詞以2個漢字組成的詞彙為主，動詞有漢字跟純粹假名的，副詞就舊制的出題形式來看，也有一定的比重。

針對這一題型，該怎麼準備呢？方法是，平常背詞彙的時候，多看例句，多唸幾遍例句，最好是把單字跟例句一起背起來。這樣，透過仔細觀察單字在句中的用法與搭配的形容詞、動詞、副詞…等，可以有效增加自己的「日語語感」。而該詞彙是否適合在該句子出現，很容易就能感覺出來了。

問題 5　つぎのことばの使い方として最もよいものを、1・2・3・4から一つ選びなさい。

31　かみ

1　かみがずいぶん長くなったので、切ろうと思います。
2　ご飯を食べた後はかみをきれいに磨きます。
3　小さいごみがかみに入って、痛いです。
4　風邪を引かないように家に着いたら、かみを洗いましょう。

32　ひろう

1　鈴木さんがかわいいギターを私にひろいました。
2　学校へ行く途中500円ひろいました。
3　いらなくなった本は友達にひろいます。
4　燃えないごみは火曜日の朝にひろいます。

33 たおれる

1　今日は道がたおれやすいので、気をつけてね。

2　高校の横の大きな木がたおれました。

3　コンピューターが水に濡れてたおれてしまいました。

4　消しゴムが机からたおれました。

34 もっとも

1　意見を言っても、もっとも聞いてもらえないなら、言うだけ無駄でしょう。

2　もっともだから、普段あまり食べられないものをいただきましょうよ。

3　冷静に考えれば、彼女が反発を覚えるのももっともです。

4　日帰り旅行でも、家族と一緒に行ければ、それだけでもっとも嬉しいです。

35 少なくとも

1　この対策で少なくとも効果が出るとは限らない。

2　事件の影響を受けて、少なくとも5000万円の損失が見込まれている。

3　人気の俳優が出演していると言っても、少なくとも面白い作品だろう。

4　彼は製品の特徴どころか、少なくとも商品名さえ覚えていない。

問題1　＿＿＿のことばの読み方として最もよいものを1・2・3・4から一つ選びなさい。

1　あには政治や法律を勉強しています。

1 せいじ　2 せえじ　3 せっじ　4 せじ

2　信用していたからこそ、裏切られた悲しみが、次第に恨みにかわっていった。

1 しんよう　2 しよう　3 しいよう　4 しうよう

3　どういうわけか夜間のほうが日中より集中して、暗記することができます。

1 やま　2 よるま　3 やかん　4 よるかん

4　警官に事故のことをいろいろ話しました。

1 じこう　2 じっこ　3 じこ　4 じこお

5　火事の原因は煙草だと分かりました。

1 げえいん　2 げんいん　3 げへいん　4 げえい

6　朝から首の具合がわるいので、病院に行きたいです。

1 くび　2 ぐび　3 くひ　4 ぐひ

7　引っ越し会社の工員から上手な運搬の方法を教わったところです。

1 おさわった　2 おしわった　3 おせわった　4 おそわった

8　社長からの贈り物は今夜届くことになっています

1 ととく　2 どどく　3 どとく　4 とどく

問題2　＿＿＿のことばを漢字で書くとき、最もよいものを1・2・3・4から一つ選びなさい。

9　台風のせいで水道もでんきもとまってしまいました。

1　電池　　2　電気　　3　電機　　4　電器

10　送別会が始まると同時に、卒業生が立ち上がって、先生に向かっておじぎをした。

1　お辞儀　　2　お自儀　　3　お辞義　　4　お辞議

11　作品ごとにくべつして、書道はこちら、彫刻はあちらに展示しています。

1　区別　　2　区分　　3　工別　　4　工分

12　まぶたを閉じると、悲劇がまるで昨日のことのように浮かんできます。

1　瞳　　2　目　　3　眼　　4　瞼

13　私の家では夕食の時間は8時ときまっています。

1　決っています　　2　決ています

3　決まっています　　4　決めています

14　太鼓のリズムに合わせて、幕が少しずつおろされます。

1　垂ろされ　　2　下ろされ　　3　落ろされ　　4　卸ろされ

問題3　（　　　）に入れるのに最もよいものを、1・2・3・4から一つ選びなさい。

15 台風のせいで、水は止まるし、（　　　）し、散々な一日でした。

1 ていしゃする　2 ていしする　3 ていでんする　4 きゅうがくする

16 勉強しているところ、（　　　）してすみません。

1 不便　2 適当　3 邪魔　4 複雑

17 珍しいものがたくさん展示してあると聞いたので、ちょっと（　　　）させてくださいませんか。

1 紹介　2 拝見　3 案内　4 用意

18 どこからかパンを（　　　）匂いがします。

1 やける　2 かわく　3 わかす　4 やく

19 部品に問題があることが分かったので、発売日が（　　　）ことになりました。

1 変化する　2 変化される　3 変更する　4 変更される

20 どの（　　　）を使うか今日中に決めなくちゃいけない。

1 アルバイト　2 テキスト　3 サンドイッチ　4 テスト

21 今から明日提出する（　　　）の資料をさがして、まとめないといけません。

1 レポート　2 リード　3 クリーニング　4 サイン

22 学ぶことの（　　　）がやっと分かってきました。

1　おかしさ　　2　たのしさ　　3　さびしさ　　4　うまさ

23 こんな平和な時代に、（　　　）戦争が起きるなんて、夢にも思わなかった。

1　まさか　　2　もしかすると　　3　まさに　　4　さすが

24 出かけようと思っていたところ、私の（　　　）がお腹が痛いといいだした。

1　むすめ　　2　じんこう　　3　ぼく　　4　ひと

25 彼女ができてからというもの、山田君はずいぶん（　　　）が悪くなった。

1　交際　　2　付き合い　　3　往復　　4　交流

問題4　＿＿＿のことばに最も近いものを、１・２・３・４から一つ選びなさい。

26　幼稚園児にはこのスカートはやや大きい。
1　ずいぶん　　2　かなり　　3　少し　　4　相当

27　冷ましてから食べた方が、味が良く染みておいしいですよ。
1　こごえて　　2　ふるえて　　3　こおらせて　　4　つめたくして

28　野球の場内アナウンスをやらせてもらいました。
1　案内　　2　放送　　3　警備　　4　裁判

29　プールに入る人は、壁に貼ってある決まりを守らなければいけません。
1　義務　　2　決定　　3　注文　　4　規則

30　小犬がしきりに足を動かしている。
1　たちまち　　2　ごういんに　　3　そっと　　4　絶えず

問題5　つぎのことばの使い方として最もよいものを、１・２・３・４から一つ選びなさい。

31 おれい

1　すみません。私の間違いでした。ここにおれいさせていただきます。

2　合格できたのはあなたのおかげです。ぜひおれいさせてください。

3　駅まで鈴木さんをおれいにいってきます。

4　事故にあった友人のおれいに病院へ行きます。

32 つつむ

1　そこにある野菜を全部なべにつつんでください。

2　旅行の荷物は全部かばんにつつみましょうね。

3　プレゼントをきれいな紙でつつみました。

4　お店の品物は棚につつんであります。

33 あく

1　水曜日なら時間があいています。

2　お腹がとてもあいたので、なにか食べたいです。

3　テストの点数があいたのでお母さんに怒られました。

4　風邪を引いてすこしあいてしまったようです。

34 果たして

1　吹雪は今夜から果たしてひどくなるでしょう。

2　教授の指示通りにすれば、実験が果たして成功するはずです。

3　摂取するカロリーを制限して、夏までに体重を果たして45キロにします。

4　この成績で果たして希望する大学に合格できるのだろうか。

35 ますます

1　映画館の入り口でますます大学時代の友人に会って、びっくりしました。

2　機器を最新のものに取り換えたおかげで、ますます仕事の効率が上がりました。

3　10時間に及んだ手術がますます終了するそうです。

4　種を植えて、大切に育てたトマトを昨日ますます収穫しました。

問題1　＿＿＿＿のことばの読み方として最もよいものを１・２・３・４から一つ選びなさい。

1　30歳という年齢の割に、彼は驚くほど幼稚です。

1　ようぢ　　2　ようち　　3　よおち　　4　よっち

2　さきほどの手品は誰にも真似できない高度なものだそうです。

1　まに　　2　しんに　　3　もことに　　4　まね

3　どうやら希望したとおり、薬局に就職することができそうです。

1　しゅしょく　　2　しゅうじょく　　3　しゅうしょく　　4　しゅっしょく

4　経済のことなら伊藤さんに伺ってください。彼の専門ですから。

1　せんも　　2　せえもん　　3　せいもん　　4　せんもん

5　世界のいろんなところで戦争があります。

1　せんそお　　2　せんぞう　　3　せんそう　　4　せんそ

6　母が郵送してくれた箱の中身は、産地直送の果実でした。

1　なかしん　　2　ちゅうしん　　3　なかみ　　4　ちゅうみ

7　母は隣の寺の木を大切に育てています。

1　おてら　　2　てら　　3　おでら　　4　おってら

8　大きな鏡が応接間のよこにかけてあります。

1　がかみ　　2　かかみ　　3　かがみ　　4　かっかみ

問題2　＿＿＿のことばを漢字で書くとき、最もよいものを1・2・3・4から一つ選びなさい。

9　芝居があまりに下手だったので、盛り上がるはずのばめんも静かなものでした。

1　場面　　2　馬面　　3　場緬　　4　場所

10　おしょうがつには食卓にお餅が上ります。

1　お明月　　2　お正月　　3　お疋月　　4　お互月

11　この1ヶ月の間にたいじゅうが5キロも増加してしまいました。

1　体積　　2　体重　　3　休重　　4　体熏

12　大きな地震がおきて、たくさんの家がこわれました。

1　損れました　　2　壊れました　　3　破れました　　4　障れました

13　このままだと、弟においこされてしまうんじゃないかしら。

1　抜越されて　　2　追い越されて　　3　通り越されて　　4　追い超されて

14　いなかのほうが都会より安全といえますか。

1　田舎　　2　村里　　3　田園　　4　港町

問題3　（　　）に入れるのに最もよいものを、1・2・3・4から一つ選びなさい。

15 ざんねんですが、入学説明会へのしゅっせきは（　　）させていただきます。

1 遠慮　　2 考慮　　3 利用　　4 心配

16 忘れたいことを（　　）しまった。

1 起こして　　2 捕まえて　　3 思って　　4 思い出して

17 古いカメラですが、（　　）するまで使いつづけるつもりです。

1 しっぱい　　2 ゆしゅつ　　3 りよう　　4 こしょう

18 もしあと1時間遅く病院についていたら、（　　）でしょうと言われました。

1 助からなかった　　2 助けなかった　　3 望めなかった　　4 望まなかった

19 おにぎりを作るご飯はもう（　　）ある？

1 ゆでて　　2 炊いて　　3 煮て　　4 焦げて

20 高校生になったら（　　）をしたいとかんがえています。

1 オートバイ　　2 アルバイト　　3 テキスト　　4 テニスコート

21 明日の待ち合わせ場所は駅の改札にしますか。それとも（　　）にしますか。

1 プラスチック　　2 プラットホーム

3 パターン　　4 セメント

22 こちらが今日の（　　　）メニューでございます。

1 しんせつ　　2 だいじ　　3 とくべつ　　4 じゅうぶん

23 注意しても（　　　）親のいうことを聞きません。

1 きっと　　2 ちっとも　　3 だいたい　　4 とうとう

24 娘は反抗期に入ったのか、あれがいい、これが嫌だと（　　　）を言うようになりました。

1 皮肉　　2 問い　　3 わがまま　　4 独り言

25 私が手を振って（　　　）したら、撮影を開始してください。

1 看板　　2 合図　　3 目印　　4 標識

問題4　＿＿＿のことばに最も近いものを、１・２・３・４から一つ選びなさい。

26　もし遠足が延期になったら、それはそれでやっかいだ。

1　からっぽ　　2　いたずら　　3　いじわる　　4　めんどう

27　春から転勤されることは、鈴木より承っております。

1　係って　　2　話して　　3　聞いて　　4　拝んで

28　スポーツでプロ選手とアマチュア選手の違いってどこだと思いますか。

1　専門家　　2　達人　　3　玄人　　4　愛好家

29　こういう柄のシャツは珍しいから、少しぐらい高くても買いたいです。

1　色　　2　模様　　3　スタイル　　4　様子

30　何度も話し合いを重ねて、ようやく計画の方向が見えてきました。

1　たちまち　　2　おそらく　　3　やっと　　4　きっと

問題5　つぎのことばの使い方として最もよいものを、１・２・３・４から一つ選びなさい。

31 したぎ

1　したぎの下にセーターを着るとあたたかいです。

2　太陽が強い日はしたぎをかぶりなさい。

3　したぎを右と左、はき間違えました。

4　したぎは毎日かえなさい。

32 たな

1　すみません、たなからお茶碗をとってくれませんか。

2　スーパーで買ってきたお肉やお魚はたなに入れてあります。

3　どうぞたなに座ってゆっくりしてください。

4　ご飯ができましたから、たなに運んでいただきましょう。

33 ふえる

1　よく食べるので、だんだん体がふえてきました。

2　成績がふえたのでお父さんが褒めてくれました。

3　政治に興味がない人がふえています。

4　最近ガソリンの値段がふえました。

34 所々

1　長い間休んでいないので、今月は休暇を所々とることにします。

2　彼は家族や友人など所々の人にとても愛されています。

3　孫が遊びに来ると、所々遊園地に行ったり動物園に行ったりします。

4　所々空席が見られますが、初日としては観客も多く、好調な出だしといえるでしょう。

35 まるで

1 解決してしまうと、あんなに悩んでいたのがまるで嘘のように感じられます。

2 フランス語が話せると言っても、まるで簡単な挨拶ができるだけです。

3 さっきテレビに映っていたのは、まるでおじいちゃんに違いない。

4 私の記憶が正しければ、ゆきちゃんはまるで上司の遠い親戚ですよ。

第一回

問題 1

1 3	2 1	3 4	4 3	5 2
6 4	7 4	8 3		

問題 2

9 2	10 2	11 1	12 3	13 3
14 1				

問題3

15 1	16 2	17 2	18 3	19 2
20 2	21 3	22 1	23 3	24 4
25 4				

問題4

26 3	27 2	28 2	29 4	30 2

問題5

31 1	32 2	33 2	34 3	35 2

第二回

問題 1

1 1	2 1	3 3	4 3	5 2
6 1	7 4	8 4		

問題 2

9 2	10 1	11 1	12 4	13 3
14 2				

問題3

15 3	16 3	17 2	18 4	19 4
20 2	21 1	22 2	23 1	24 1
25 2				

問題4

26 3	27 4	28 2	29 4	30 4

問題5

31 2	32 3	33 1	34 4	35 2

第三回

問題 1

1 2	2 4	3 3	4 4	5 3
6 3	7 2	8 3		

問題 2

9 1	10 2	11 2	12 2	13 2
14 1				

問題3

15 1	16 4	17 4	18 1	19 2
20 2	21 2	22 3	23 2	24 3
25 2				

問題4

26 4	27 3	28 4	29 2	30 3

問題5

31 4	32 1	33 3	34 4	35 1

精修版

新制對應 絕對合格！
日檢必背單字 [25K＋MP3]

【日檢智庫 3】

■ 發行人／林德勝

■ 著者／山田社日檢題庫小組・吉松由美・田中陽子・西村惠子

■ 主編／王柔涵

■ 出版發行／山田社文化事業有限公司
臺北市大安區安和路一段112巷17號7樓
電話 02-2755-7622
傳真 02-2700-1887

■ 郵政劃撥／ 19867160號 大原文化事業有限公司

■ 總經銷／ 聯合發行股份有限公司
新北市新店區寶橋路235巷6弄6號2樓
電話 02-2917-8022
傳真 02-2915-6275

■ 印刷／上鎰數位科技印刷有限公司

■ 法律顧問／林長振法律事務所 林長振律師

■ 書＋MP3／定價 新台幣320元

■ 初版／2016年 2 月

© ISBN : 978-986-246-436-6

STS
山田社

STS

山田社

STS
山田社

STS

山田社